# 七つの魔剣が支配する

Seven Swords Dominate

宇野朴人
Bokuto Uno

illustration
ミユキルリア

Character **登場人物**

## 二年生

**オリバー＝ホーン**

本編の主人公。器用貧乏な少年。
七人の教師に母を殺され、復讐を誓っている。

**ナナオ＝ヒビヤ**

東方（エイジア）からやって来たサムライ少女。
オリバーを剣の道における宿命の相手と見定めた。

**カティ＝アールト**

連盟の一国、湖水国（ファーンランド）出身の少女。
亜人種の人権問題に関心を寄せている。

**ガイ＝グリーンウッド**

魔法農家出身の少年。率直で人懐っこい。魔法植物の扱いを得意とする。

**ピート＝レストン**

非魔法家庭出身の勤勉な少年。
性が反転する特異体質。

**ミシェーラ＝マクファーレン**

名家マクファーレンの長女。
文武に秀で、仲間への面倒見がいい。

## 一年生

**トゥリオ＝ロッシ**

飄々とした少年。
セオリーを無視した難剣の使い手。
オリバーとの決闘に敗れた。

**テレサ＝カルステ**

オリバーの腹心の部下で、隠密として復讐に協力する。
感情を出さずマイペースな性格。

- リチャード＝アンドリューズ
- ステイシー＝コーンウォリス
- フェイ＝ウィロック
- ジョセフ＝オルブライト

## 五年生

**ヴェラ=ミリガン**

人権派の魔女。
カティを巡ってオリバーらと一戦交え、それ以来彼らに興味を持つ。

**ダイアナ=アシュベリー**

箒競技の校内トップ選手のひとり。箒乗りとして頭角を現すナナオに目を付けている。

## 六年生

**アルヴィン=ゴッドフレイ**

学生統括。
他の生徒から「煉獄」と称される魔法使い。
桁違いの火力を誇る。

**シャノン=シャーウッド**

柔らかい雰囲気の女性。
オリバーの従姉。
「臣下」として彼の暗躍をサポートする。

**サイラス=リヴァーモア**

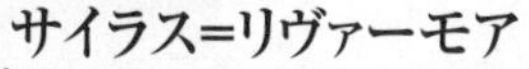

死者の骨を使い魔として使役する死霊使い。

**グウィン=シャーウッド**

寡黙な青年。
オリバーの従兄。
「臣下」として彼の暗躍をサポートする。

## 教師

**エンリコ=フォルギエーリ**

大怪我前提の理不尽な課題ばかり出す、魔道工学の教師。

**セオドール=マクファーレン**

シェラの父親で、ナナオをキンバリーへと迎え入れた。

**エスメラルダ**

キンバリー学校長。魔法界の頂点に君臨する孤高の魔女。

## 七年生

**カーリー=バックル**

振る舞いは気さくだがどこか近寄りがたい雰囲気を持つ、オリバーの同志の一人。

**バネッサ=オールディス**

魔法生物学の教師。傍若無人な人柄から生徒に恐れられる。

**ダリウス=グレンヴィル**

錬金術の教師。オリバーに討たれ、現在は行方不明の扱い。

フランシス=ギルクリスト　ルーサー=ガーランド　ダスティン=ヘッジズ

# プロローグ

第六隊は盤石だと聞いていた。あの〈静海〉が隊長を務める精鋭部隊。脇を固める面々にもひとり残らず隙はなく、あれだけの顔ぶれが揃っていれば、「門」から何が降りてきたところで恐れるに足らないと。

その時から嫌な予感はしていた。こういう時の彼女の直感はけっこうな割合で当たる。そして何より、クロエ＝ハルフォードの空気の読まなさには学生時代から揺るがぬ定評があった。然るに出発前夜の宴席。彼女は二杯目を空けたところで早々に席を立ち、ご丁寧にも呼ばれもしない他所のテーブルへひょっこり顔を出して、

「全滅するかもしれないから、あんたたち明日は気を付けろよ」

と、控えめに言っても喧嘩上等な言い回しで忠告してのけた。後方のテーブルで盛大に酒を噴き出す同僚ふたり。その反応も至極当然。クロエの前でテーブルを囲む面々はひとり残らず歴戦の異端狩りたち――つまりこの世で最も喧嘩を売ってはいけない人種である。

「失礼！　連れが飲み過ぎたようだ！」「先輩外へ涼みにいきましょうさぁ！」

駆け付けた同僚たちが腕を摑んで引っ張るが、本人は仁王立ちのままびくともしない。クロエのほうも「さぁやるか」とばかりに肩をぐるぐる回し、

「まぁ待て。……今のは占いか？〈双杖〉」

　そこに意外なほど落ち着いた声がかかった。狩人たちの中でもひときわ分厚い存在感を放つ壮年の男は、第六隊隊長の〈静海〉ことジェイコブ＝ラトランド。五十を超える出動を経て大敗を知らず、部隊の損耗は平均５％以下。文字通りの全滅がザラな異端狩りの現場にあって、その時点ですでに驚くべきことだが──何よりも彼の名を高めたのは、とある港湾都市での一件である。

　沖合での戦闘を経て、巨軀の海生魔獣が死に際に生じさせた海抜二百フィート超の大津波。それで一夜にして滅び去る運命にあった都市ひとつを、彼は自ら率いる部隊のみで守り切った。嵐の夜を越えて迎えた朝、都市の住人たちは嘘のように凪いだ海と、その上に佇む魔法使いの背中を見たのだという。静けき海のラトランド──彼の異名の由来である。

「いや、予感だね。ウチの家系は占術も伝えてるんだけど、私は性に合わなくて早々に投げちゃったから。実は水晶玉ひとつ扱えないんだこれが」

　そんな伝説を前にしてもクロエは物怖じしない。が、軽い口調とは裏腹に、その眼差しはひどく真剣だった。目の前の魔法使いたちをじっと見つめて、彼女は言葉を続ける。

「ただ、勘は時々冴える。今がまさにそれでさ、あんたたちの未来のほうに嫌な軋みを感じるんだ。具体的な先見もちらついてて……そこのふたり、左足と右肩の魔力循環に違和感ない？それも全滅のきっかけになるのかも」

指摘されたふたりの魔法使いたちは無言。が、〈静海〉はそれを聞き流さない。昨日の日中に同じことが気になって指摘したばかりだからだ。加えて、この町で彼らがクロエの部隊と合流したのはこの日の夕方になってからである。事前に調べを付けられていた可能性は低い。

「……素養を技術まで高められなかったタイプか。厄介な」

相手の振る舞いが単なる挑発でないことが、彼にはそれで分かった。視線で同僚たちを宥めつつ、〈静海〉のジェイコブは今少しクロエとの会話を続けることにする。

「君たちは独立の遊撃だったたな。その配置に落ち着くまでに、どこの部隊も君の扱いに匙を投げたと評判だが」

「いちいち拾ってたらスプーン屋が開けたかもね。でも、そのへんは異端狩りならみんな似たようなもんでしょ？　軍隊めいた体裁なんて所詮は皮一枚。現場では結局みんな好きなようにやるだけ。私たちは魔法使いなんだから」

悪びれず言い切るクロエ。その潔さに、〈静海〉が思わず苦笑する。

「違いない。……そちらの預かりはバンガッシュの一帯だったな」

「うん。ただ、こっちは空振りの気がする。ここがヒリヒリしないから」

眉間に指を当てて言う彼女。その直感を前に、しかし〈静海〉は首を横に振ってみせた。

「『門』が開く場所については、正確な予測は誰にも不可能だ。本部の占術科が絞った結果に基づいて配備が決まっている以上、我々はそれに従う他にない。君も本職の占いより自分の予感が正確だと言い張るわけではないだろう？」

「そうだね。所詮は予感だし、外れる時は普通に外れる。その程度のもんだよ」

「では、さっきの忠告にどんな意味が？」

と、改めてその意図を問い直す。それを受けて、クロエが頭の後ろをぽりぽりと掻いた。どこか照れ臭そうに。

「……けっこう変わるじゃない？　ギリギリで粘れる時間ってさ。こう、来るか分からない時と、それが分かってる時とじゃ」

「……？」

彼女の言わんとすることが分からず、〈静海〉とその部隊の面々は怪訝な面持ちになる。彼らの視線が一身に集中する中、ぐっと上体をのけ反らせて「溜め」を作ってから、クロエはテーブルへ思い切り両手をバンと突き、

「何があっても私が必ず助けに行く。だから絶対に諦めんな。――それを伝えときたかった」

一字一句を刻み付けるようにそう口にして、向かって左からひとりずつ、第六隊の全員の顔をまっすぐ見据えた。死ぬな、生きろと――ひとえにその想いを視線に込めて。

さしもの異端狩りたちも、束の間声を失った。

続く言葉は何もなかった。最初から、本当にただそれだけだったのだと彼らは知った。その気持ちを伝えるためだけに、クロエ＝ハルフォードはこのテーブルを訪れたのだと。

「――一杯奢ろう」

ただひとり、〈静海〉だけが行為をもって応じた。彼が白杖を振って椅子を一脚引き寄せると、クロエも躊躇いなくそこへ座る。後ろの同僚ふたりがはらはらしながら事態を見守った。

コートの懐から小さな酒瓶を取り出し、〈静海〉はその中身を数滴だけ空のグラスに注ぐ。

それを見たクロエが首を傾げた。テーブルの上にはすでに蒸留酒の大瓶があり、見たところ他の全員もそれを呑んでいるからだ。

「……混ぜるの？　生でいこうよ生で」

「場末の酒場の安物のジンをか？　こんな片田舎では文句も言えんが、絶叫草の搾り汁のほうがいくらかマシだぞ」

「甘い酒嫌いなの。こう頭にガツンと来ないと」

「酒の呑み方が下品だな君は……。心配せずとも、これは苦味酒だ。そう甘くはならない」

説明しつつ、〈静海〉は赤褐色の液体をまとわせたグラスにジンを注ぐ。そうして出来上がった酒を目の前に置かれて、クロエは何の気なしにそれを口に運び、

「……んん⁉」

一口含んだ瞬間に素っ頓狂な声を上げて、その直後にはグラスを一気に百八十度傾けていた。

一瞬で中身を飲み干したそれを荒っぽくテーブルに置いて、彼女はすぐさま言い放つ。

「――もう一杯！」

「生憎だが」

　空になった苦味酒の瓶を逆さにして振ってみせる〈静海〉。それを目にしたクロエの顔面が凄まじい落胆に染まる。男はしてやったりという笑みを口元に浮かべた。

「次の宴で二杯目を作ってやらんでもない。この戦いの後で、な」

「ぐぁー！　そう来るかー！」

　両手で頭を抱えて叫ぶクロエ。その姿に思わず苦笑を浮かべる異端狩りたちの前で、育ちのいい者が聞けば卒倒もののスラングで悪態を吐きつつ、クロエは目に涙を浮かべて席を立つ。

「約束したからな！　ぜったい破るなよ！」

「お互い様だ。これだけ吹いておいて君のほうが死んだら、今後千年は残る笑い話として語り継がせてもらうぞ。覚悟しておけ」

　腕を組んで言い放つ〈静海〉。クロエが鼻を鳴らして身をひるがえし、これまでずっと背後に立っていた同僚ふたりの肩を左右に抱いて歩き出す。

「肝に銘じとくよ。──お休み。幸運を、〈静海〉のジェイコブ」

「ああ。君にも幸運を、〈双杖〉のクロエ」

　そうして彼らは別れた。近い未来に果たされるはずの、ささやかな約束を交わして。

「……はは……本当に、一番乗りとはな……」

土気色の顔に力ない苦笑を浮かべて、切れ切れの声で〈静海〉はそう言った。――小高い丘の岩に体をもたれさせて、満身創痍と呼ぶことさえもはや憚られる状態で。

「………………」

その姿を、正面に立ったクロエがじっと見下ろす。左脚は膝から下が欠け落ち、裂けた脇腹の三か所からは折れた肋骨が白く覗く。全身の創傷はもはや数えきれるものですらない。さらに異様なのは――傷の深さと数に対して、それらから流れる血が異様なほど少ないこと。肉の隙間を埋める茶色い繊維質のものがその原因だった。全身に回った異形の「根」が、魔力もろともに血潮を吸い上げているのだ。彼の治癒に掛かろうとしたクロエの同僚ふたりもそれに気付いて凍り付く。分かってしまった。〈静海〉はもはや生きているのではなく、苗床としてその体を生かされているだけなのだと。

「……そう怒ってくれるな。……諦めはしなかったぞ、誰ひとり。本当だ……」

無言のままのクロエにそう言って、彼は右腕に抱えたひとりの仲間の体へと目を向ける。……そちらが完全に事切れていることは確かめるまでもなかった。いくら魔法使いでも、頭の半分が欠けてしまっては生命を保てない。

「……君の予感が正しかった。本部は侵攻の規模を完全に見誤ったな。

見ろ、あの有り様を。盆地が丸々ひとつ奴らに呑まれた。今や異界の一歩手前だ……」

そう言って〈静海〉が目を向けた先に、クロエたちもまた視線を移す。——いかなる比喩でもなく、この世ならざる光景がそこに広がっていた。

広大な盆地の底にはかつて町があった。人口にして二千人ほどの、片田舎の町にしてはそれなりに大きな人々の営みが。名産は綿花と人参、そして魔法蚕から採れる絹。十人ばかりの魔法使いも居付いており、事前の避難に際しては彼らが町民を説得した。これまでの暮らしの全てを捨て去る決断をさせるために。

そして今——クロエたちが見下ろす盆地の底に、町の光景はすでにない。その痕跡すら定かではない。土中を泳ぐ巨大な泥竜たちが何もかも砕いて掘り返し、掻き混ぜてしまった。その上に無数の種が撒かれ、芽吹き、わずか数時間の間に地表を覆う広大な森へと成長しつつある。役目を終えた泥竜の一部はすでに肥料として木々の根に絡め取られており、その光景はそのまま両者の関係を示してもいた。君臨する植物と使役される動物——この世界とは真逆の、そうした異界の秩序がそこには再現されようとしているのだ。

悍ましい勢いで繁茂していく異形の森から視線を移せば、盆地の上空にはそれらがやって来た「門」が黒々と渦巻き、そこからは今この瞬間にも大量の「種」が雨のように落ちてくる。それらは泥竜たちが耕した土へと我先に潜りこみ、貪欲に栄養を吸い上げて瞬く間に成長していく。

その侵略の過程を、上空から見守るいくつもの影がある。一体の全長は二十フィートほど。遠目には大きな蓑を被った人のシルエットに似ていなくもない。だが、その体は密に絡み合った古木の枝から成り、上体から両腕のように伸びた二本の太い枝が、その先端に鋭利な剪を形成している。

むろん人ではない。それどころか魔法生物ですらない。真下に蠢く異形の植物たちとすら隔絶した何かだ。寒気を催すほどの魔力を放つそれらに、クロエはじっと目を向けた。

「……あれ、庭師？　十二……いや、十三体……？」

「十五体だ。二体は辛うじて我々が倒した。……あれが現れた時点でこの結果は見えていたな。初手で神霊を送り込むのは、向こうの『神』が本気である証拠だ……」

か細い声で、それでも忌々しげに〈静海〉が言う。無言で佇むクロエへ視線を戻し、彼は言葉を続けた。

「……せっかく駆け付けてもらって悪いが、我々はもう敗れた後だ。一度退いて戦力を束ねろ。二つ三つ隊が合流したところで、あれはどうにも……ぐっ……！」

呻き声に途切れる言葉。「根」の侵食がさらに進んでいた。傷口から伸びた蔦が損なわれた体を補うようにして絡み合い、そこに新たな身体部位を形成しかけている。彼の身体を侵すものは、ただ死ぬことさえ〈静海〉に許さない。最後に残ったその意思すら奪い尽くし、泥竜と同様の傀儡に貶めようとしていた。

「……その前に、最後の仕事を頼めるか。情けないが、もう自決すらままならん……」

そんな自分の状態を正しく理解した上で、〈静海〉は最後の願いを口にする。クロエはこくりと頷いて杖剣を抜いた。かすかに上下する相手の胸の中心より、向かってわずかに右寄り──心臓の真上へ、正確に切っ先を当てる。

「……ごめん。約束、守れなくて」

「気にするな。お互い様だ」

交差する詫びの言葉。それを合図に、クロエは〈静海〉の胸に杖剣を刺し込んだ。同時に体内で魔法を行使──全身の血流と魔力循環の要である心臓を破壊する。いかなる苦痛も与えぬよう繊細に、その死後の肉体を何者にも利用されぬよう徹底的に。この瞬間まで戦い続けた偉大な魔法使いへ、その生涯へ、ありったけの敬意と労いを込めて。

「──**焼いて浄めよ**」

小さな安堵と共に眠りについた〈静海〉の亡骸を、クロエはそのまま火葬に付した。……異界存在の侵食を受けて死んだ者の体は、必ずその場で灰も残さず焼かねばならない。でなければ新たな災厄の起点となり得る。可能な限り最初に心臓を破壊するのは、そうしなければ焼いている最中に体内のモノが抵抗することがあるからだ。

全ての異端狩りが最初に学ぶ、それが彼らの葬送の作法。最初に前線に出てからこの瞬間まで、クロエ＝ハルフォードが両手の指では足りないほど繰り返してきたこと。

「……クロエ君……」「……先輩」

その背中に声をかけあぐねて、同僚ふたりが背後に立ち尽くす。跡形もなく焼け落ちていく先達の亡骸を見つめながら、クロエがぽつりと呟く。

「——どうすればいい」

それを聞いた同僚たちが即座に視線を交わし合う。クロエの隊において、冷静な判断は常に彼らの仕事だ。彼らのリーダーにはその適性が致命的にない。

「残念だが、〈静海〉の言う通りだ。一度退いて戦力の合流を……」

「そっちじゃない」

自らの務めを誠実に果たそうとする同僚の言葉を、しかしクロエはにべもなく遮った。その声を聞いた瞬間、これはまずいと同僚たちは直感する。彼らのリーダーはもはや、冷静な判断に耳を貸せる状態ですらない。

「この戦いの後——私は、どこで、何の酒を呑めばいい！」

こぶしを握りしめて吼えるクロエ。同時に、その遣る瀬無さに応えるようにして上空から一本の箒が舞い降りた。肩を摑もうと同僚たちがとっさに伸ばした手をすり抜けて、彼女はその柄に両足を乗せて立つ。箒というよりは波乗り板のように。

異形の森と化した盆地の底を目指してクロエの体が一直線に突っ走り、その接近に気付いた泥竜たちが耕地の動きを止めて彼女へ襲い掛かった。土中を泳いで迫る巨体の有り様はさながら地中の海蛇竜（シーサーペント）。町ひとつを容易（たやす）く呑（の）み込（こ）むその猛威を前に、クロエはしかし空に逃げることすらせず箒（ほうき）から飛び降り、

「――断ち切れ（グラディオ）　刃よ（フエルーム）　地平まで（ディレクトリム）！」

ありったけの怒りを三節の詠唱に込めて、〈双杖（そうじょう）〉の異名の由来たる二本の杖剣（じょうけん）を左右に振り切った。斬撃が視界を横薙（な）ぎし、迫る泥竜（ワーム）たちの胴体をひとまとめに輪切りに処す。それでもなお飽き足らずに異形の木々を数百本まとめて断ち切った。鎌で雑草を刈り取るが如（ごと）く。

その瞬間、上空の庭師（ガーデナー）たちの注意が一斉にクロエへと向けられる。

「てめェら！　人ん世界（ち）の庭を！　好き放題いじってんじゃねェ――！」

空気を震わせ空まで届く咆哮（ほうこう）。視界を埋める異界の光景全てに対して、彼女は真正面から挑戦の意思を叩（たた）き付（つ）けた。途端になぎ倒された木々の下から湧いて出る大小無数の奇怪な生物たち。泥竜（ワーム）と同じく上位種の植物たちによって使役されたそれらが、森の成長を阻（はば）む存在を敵とみなして一斉に襲い掛かる。

「戻れッ！　死ぬ気かクロエ君ッ！」

「無茶です先輩！　こんなの、私たちだけで戦えるわけない……！」

策もへったくれもなく単身で突っ込んだクロエに同僚たちが追い付き、彼女の周囲を守る形で杖剣（じょうけん）を構える。が、三十人ばかりの人員で構成される遊撃隊に、津波のごとく押し寄せる異形の群れは余りにも荷が勝つ。仮にそれらを全て退けたところで、上空には〈静海〉の部隊

すら鏖殺してのけた庭師たちが控えているのだ。一目散に撤退する以外の選択肢は本来なら彼女らに存在していない。だが、

「――ああそうさ！　それが正しい！　子供でも分かる当たり前の正解だ！　でも――どうしても無理なんだ。無茶よりも無謀よりも無理なんだよ。知っているだろう⁉」

迫る異形の群れを呪文で薙ぎ払い、先頭に立って戦い続けながらクロエは示す。そんな道理ではどうにもならないものが、ずっと昔から自分の中にあるのだと。

「この悲しみが！　苛立ちが！　怒りが！　ぜんぶ私だ！　私そのものだ！　これを呑み込んでしまったら！　外に対して表すことを止めてしまったら！　それはもう私じゃない！　クロエ＝ハルフォードの魂はこの世のどこにも残らない――！」

それを聞いた同僚たちの口元に共通の苦笑が浮かんだ。――ならば是非もない、と。

結成当初から、クロエの隊には自ら所属を志願した者しかいない。同様に、〈双杖〉のクロエの破天荒さを知らぬ者も異端狩りの中にはすでにない。彼女が時にこのような行動を取ることは最初から誰もが弁えている。彼女がそのような人間であるから、どんな苦境にあっても決して自分の心を殺さないから――彼らはどこまでも付いていくと決めたのだ。

「ここが死に場所か。……君くらいは逃げないか、エミィ」

「……エドにそっくり返す、その言葉」

クロエの背後で、彼女にもっとも近しい同僚ふたりが言葉を交わす。最後の一瞬まで隣を譲る気は毛頭ないと――互いのその気持ちが伝わって、彼らは思わず噴き出してしまった。学生時代から何ひとつ変わらない間柄のままで、自分たちは最期の時間を迎えるのだと思って。

「――やはり馬鹿をやらかしていましたか。相変わらずですねェ、アナタは」

だが。彼らのそんな甘やかな想像は、降り注いだ爆炎によってものの見事に吹き飛ばされた。押し寄せる異形の群れと、もはや目と鼻の先まで迫っていた死の気配もろともに。

「…………!?」「……え……？」

焦土と化した地表に散らばる無数の死骸を前に、事態を把握できずに放心するふたり。が――そんな彼らに代わって、クロエの視線が即座に事象の原因を捉えた。盆地の底にいる彼女らから見て北東側の高台。その地平線を埋め尽くすようにして立ち並ぶゴーレムたちの威容と、それらを率いて先頭に立つひとりの小柄な老爺（ろうや）の姿を。

「……やー。久しぶり、エンリコ先生」

よく知るその人物へと向かって、クロエはぶんぶんと片手を振ってみせる。それはさながら、パーティーに遅れてやって来た友人を迎えるような気さくさで。

「どしたの、ごっついのゾロゾロ連れて。そんなに可愛（かわい）い教え子を放っておけなかった？」

「キャハハハハ！　ええ、実は昨晩から居ても立ってもいられず！　誰かさんの馬鹿に巻き込まれるエスメラルダ君とエドガー君のことが心配で心配で！」

「照れんなよ先生！　私だってこんなに可愛(かわい)いだろーが！」

　皮肉を返されてどしどしと地団駄を踏むクロエ。ゴーレムたちに砲撃を続行させたまま、エンリコもまた小型の浮揚(ホバー)ゴーレムに乗って盆地の底に降りてきた。かつての教え子と戦場に並んで立ち、エンリコ＝フォルギエーリは上空の「門」へと視線を向ける。

「これはまた、ずいぶん派手に開いたものですねェ。信仰の規模を見誤りましたか」

「本部が把握してない隠れが相当数いるんだろうね。でないとこの大きさは説明が付かないもん」

「監視体制の改善が必要ですねェ。――もっとも、その前にあれらを片付けねばなりませんが」

　上空を見上げたまま老爺(ろうや)が言う。その視線の先では、これまで高みの見物を決め込んでいた庭師たちがいよいよ動き始めているところだった。クロエには泥竜(ワーム)の半数を輪切りにされ、エンリコのゴーレム部隊にはせっかく育てていた森を焼かれ。「神」に与えられた使命の遂行を派手に邪魔されて、それらは無言の怒りを滾(たぎ)らせている。

　クロエの口元に不敵な笑みが浮かんだ。――それでいい。それでこそだ、と。

生まれた世界からして異なる相手だろうが関係ない。向こうが生物ですらないとしてもどうでもいい。そこに意思を見て取った時点で、酒場の酔客だろうが異界からの侵略者だろうが、彼女にとっては等しく喧嘩（けんか）の相手だ。

「細かいのはゴーレムたちに預けた。問題は庭師（ガーデナー）だけど、先生に半分任せて大丈夫？」

「相変わらず暗算が苦手なのですねェ。そこは三分の二でしょう」

「上等だクソジジイ！　だったら早いもん勝ちでいくぞ！」

売り言葉に買い言葉で決まっていく戦いの段取り。その雑な流れに背後で呆（あき）れつつも、心強い援軍を得た異端狩りたちの瞳には勝利への意欲が戻りつつある。彼らの握る杖剣（じょうけん）の刃が陽光を照り返してぎらりと光った。やられっ放しを許容するような寛大さなど、もとより魔法使いにはとことん無縁だ。

「あ、いっこ追加で！　負けたほうが今夜の酒代を持つ！　それでどう⁉」

「キャハハハッ、構いませんとも！　そんなに恩師へ酒を振る舞いたいとは！　見上げた敬老の精神ですねェ――！」

後で呑（の）む酒にも当てを付け、満を持して彼女らは再開する。魔法使いに課された最も過酷な使命。すなわち――この世界の守り手、異端狩り（グノーシスハンター）としての戦いを。

そんな古い記憶の海から、少年の意識はゆっくりと現実に浮上した。

「………」

ぎり、と奥歯を噛みしめる。――彼女の魂を宿して以来、こうした過去を夢として見るのは初めてではない。だが、今回のそれはいつになく鮮明で、何より内容が最悪だった。

全ては踏み躙られた後なのだ。友誼も信頼も、母の魂もろともに、他でもない老爺本人の手で。かつての両者の交流が眩しくあるほど、それが裏切られた現在には暗い影が落ちる。狂おしいほどの疑問と怒りがオリバーの胸の内に渦巻く。

「……？　……どうした。ひどい顔してるぞ、オマエ」

隣のベッドで目覚めたピートが彼の様子に気付いて声をかける。それで自分の表情の強張りに気付くが、すぐに解くことは到底出来ず、オリバーはやむなくルームメイトから顔をそむける。

「……何でもない。……少し、不愉快な夢を見ただけだ」

# 第一章

# アストロノミー
# 天文学

ある卒業生の言うところによれば。キンバリーにおける新入生の仕事は、その一年の間に、悲鳴と涙をありったけ出し尽くすことだという。

「――これが魔法蚕だ。段取りは今ので分かったな、一年坊ども？」

まさにそのために用意されたような授業が、いま彼らに課されていた。燃える翅虫の残骸を前に嗤う魔法生物学の教師、バネッサ＝オールディス。その光景の前で息を呑む一年生たち。最初に触れ合った人懐っこい魔法蚕が黒い繭へと変態し、凶悪な化け物となって羽化した挙句、彼女の呪文で焼き尽くされる。そこまでの一部始終を、去年のオリバーたちと同様の段取りで、すでに新入生たちも余すところなく見届けた後だ。

「さぁ始めろ。十四中五匹を無事に繭化させられたら及第点をやる。簡単だろ？ いないと思うが、失敗した繭を引っぺがそうとかすんなよ。去年はそれで手ェ食われかけたバカがひとりいた。あーいうのは十年にひとりでじゅうぶんだ」

バネッサが肩をすくめて言ってのけ、開始の宣言を受けた生徒たちの間に緊張が走った。技術よりも精神を問う、あるいは責める類の課題である。箱の中でよちよちと動き回る魔法蚕を前に、凍り付いたように立ち尽くす者もいた。

「……大丈夫？　ディーン」

「……はっ？　な、何がだよ。大丈夫に決まってんだろ！」

幼馴染(おさななじみ)のピーター＝コーニッシュに声をかけられて、一年生男子のディーン＝トラヴァースが慌てて動き出す。腰から抜いた白杖(はくじょう)を蚕に向けて――しかし、そこで再び凍り付いてしまう。成功のビジョンが、彼の中に少しも湧いてこなかった。

「……ふん」

一方、同じ作業台の対角では、彼よりもずっと小柄な少女が動き出していた。一匹につき一秒ほど、並べた魔法蚕の頭に次々と白杖(はくじょう)をかざしていく。うち九匹が正常に白い繭を作り、一匹が先ほど見たものと同じ黒い繭を編んだ。隣に立つ長身の同学年女子、リタ＝アップルトンが目を丸くする。

「……え？　テ、テレサちゃん、もう終わったの？」

「こんな課題に時間を使っていられませんから。**火炎盛りて**(フランマ)」

抑揚のない声で言い、テレサ＝カルステは何ら躊躇(ちゅうちょ)なく火炎呪文で黒い繭を焼き尽くした。呆気(あっけ)に取(と)られるリタに、彼女は人形じみて無表情な顔を向ける。

「あなたも早くやってください。待ち時間がヒマでしょうがないです」

「そ、そうしたいのは山々なんだけど……心の準備が……」

「気楽にやればいいじゃないですか。失敗したらすぐ殺しますから」

た。

「なぜですか。蚕をです」

震えるリタに淡々とつっこみを入れるテレサ。その姿を見ていたピーターが感心の声を上げ

「ぜんぜん怯まないや。やっぱりすごいなぁ、テレサちゃん」

「た、大したことねぇよ！　あのぐらいおれだって……！」

止まっていた体を対抗心に突き動かされ、ディーンが蚕の一匹に白杖をかざす。明らかに前のめりが過ぎる友人の姿に、危なっかしさを感じたピーターが言葉を挟む。

「ちょ、待ってディーン。そんなに力んだら――」

友人の声も耳には届かず、ディーンの杖から蚕へと勢いよく魔力が流れ込む。結果――ものの数秒で黒い繭を作り終えた蚕が、すぐさま元気いっぱいで繭の外へ飛び出した。

「うぉおっ⁉」

「ああっ、やっぱりぃ！」

ピーターの悲鳴が上がり、その眼前で翅虫が友人へと襲い掛かった。ディーンはがむしゃらに杖を振って火炎呪文を唱えるが、ろくに狙いも付けない彼の魔法は小さな的に掠りもしない。

空中を飛び回る翅虫に翻弄されるディーンに、傍らのピーターが杖剣を構えて声を飛ばす。

「ディーン、しゃがんで！　これじゃ狙えないよ！」

「う、うるっせぇ！　お前は下がってろ、こいつはおれひとりで——ぐぁっ!?」

なおも助けを拒む少年。だが、彼が次の詠唱を行うより早く、その右手首へ翅虫の顎が食らいついた。激痛に白杖を取り落とすディーンと、そんな彼の周囲で右往左往する新入生たち。やや離れた位置からその騒ぎに目を向けて、バネッサが平然と呟く。

「今年も腕を噛まれるヤツが出たか。いるもんだなー、バカは毎年」

「ディーンくん……！」

　たまらずリタが助けに入るが、ディーンの手首を放した翅虫は続けて彼女へと襲いかかった。とっさに唱えた迎撃の火炎呪文も空を切り、その首を狙って凶悪な顎が迫る。

　恐怖に駆られるリタの眼前で——続く瞬間、翅虫の体が真っ二つに分かれた。

「……へ……？」

　杖剣を突き出した姿勢のまま立ち尽くすリタ。両断された翅虫の体がべしゃりと地面に落ち、その傍らで小柄な少女——アレサが音もなく杖剣を鞘に納める。周りの新入生たちに視認さえ許さない、それは余りにも洗練された抜き打ちの一閃だった。

「……何してるんですか？」

「……え……」

　噛まれた手首を押さえて尻もちを突いているディーンに、少女の無機質な瞳が向けられる。嘲笑でも侮蔑でもなく、彼女はただ純粋に訝しんでいた。——なぜそうなるのか、と。

「対処は教わったじゃないですか。撃つでも斬るでも、杖剣があれば何でも出来たでしょう。最低でもとっさに身を躱すくらいは」

出来ないと考えるほうが彼女には難しい。呼吸も同然にそれができるように彼女は育てられている。そのことが否応なく伝わってきて、ディーンの顔面がある種の畏れに引きつった。その様子をじっと眺めていたテレサが、ふと合点がいったように諸手を打つ。

「あっ、なるほど。分かりました。――へなちょこなんですね、あなた」

軽くうなずき、それで興味は失せたとばかりに身をひるがえす。余りにも淡々とした侮辱――本人にとっては単なる納得でしかないそれに、ディーンは束の間放心し、

「……なっ――なんだとコラァ――っ！」

数秒遅れて湧き上がった怒りが、間欠泉のようにその口から迸った。

「……何か揉めているな、また」

同じ頃。校内二階に位置する大部屋の窓際から、オリバーはその様子を見つめていた。怒るディーンと彼に背を向けるテレサ、ふたりを何とか取り成そうとするピーターとリタ――そこまで眺めてため息をつく。どう考えても、騒動の中心は前者ふたりだ。

「――はぁっ！」

　憂いげな横顔を見せて佇むオリバーに、そこでピートが杖剣でもって斬りかかった。意識が逸れていることを見取っての思い切った踏み込み。が、それに応じる程度の注意はオリバーも残している。胸を狙った突きを横に受け流し、相手の姿勢が崩れたところで足払いの追撃。ピートがストンと尻もちを突いた。

「今のは焦り過ぎだな、ピート」

「よ、よそ見しながら言うな！」

　完全にあしらわれたピートがすぐさま立ち上がって文句を付ける。それで窓の外へ向けていた意識を完全に引っ込めて、オリバーは苦笑気味に眼鏡の少年へ向き直る。

「すまない、新入生たちの様子が気になって。次はちゃんとやるから」

　詫びつつ構えを取り直す。……今のよそ見はピートの熱心さに水を差す行いだった。ここからは集中して向き合おう――そう心に決めたオリバーだが、

「いや。教師を交代だ」

「――へ？」

　その頃合いで、眼鏡の少年が背後から襟首をひょいと摑み上げられた。片手で軽々とピートを持ち上げる大柄な生徒の顔に、オリバーは目を丸くする。

「――Mr.オルブライト？」

　かつて一年最強決定戦で鎬を削った尊大な少年がそこにいた。驚くオリバーに目を向けて、

オルブライトはふんと鼻を鳴らす。

「ずっと見ていたが、お前の教え方は甘すぎる。幼児でも相手にしているつもりか？」

「いや、そんなつもりは……」

「自覚がないなら尚更悪い」

有無を言わさず言い切り、オルブライトはピートを摑み上げたまま踵を返した。

「来い、ピート＝レストン。この俺が名前を覚えた相手が、いつまでも雑魚のままでは困る。直々に鍛えてやろう」

「お、下ろせ！　まず下ろせっ！」

軽々と運ばれながら、宙ぶらりんの姿勢で暴れて抗議するピート。その要望に応えて、オルブライトは眼鏡の少年をあっさりと床に下ろした。きっと相手を睨みつけるピートだが

──ふとその視線が、オリバーとの間を意味深に行き来する。

「……分かった。しばらく付き合え、Mr.オルブライト」

「ピート⁉」

彼の返答に衝撃を受けるオリバー。そこにつかつかと歩み寄っていき、ピートは呆然とする相手の顔をまっすぐ指さした。

「見てろよ。──次は絶対に、オマエから一本取ってやる」

そう言い放つや身をひるがえし、眼鏡の少年は足早にオルブライトのほうへと駆けていく。

声もなくその背中を見送るオリバーの肩が、そこでぽんぽん、と後ろから叩かれる。

「なはは、可愛い教え子を取られてもうたなぁ。まぁ元気出しぃや、オリバーくん。代わりにボクが相手したるから。な？」

「…………」

飄々とした笑顔で話しかけてくる長身の少年、トゥリオ＝ロッシ。こちらも一年生最強決定戦で争った相手だ。が――今のオリバーはそんな因縁など眼中になく、奪われてしまった生徒が別の教師から教えを受ける光景をじっと眺めている。その視線の先で、さっそく講義が始まっていた。

「まず問おう。なぜお前は弱いと思う？」

「……技が未熟だからだ」

オリバーが見つめる中、投げられた問いにピートがむすっとした顔で答える。それを聞いたオルブライトが、これだから素人は――とでも言いたげに肩をすくめた。

「そこがすでに違う。お前が自力で技だと思っているものは『型』だ。学んだ動きを木偶のように再現しているだけに過ぎん」

「……型……」

「型は、戦いの中に融けて初めて技となる。お前に必要なのはその感覚だ。――手始めに、今の時点で最も得意だと思う動きを見せてみろ」

そう言われて少し考え、ピートは利き手の左手でリゼット流の中段「電光」の構えを取った。その体勢から全力で床を蹴り、思い切り前のめりに飛び込んで突きを繰り出す。同時に右手で床を叩き、その反動で素早く跳ね起きて構えを取り直す。姿勢の回復が速いのは不器用ながらも体内の重心制御を用いている証拠。オルブライトが目を細めた。

「リゼット流『勇の一突』か。ふん、型としては悪くない」

「どうすればこれが『技』になる？」

「単体では博打にしからならん技だ。それが決め手となる攻防の流れを頭で組み立ててみろ」

促されたピートが顎に手を当てて考え込む。そこへ言葉が続いた。

「想像しろ。入学して間もない時期ならいざ知らず、今のお前には一年以上の経験の蓄積がある。優れた使い手の戦いを間近で見届け、鍛錬の場で剣を交えてもきている。その眼が節穴でなければ——魔法剣での戦いがどういうものか、漠然と知れてくる頃だ」

言われるままに戦いの展開を思い描くピート。『勇の一突』を決め手とするなら、そこまでの攻防は逆算によって導かれる。身をもって体験した多くのパターンが彼の頭をよぎり、その中から勝算と再現性の高いものを選別していく。ややあって、体が半ば自然とひとつの構えを取った。杖剣を頭と同じ位置で縦に構える、ラノフ流の上段構え。

「そうだ、少々露骨だが上段構えでいい。まず相手の意識を上に寄せろ。『勇の一突』の要は上下と前後の動きにある。胸より上での攻防に相手の目が慣れきり、際の間合いからお前の胸に向かって敵の呪文が放たれる刹那。この技が完璧に決まるのはそのタイミングだ」

　ピートの答えに及第を告げ、オルブライトが薄く笑う。

「決まればそのまま決着に繋がる反面、失敗した時の代償も大きいのが飛び込み技だ。が――お前は恐れず飛び込む度胸をすでに得ている。そこだけは褒めてやってもいい」

「……気持ち悪いぞ、オマエに褒められても」

「ふ。では誰に褒められたい？」

　見透かしたような顔でオルブライトが問い、ピートの体が硬直した。とっさに意識した人物のほうへは辛うじて目をやらずに留めたが、頬がかっと熱くなるのを自覚する。その反応を見て取った相手がくつくつと笑った。

「分かりやすいな、お前は。……なるほど、オリバーが愛でたくなるのも分からんではない」

「……黙れっ……！」

　動揺を誤魔化すように向き直り、ピートは上段の構えのまま戦意を露わにする。それを歓迎し、オルブライトが悠然と杖剣の鞘を払った。

「いい気迫だ。黙らせてみろ、その杖剣で」

　他方。ロッシとの立ち合いを続ける傍ら、オリバーはずっと横目でその様子を窺っていた。

「……何を話しているんだ、いったい……」

「隙ありや！」

攻めの好機を見て取ったロッシが襲いかかる。持ち前のセオリーから外れた難剣——しかし、オリバーに敗北してから学んだクーツ流の技術と融合し、その動きはよりいっそう厄介なものになっていた。難解な運足に「眩む電光」による目晦ましを織り交ぜて側面へ回り込み、

「——おごっ⁉」

その鳩尾に、鋭く突き出された踵蹴りが深々とめり込んだ。カウンターで倍増した衝撃にたまらず膝を折るロッシ。直撃に気付いたオリバーが慌てて相手に駆け寄る。

「すまないロッシ。そこまで深く蹴り込むつもりはなかったんだが」

「う、ぐぐ……アカンぞジブン、八つ当たりと違うんかこれ……」

ロッシの口から悔しさと憤慨が入り混じった声が漏れる。——明らかに意識は散っていたのに、その状態でも軽く対応された。相当な実力差がないとこうはならない。自分が鍛え直している間に、相手はますます先へ進んでいたらしい。

「……堪らんわ、まったく……」

うずくまって腹を押さえながら、その苦痛とは裏腹に、ロッシは口元を凶悪につり上げる。

——そうだ。せっかく目標が出来たのだから、そうでなくては面白くない。

「——勢イィィッ！」

瞬間、闘志に満ちた掛け声がふたりの意識を同時に攫った。同じ大部屋の対角の位置に、師範のガーランドと激しく斬り合う東方の少女の姿がある。視線を釘付けにされるオリバーの隣で、ロッシがはぁとため息をついた。

「……今度はあっちかい。気ィ散らす相手に事欠かんなぁ、オリバーくんは」

「――否定はしないが。目を引かれるなというほうが無理な話だ。君もそうだろう」

「ははっ、そりゃそうや。――堪らんなー、ナナオちゃん。また一段と鋭くなっとるやんか」

オリバーの隣に並んで立ち、顎に手を当てて観戦の構えに入るロッシ。火花散らす太刀打ちを経てナナオが大きく踏み込み、それを紙一重で躱したガーランドの杖剣が少女の利き腕を薙いだ。猛攻にも完璧に対応しきった魔法剣の師範が、間合いを取り直しつつ鋭く声を上げる。

「今の踏み込みは安易だったぞ。勇敢と無謀を履き違えるな、もう一回！」

「承知！」

持ち前の素直さでその指摘を受け止め、ナナオは再び嬉々として達人との立ち合いに臨む。彼女の姿に見惚れるオリバーたちの背後に、そこで縦巻き髪の少女が静かに歩み寄ってきた。

「先生の指導にも遠慮がなくなってきましたわね。本格的に見込んでいるのでしょう」

「ああ。……最高の生徒に最高の教師だ。あれで伸びないわけがない」

彼女の言葉にうなずきで返すオリバー。と――続く瞬間。そんな彼らの意表を突いて、ふいに頭上から声が響く。

「楽しそうだなぁルーサー君。そんなに気に入ってるなら、いっそ弟子に取ったらどうだい？」

シェラと同じ金の縦巻き髪（ロールヘア）を蓄えた男が、大部屋の天井に逆さまの姿勢で立っていた。ぎょっとした生徒たちの視線が集中するが、名を呼ばれたガーランドはとっくに気付いていたとばかりに微笑（ほほえ）んで応じる。

「彼女はまだ二年生ですよ、セオドール先輩。分野を選ばず色々と経験すべき時期です」

「急いで囲い込む気はない、というわけかい。ダリウス君とは真逆だね、その辺り。もちろんそこが君のいいところだけどさ」

肩をすくめてセオドールは言う。その気さくなやり取りからも、両者の良好な関係と長い付き合いは見て取れた。が——そんな和やかな光景を、オリバーは険しい面持ちで、シェラは呆（あき）れと諦めが半々の表情でそれぞれ見つめている。

「…………」「……はぁ……」

「？　どしたん。えらい渋い顔しとるで、ジブンら」

怪訝（けげん）に思ったロッシがふたりへ問いかけるが、彼らは無言のまま。その間に、ガーランドが天井の相手に向かって言葉を続けた。

「ともあれ、ここに顔を出したからには指導を手伝ってもらいますよ。あなたのリゼット流、この子たちに見せてあげてください」

「剣聖直々のご指名とあっては断れないな。今は愛する娘の目もあることだし、どれ、ひとつ頑張ってみようか」

ちらりとシェラに目を向けてから床に降り立つセオドール。場外へ下がったナナオに代わって一足一杖の間合いでガーランドと向き合い、そのまま腰の杖剣を抜いて構えを取る。

「学生時代とは違うからね。お手柔らかに」

「ご冗談を。二年ぶりですね、先輩と立ち合うのは」

楽しげに言って自らも構えを取るガーランド。一方、他の生徒たちと同様に固唾を呑んでその光景を見つめるピートに、隣に立つオルブライトが囁いた。

「達人同士の試合だ。よく見ておけ、ピート＝レストン」

「ああ……」

「まぁ今のお前では、ろくに見えもせんだろうが」

「一言多いんだよ！」

彼が抗議の声を上げた瞬間、対峙するふたりの教師が同時に動いた。始まりは意外にも緩やかに、しかし剣戟を重ねるごとに勢いが増していく。やがて合間の空間に飛び散る無数の火花。戦いの流れを目で追えず、ピートが愕然と固まる。

「……⁉　……⁉　…………⁉」

「やはり見て取れる段階ではないか。案ずるな、いま俺が――」

「俺が解説しよう、ピート」

オルブライトが説明を加えようとしたところで、ふいに別の声が割って入った。彼がその方向へ目を向けると、ピートを挟んだ反対側に、いつの間にかオリバーがしれっとした顔で立っている。

「……おい。今はこちらで預かっているはずだが？」

「それは君から直接ピートに教える場合だろう。試合の観戦はまた話が違う」

「どういう理屈だそれは。いいから余計な口を出すな」

言いつつピートの肩を掴んで引っ張るオルブライト。が、オリバーが即座に逆側の肩を掴んで止めた。そのまま有無を言わさず耳元へ口を寄せる。

「ピート、全て見ようとするな。分かるところから分析すればいい。……まず、先生方の構えについてはどうだ？」

問われたピートの意識が反射的にその部分へ集中する。目にも止まらぬ速さで斬り合う教師たちの残像を辛うじて追いかけ、眼鏡の少年は自信なさげに口にする。

「……ラノフ流の中段と、リゼット流の中段……だと思う」

「そう、ふたりとも基本に忠実な構えだな。俺たちに対比が見て取れるよう、わざとそうしてくれている。用いられている技術も、ほとんど俺たちがすでに学んだものばかりだ」

「そ、そうなのか？」

　何をしているのか八割方分からずにいたので、それを聞いたピートは目を丸くした。一方、教師役を取って代わられたオルブライトも引き下がらず、眼鏡の少年の肩をぐっと引き寄せる。

「Mr.マクファーレンの足運びに注目しろ。絶え間なく圧力をかけて間合いを潰し、かつ相手を横に逃がさない。あれがリビット流の立ち回りの基本だ。自分の強みを活かせる戦型を維持し続ければ、勝敗の天秤は自ずと己に傾くもので――」

「ガーランド先生の受けを見逃すな。一見して守勢を強いられているようだが、的確にカウンターを挟むことで流れを持っていかせない。激しい攻めをぐっと耐えて、攻めあぐねた相手が下がった瞬間が最大の狙い目だ。例えば後退に合わせて飛び込み技を――」

「う、う、う」

「落ち着きなさいませ。ピートが混乱していますわよ、ふたりとも」

　右と左から異なる情報が流れ込み、ピートの目がぐるぐるしてきたところでシェラが仲裁に入った。それで我に返ったオリバーとオルブライトが言葉を切り、同じ頃合いで教師たちの試合も終わりを迎える。短い時間に百合を超える剣戟を交えたふたりが、最初と同じ一足一杖の間合いを残して向き合った。

「……ふぅ。少しは先輩に花を持たせてくれよ、ルーサー君」

「まさか。今も昔も、先輩相手に手心など思いも寄りませんよ」

　構えを解いて息をつくセオドールと、そんな彼に向けてにっと笑ってみせるガーランド。

杖剣を納めた縦巻き髪の教師が、周りの生徒たちへぐるりと視線を一巡させた。

「少しは参考になったかな？　では、僕はこれで失礼しよう。――じゃあねシェラ、僕の愛しい娘」

「はいはい。分かりましたから、さっさと出て行ってくださいませ」

最後に接吻を投げて寄越す父親を、シェラはため息と共にあしらう。それでも満足げに微笑んでセオドールが大部屋を去っていくと、すぐさまガーランドの指示が下り、生徒たちは再びそれぞれの修練に戻っていった。

悲鳴と絶叫は新入生の仕事だが、もちろん二年以降にはそれ以上の試練が彼らを待ち受ける。ただ――一年分の鍛えと慣れが、もはやそう簡単に彼らを泣き喚かせてはくれない。

「よく来たなお前ら。ククク ッ、今日の課題は楽しいぞぉー」

去年よりひと回り頑丈になった生徒たちを見渡して、魔法生物学の教師バネッサ＝オールディスは愉しげに舌なめずりする。その背後には柵で囲われた空間があり、中には子馬ほどもある奇妙な動物が複数いる。猛禽に似た翼と上半身を持つが、下半身のしなやかな肉付きと骨格は猫類のそれ。ひと目で正体を見て取ったカティがぼそりと呟いた。

「……グリフォン」

「の雛鳥だ。卵から生まれて一か月ちょい。羽根も生え揃って、ようやくそれらしくなってきた時期だな」

雛鳥と呼ぶには迫力があり過ぎる柵の中のグリフォンたちに向き直り、バネッサは上機嫌に説明を続ける。

「課題はこいつらの調教だ。要するに『魔法使いの言うことを聞く動物』に躾けることだな。手段はなんでもいいが、簡単にはいかねぇぞ。元々の生息域じゃ、こいつらは魔法生態系の上位を占めていた『食らう側』の種族だ。当然、他の生き物に頭を下げる考えなんか持ってやしねぇ」

そう言った彼女が柵へ歩み寄ると、最寄りのグリフォンが即座にその肩へ噛り付いた。息を呑む生徒たちの前で、バネッサは噛まれたまま悠然と笑みを浮かべる。

「クククッ。結構結構、活きがいいじゃねぇか。そうでなけりゃ躾け甲斐もねぇからな」

その右腕がめきめきと異形に変じ、彼女は爪と一体化した剛腕でもってグリフォンの首を鷲掴みにする。為す術なく掴み上げられたグリフォンが四脚をばたつかせ、耳にキンと響く高域の悲鳴を上げる。

「さぁ、腹ァ見せろ。アタシに尻尾を振れよ。でないと——どうなるか、分かンだろ？」

言葉が通じたはずはないが、結果としてその一言がとどめになった。剛腕に掴まれている側からは格の違いも瞭然だったのだろう。ぐったりと全身の力を抜いて無抵抗の意思を示し、慈悲に縋(すが)るように尻尾を振って見せる魔鳥。それを確認したバネッサが獲物を解放し、地面に落ちたグリフォンは大慌てで柵の反対側へ逃げていった。

「——ま、ざっとこんな感じだ。要は格の違いを示して認めさせること。そうやって初めて、こいつらは猛獣から畜獣に成り下がる。

もちろんヘマこきゃ襲われて死ぬが、アタシひとりで全員の面倒なんざ見てられないんでな。今日は上級生との合同授業だ。おい、入って来い！」

バネッサの呼びかけに応えて、カティたちの後方に待機していた上級生たちが一斉にやってきた。二十人余りの四〜七年生の中に見知った顔を見つけて、巻き毛の少女がぱっと顔を輝かせる。

「ミリガン先輩！」

「やぁ君たち。この授業はカティ君に鬼門だと思ってね、ついサポート役に入ってしまったよ」

「……助かりますわ。さっきから嫌な予感がしていたところですの」

さっそくカティのもとにやって来たミリガンに、シェラが率直な感謝を示す。それぞれの班に上級生がひとりずつ付いたところで、六年生の女生徒が高々と白杖(はくじょう)を掲げた。

「はいはーい注目！　魔獣を調教する方法はいくつかあるけど、基本はやっぱり飴(あめ)と鞭(むち)。特にこの段階だと鞭(むち)のほうが重要だね。今のこいつらは君たちを心底舐(な)め腐ってるから」

言いつつ柵を開け放ち、グリフォンの一頭を外へ誘導していく。二年生たちの視線が集中する中、上級生の女生徒は魔鳥と間近に対峙した。バネッサに噛み付いたさっきの一件があるだけに、彼女自身よりも見守る側に緊張が走る。

「まずは痛い目に遭わせて威勢を削ぐのがいいんだけど、傷を負わせると治癒の手間が増えるからね。そこで役に立つのが激痛呪文。魔鳥類はそこまで体の構造が人間とかけ離れてないから、コツを覚えれば普通にいけるよ。――おい、そこに座りなさい」

説明に交えて白杖を上下し、女生徒がグリフォンへ命令を下す。が、その眼前で、魔鳥はぷいと顔をそむけた。命令の意味は解した上で、あからさまな侮りが滲む動作で。

「無視したね。じゃ、こんな具合に――**痛みで満ちよ**」

予定通りとばかりに呪文をかける女生徒。杖先から飛んだ光が体に触れた瞬間、グリフォンの全身がびくりと震えて横転した。

「KYOOOOOOOOOOOOOOOOッ！」

甲高い絶叫を上げて地面をのたうち回るグリフォン。その光景にカティが両こぶしを握りしめ、隣のオリバーは冷や冷やする。いつ彼女が止めに入るか分かったものではない。

「うんうん。行方不明のダリウス先生曰く、痛みは賢者にも愚者にも等しいってね。何かを命じて、逆らったり無視したらこれを繰り返す。しばらく続ければ嫌々命令を聞くようになるから、そこで今度は飴の出番。好物の肉を食わせて思いっきり褒めてやるの」

作業台の上に用意された生肉を指して女生徒が言う。そのひと切れをつまみ食い——というよりも丸ごと一呑みにして、バネッサが説明を補足した。

「言っとくが、グリフォンの卵はひとつ二百万ベルクを下らねぇ。そんなもんを授業で生徒に扱わせるのはキンバリー(ウチ)くらいだ。成長してから人に慣らすことはほとんど不可能で、調教に失敗すれば買い付け分が丸ごと無駄になる。行き着く先はアタシの酒の肴(さかな)だ」

と、これまでとは違った角度のプレッシャーをかけてくる。表情を硬くする二年生たちを満足げに眺めて、作業台に腰かけたバネッサがぶらぶらと両足を振った。

「せいぜい気張れ。こっちのつまみを増やしてくれんのはいいが、実家にとんでもねぇ額の請求書を届けられたくはねぇだろ？　——それ、開始だ」

心の準備の暇など与えず、さながら荒野へ放り出すように課題の始まりが告げられる。それぞれの班の生徒たちが一斉に動き出し、その中でオリバーたちも互いに顔を突き合わせた。

「…………さて、どうする」

「……いちおう訊(き)くけどよ。いま聞いたやり方は……」

「絶・対・反・対！」

皆まで言わせず主張するカティ。その肩に手を置いて宥(なだ)め、シェラが言葉を継ぐ。

「ええ、分かっていましたわ。——とはいえ、出された課題を諦めるわけにもいきません。あたくしたちの班では、激痛呪文以外の方法を考えませんと」

「ふっふっふ。そこで私たちの共同研究が活（い）きてくるのさ」

意味深な笑みを浮かべてミリガンが言う。次の瞬間、振り向いたカティとがっちり目が合った。

「異種間コミュニケーション学――まさにこんな時のためにある学問分野だ。そうだろう、カティ君！」

「その通りです先輩！」

かつてなく意気投合してうなずき合うふたり。オリバーたちが目を丸くする中、蛇眼の魔女は声を大にして語り始めた。

「皆も聞きたまえ！ 程度は個体によりけりだが、激痛呪文による調教には憎悪（ヘイト）の蓄積という副作用がある！ 古今東西、思わぬタイミングでそれが爆発した事故は枚挙に暇（いとま）がない！ しかし！ 異種間コミュニケーション学が重んずる双方向の意思疎通であれば！ 我々はより高い次元で魔法生物との関係性を構築することが可能だ！ 今からそれを実践してみせよう！」

演説を続けながら柵へと歩み寄り、ミリガンは白杖（はくじょう）を振ってグリフォンの一頭を外へ誘導する。そのままオリバーたちのもしへ連れていく間も、彼女の声は朗々と響く。

「好ましい関係性の構築には、まず相手をよく知ることが不可欠だ！ その意味で私はすでに条件を満たしていると言えよう！ なにせグリフォンのことなら隅から隅まで知っている！ 何を食べて生きているか、どんな環境を好むか、臓器の位置はどこか、どの部位を突けば一撃で死ぬか！　グリフォンよ、恐れるな！　私は君の最大の理解者だ！」

その理屈はおかしい、と喉までこみ上げたオリバーだったが、隣でカティがまったく同じ顔でいるのを見て辛うじて言葉を呑み込んだ。……確かに、せっかく上級生が力になってくれようとしているのだ。ここで水を差しても仕方がない。

「残念ながらグリフォンに言語はない！　しかし彼らは同種で群れを営む生き物であり、そこには交流や友好の概念が歴然と存在する！　これがその実践だ――**生えよ羽毛**！」

ローブを脱いで自らに呪文をかけたミリガン。その両腕から肩にかけてグリフォンのそれに似せた羽毛がばさりと生え伸び、口元には大きな嘴が形成される。さらに続けて、彼女は左右の翼を眼前で交差させてみせた。

「翼を合わせる仕草は、同種間で『害意なし』を示すサイン！　我々の流儀を押し付けるのではなく、相手の流儀に自らを合わせていく！　この謙虚さこそ異種間コミュニケーション学の最大の特徴と言える！　既存の調教手段に慣れた者には迂遠にも思えようが――見たまえ、敵意が和らいでいく！」

翼の隙間から様子を窺いつつ、かちかちと嘴を鳴らしてミリガンが語り続ける。オリバーたちがグリフォンのほうを確認すれば――微妙だが、ほんの心持ち、雰囲気の刺々しさは減ったように見えなくもない。友好の意思表明を受けて、というよりは単純に困惑しているだけかもしれないが。

「ここからが第二段階！　互いに害意がないことを認め合ったグリフォン同士は、そこからさらに関係を進める場合、互いの嘴を擦り合わせることで友好の証とする！　これが出来ればもはや友人になれたも同然だ！」

ゆっくりと、しかし自信に満ちた足取りでミリガンが魔鳥に接近していく。目の前まで来たところで彼女はやや前傾し、グリフォンに向かって自らの嘴を突き出した。人間で言うならば握手を求めて手を伸ばすに当たる光景。息を呑んで見つめる生徒たちの中、やがてグリフォンが静かに魔女と嘴を並べ、

「KYOOOOOOOOO――――ッ！」

その耳元で、強烈極まる高音の鳴き声を炸裂させた。ミリガンの両耳から激しく血が噴き出し、彼女はその場にばったり仰向けに倒れ込む。

「――せッ」「先輩――ッ⁉」

ガイとカティが絶叫し、六人全員が大慌てで魔女のもとへ駆け寄る。杖剣でグリフォンを牽制しながらミリガンの体を引きずっていく中、運ばれる本人の口から場違いに明るい声が出た。

「ははは、参ったね、至近距離で音波攻撃を食らってしまった。――ん？　すまないカティ君、何を言っているのかまったく聞こえない。あと空はこんなにどぎつい紫色だったっけ？」

「両鼓膜と内耳をやられていますわ！」「脳出血の疑いもある！　早く治癒を！」

負傷の内容を見て取ったオリバーとシェラがすぐさま手当てへ移る。一方、一連の出来事を見届けた他の班の生徒たちは「やっぱりなぁ」という顔でそれぞれの課題に戻り、教師のバネッサに至っては腹を抱えてゲラゲラ笑っていた。後者は非常に気障りではあったが、今の流れの後だと、さすがにオリバーも抗議する気にはなれない。

「……わたしも、やる」

横たわるミリガンの傍らで、巻き毛の少女がゆっくりと立ち上がる。その言葉を聞いたガイは一瞬ぽかんとし、遅れて意味を理解したところで、歩き出そうとするカティの手首を慌てて摑み止めた。

「はっ？　アホかっ、やらせるわけねぇだろ！　今の結果を見ただろーが！」

「だから何⁉　一回だけの挑戦で成功するほど、異種間交流の道は甘くないっ！」

ガイの手を振り払って前進するカティ。なおも追おうとするガイだが、今度はオリバーがその肩を摑んで止めた。――この状況では、もはや何を言ったところで彼女は止まらない。

「こんにちは、グリフォンさん。わたしはカティ＝アールト。

……わたしと、友達になってくれる？」

数歩の距離を残して魔鳥と対峙し、巻き毛の少女はそう問いかける。応答としてグリフォンが行ったのは両翼の羽ばたき――そこに住み着いた風の精霊が吹き荒れ、拒絶の意思を表す強風となってカティの体を押し返す。幼体なので力こそ弱いが、紅王鳥と同質の能力だ。

「……ううん。ごめん、今のは訂正。

友達になってもらう。あなたがどれだけ嫌がっても」

だが。その風圧に一歩も引かず、カティは揺るがぬ声で言ってのけた。それを聞いたオリバーの胸にずきりと痛みが走る。――去年の彼女からは決して出なかっただろう言葉。傲慢と表裏一体の、狂気と同質の――それは紛れもない「魔法使いとしての強さ」に他ならない。

「KYOOOOOOOOOOOッ！」

風に逆らって一歩踏み込んだ少女に、先ほどミリガンが浴びたものと同じ音波の攻撃が襲いかかる。キンと耳を打つ高音の余波にガイが血相を変えた。カティの位置は完全に直撃範囲だ。が、彼女は倒れずそこにいた。右手に白杖を構え、遮音の障壁を前面に展開して。

「――自衛はする。わたしはあなたを奴隷にしないけど、あなたの餌にもならない。いくらでもかかってきて。気が済むまで、全力で相手になるから――！」

決意を言葉にし、カティはさらに一歩グリフォンへと距離を詰めた。彼女の迫力に気圧されたように後退する魔鳥。離れた位置でその様子を見ていたバネッサが鼻を鳴らす。

「フン。新しい試みも結構だがな、アールトのお嬢さん。時間内にケリを付けられなけりゃ、問答無用で班ごと課題は失格になるぜ。それ、成功の見込みはあんのかよ？」

理想を目指す少女へ叩き付けられる厳しい現実。それを否応なく受け止めてこぶしを握り、カティは背後の仲間たちへ向かって尋ねた。

「……みんな。わたしに何分くれる？」

そうして猶予を問う。この授業の中で、自分に与えられたチャンスの限界を。

「はっきり言って。わたしはこのやり方に拘りたい。でも――この子を死なせたくもないの」

調教の失敗はグリフォンの廃棄処分を意味する。成功率の高い手法を自ら拒んだ以上、その責任は全てカティへと圧し掛かる。だから彼女は断腸の思いで一線を引く。目の前の命を救えると約束できない自分の未熟さを、痛いほどに思い知っているから。

彼女の気持ちを余さず受け止めた上で、シェラとオリバーは互いに視線を向け合った。

「……残り三十分まで。これでどうですか、オリバー」

「……ああ。それだけあれば、最低限の調教はしてみせる」

ふたりの視線がガイとピートを巡り、やがて全員がうなずく。後始末は任された、と。友人たちへの感謝を胸に、巻き毛の少女は目の前の試練へ全霊を傾ける。

「ありがとう。――それまでは、わたしにやらせて」

そうして、どのような奇蹟も起こらないまま時間だけが過ぎた。

「……はぁっ、はぁっ……！」

カティの口から荒い吐息がこぼれる。両腕に生やした羽根は度重なる抵抗でとっくにボロボロで、全身の生傷は数え切れず、唱えた呪文の数ももはや喉が嗄れるほど。音、ジェスチャー、表情、魔力の波長――暴力以外のあらゆる手段でコミュニケーションを試み、その全てを弾かれた結果である。

「…………」

無理もない、とオリバーは思う。ピート救出行の際、迷宮二層の魔猿に対してナナオが行ったコミュニケーションとは難易度がまるで違う。あの時は「敵意がないこと」だけを伝えれば事足りたが、今回は友好関係を結ばなければならないのだ。その気がまったくないグリフォンに対して、それは誰の目にも困難極まる。

「……おい、もう」

「いや。最後までやらせるんだ」

すでに残り時間もわずかか。見かねたガイが止めに入ろうとするが、オリバーはそれを頑として押し留めた。少女の背中にわずかでも諦めの気配があれば、彼もそうしただろう。――だが、

「よく見ておけ、ガイ。あれがカティの戦いだ。これまでも、これからも――彼女はずっと、ああやって現実と戦っていくつもりなんだ」

彼女は少しも諦めてはいない。今この瞬間も、傷の痛みを忘れるほどの集中力でもってグリフォンの一挙一動を観察し、その信頼を勝ち取るための方法を模索している。水など差せはしない。全ての魔法使いが敬意を払うべき姿がそこにあった。

だが、カティに許された時間は紛れもなく有限。何度目かで懐中時計を見下ろしたシェラが、ついにその終わりを告げる。

「時間切れですわ、カティ。……残念ながら」

「……ッ……！」

宣告を受けた背中がびくりと震えた。そこに歩み寄って肩に手を置き、縦巻き髪(ロールヘア)の少女は優しく言う。

「あなたはよく頑張りました。……下がっていなさい。この先は、耳を塞いでいて構いませんから」

「塞がないッ！」

嗄(か)れた声でカティが叫んだ。その両目から、ぼろぼろと大粒の涙がこぼれ落ちる。

「わたしのせいで、あの子が痛い目に遭う。……その結果からだけは、目を逸(そ)らさない。絶対に……！」

頑としてグリフォンのほうを見つめたまま、巻き毛の少女はその場に留まり続けた。彼女自身がそう決めたなら、もう誰にも止められはしない。シェラとオリバーも覚悟を決めて魔鳥のほうへと足を進め、

「――え？」

その背後で。カティの頬を流れる涙を、つぅと、白い指先が優しく拭い取った。

「優しい子、だね」

穏やかな声が耳に染みて、巻き毛の少女はぼんやりと背後を振り向く。彼女の体を両腕で包み込むような体勢で、上級生の女生徒がそこに立っていた。淡い金髪と柔らかな微笑みがカティの心を溶かし、その様子を目にしたオリバーが驚きの声を上げる。

「――従姉さん⁉」

そう呼ばれて、シャノン＝シャーウッドは目を細めて少年を見やった。重ねて響き渡る重厚な弦楽の音色。聞き覚えのある音律に、オリバーはとっさに音の方向へ目を向けて――そこに、白杖を加工した弓でヴィオラを奏でる上級生の姿を見つける。

「従兄さんも……！」

オリバーにちらりと一瞥を寄越すと、グウィン＝シャーウッドは無言でヴィオラの演奏を続けた。魔力を帯びた音が空間に満ち、同じ場に居合わせた全ての人々が思わず耳を傾ける。いや、人ばかりではない。音楽など知らぬはずのグリフォンたちまでもが足を止めて、等しく彼の演奏に感じ入っていた。

「――この子は、ね。あなたを……救おうと、してる、んだよ」

そんな音色の中、白杖すら手に持たぬまま、シャノンはグリフォンへと静かに歩み寄った。その嘴に躊躇なく手で触れて、ぽつぽつと語りかける。幼い子供に説いて聞かせるように。

「……うん……うん……、いい子。――あなた。こっち、来て？」

振り向いたシャノンが巻き毛の少女を手招きする。訳も分からぬままそれに応じて、カティは再び魔鳥の前に立った。

「何か、頼んでみて。今なら大丈夫、だから」

穏やかな声でシャノンが請け合う。それを疑う気持ちは不思議なほどに起こらず、カティはこくりとうなずいてジェスチャーを行う。

「……翼を、いっぱいに広げて……くれる？」

グリフォンに向かって大きく両腕を広げてみせる少女。それを数秒見つめた末――ふわりと風を押して、魔鳥の両翼が左右に開かれた。カティがぐっと息を詰まらせる。

「命令に応じた。――課題達成、だな」

ふいにヴィオラの演奏を止めて、グウィンがぽつりと口にする。と――状況を静観していたバネッサが、ここで腰かけていた作業台から荒々しく飛び降りた。

「おいコラ、待てや。出しゃばり過ぎだろがシャーウッドの兄妹。テメェらが達成してどうする。二年の授業だぞこりゃ」

「我々が行ったのは、グリフォンの気を宥めるための演奏と最後の仲介だけ。じゅうぶんに補助の範疇だと思いますが、Ms オールディス」

穏やかな口調で、しかし一歩も引かずに反論するグウィン。それを聞いたバネッサが眉根を寄せ――しかし、一瞬後で愉快そうに噴き出す。

「……ハッ、なるほどね。何をやったか説明できねぇなら文句付けんなってか」

くつくつと含み笑う魔法生物学の教師。キンバリーにはひとつの不文律がある。たとえ教師であろうと、正体を見破れなかった魔法の結果に文句は付けられない。シャノンとグウィンの手助けを出しゃばりと責めるなら、それがどのような仕組みであったかを最初に指摘するのが筋だ。

「確かにそいつは道理だ。——いいぜ、今日のところは及第にしてやる。つっても、グリフォンの調教は今後も続くがな。一時凌ぎにならねぇことを期待するぜ」

バネッサがそう口にしたところで終業の鐘が鳴り、生徒たちは一斉にグリフォンを柵の中へ戻し始めた。オリバーがふぅと息を吐く。——まさか表の生活で、従兄と従姉にこんな形で救われようとは。

「あ、あの……！　ありがとうございます！」

立ち去ろうとするグウィンとシャノンに慌てて駆け寄っていくカティ。振り向いたふたりに、彼女は頬を紅潮させて問いかけた。

「教えてください！　今、何をやったんですか⁉　この子と、心を……通わせましたよね⁉」

カティの視線がグリフォンとふたりの間を忙しなく行き来する。シャノンが困ったように微笑み、その隣でグウィンが訥々と口を開いた。

「……妹は説明が不得手だ。俺が代わって答えるが、八割は君の成果と思ってくれ、Ms.アールト。シャノンは少し背中を押しただけ。その方法については教えられないし、仮に教えたところで真似は出来ない。妹以外には誰にも」

強く断言されたカティが声を詰まらせる。妹と共に踵を返しつつ、グウィンは最後に告げた。

「君が往くのは険しい道だが、光はある。……俺たちから言えるのは、ただそれだけだ」

午前の授業が終わり、いつものように「友誼の間」での昼食となったが、この日はお喋りが少なかった。カティが怒涛の勢いでオートミールを流し込んでいたからだ。

「――ごちそうさま！ グリフォンのところに行ってくるね！ また後で！」

ナプキンでぐいと口元を拭って席を立ち、彼女は早足に校舎の外へと向かう。バネッサとの交渉で授業時間外の調教が認められたため、昼休みの残り時間をグリフォンとの交流に使うつもりなのだ。オリバーたちは激励を込めてその背中を見送った。

「……ボクは図書室だ」

一方で、こちらは控えめに昼食を終えた眼鏡の少年が席を立つ。彼が図書室に通うのはいつものことだが、この日は少し流れが違った。トーストの残りを口に詰め込んだガイが、ピートを追って立ち上がる。

「ちょい待て。一緒するぜ、ピート」

「えっ？」

意外な申し出にピートが目を丸くし、他の三人もまったく同じ気持ちでガイを見つめる。八つの目にまじまじと注視されて、たまらず彼がたじろいだ。

「そ、そんな驚いた顔すんなよ、おれだって本くらい読むっての。ウォーカー先輩に薦められたサバイバル本があんだよ」

なるほど、とオリバーは納得した。自他共に認める体感派のガイだが、『生還者（サバイバー）』から教えを受けることで、その学びの姿勢にも変化が生じているらしい。彼の向上心も決してカティやピートに劣らないのだろう。

彼らのやる気に触発されてか。手にしていたフォークを皿に置いて、今度はナナオが席から立ち上がる。

「書に親しむことも大切でござるな。拙者も同行して宜（よろ）しいか、お二方」

「なんだこのメンバー……。別に構わないけど、本当に読書するんだろうな、オマエら。あそこで昼寝すると司書に怒られるぞ」

「安心しろよ、もうやられた。何も暴れ本をけしかけなくてもなぁ」

その時に遭った痛い目を思い出してか、手のひらで後頭部を撫（な）でながらガイが言う。彼らと並んで立ったナナオが、そこでテーブルのほうを振り向いた。

「オリバー、シェラ殿。貴殿らもいかがでござるか」

「ん──」

　誘いに応じて腰を浮かせかける少年。が、そこに同じテーブルのシェラが声を差し挟む。

「ナナオ、先に行っていただけますか？　十分ほどであたくしたちも合流しますわ」

　彼女がそう告げたことでオリバーは椅子に座り直し、ナナオたちはうなずいて身をひるがえす。三人の背中が広間の外へ消えたところで、縦巻き髪（ロールヘア）の少女が再び口を開き、

「ごめんなさい、引き留めてしまって。……どうしても話しておきたいことがありまして」

　真剣な面持ちで相談を切り出す。その内容には、オリバーも心当たりがあった。

「……セオドール先生のことだな？」

「……ええ。今日のこともですが……ガラテアでの一件から、さすがに見過ごせなくなりました」

　こくりとうなずくシェラ。彼女の言う「ガラテアでの一件」──セオドールの企てでナナオが人斬りと戦わされた経緯は、すでにオリバーの口から娘の彼女へと伝えられていた。夜の街での出来事をつぶさに思い返して、オリバーは率直な疑問を口にする。

「あの人がナナオに何を望むのか──俺が知りたいのはそれだ。彼女を特別に見込んでいるのは分かるが、どこへ導きたいのかが分からない。ナナオを日の国（ヤマツ）から連れてきて、魔法使いとして鍛え上げて……それからどうする？」

「結論から言えば、あたくしにも測りかねているのですわ。父が謎めいているのは昔からです

が、ナナオに関しては特にそれが顕著です。ただ――娘の直感、とでも言いましょうか。生半な執着ではない……そのことだけは伝わるのです」

彼女の返答に、オリバーは腕を組んで考え込んだ。ティーカップの中で揺れる紅茶の水面を見下ろしつつ、シェラは言葉を続ける。

「あのレベルの魔法使いに強い執着を持たれるのは、それ自体が強力な呪いのようなものです。単純な悪意でないことだけは娘として保証しますが……この場合、それで安心とはいきません」

「そうだな。……悪意なら、ミリガン先輩にもなかった」

カティが攫われた時の出来事を引き合いに出して、オリバーは神妙にうなずいた。……もはや分かり切っている。そこに一片の悪意がなくとも、魔法使いの行いはいとも容易く人の生命を害しうるのだと。

「少なくとも、マクファーレンの魔道に関わることではない――と思うのです。それなら嫡子のあたくしにも推測できて然るべきですから。だから、もっと別の……父の個人的な事情に由来する執着だと、あたくしは睨んでいます」

「……個人的な、執着」

娘のシェラがそう見たとなると、動機はいっそうに謎めいてくる。せめて何か取っ掛かりがあれば――腕を組んで考え込むオリバーに、そこで縦巻き髪の少女がぽつりと言葉を添える。

「クロエ＝ハルフォードという人物を、あなたは知っていますか？」

少年にとって。それはこの場所に来て有数の、背筋が凍る問いかけだった。

呼吸の滞り、脈拍の増加、魔力の乱れ。その全てを一瞬に満たない時間で平常に引き戻して、オリバーは質問に応じる。

「……噂程度なら。キンバリーの卒業生の中でもとびきりの有名人だからな」

「ええ。双杖のクロエ──史上最強とも語り継がれる、異端狩りの魔女です」

不審を覚えた風はなく、シェラがこくりとうなずいた。オリバーは内心で安堵する。──最初から彼女の視線は自分の手元へ下りていた。意図は分からないが、少なくとも自分の反応を測るための質問ではなかったと思っていいだろう。

「実は、会ったことがあります。……幼い頃、たった一度ですが」

その告白はオリバーの胸を驚きで打った。彼女のキンバリー在籍時、セオドール＝マクファーレンが同学年だったことは自分も知っていたが、まさか娘のシェラとまで直接の面識があろうとは。

「父の友人だったようです。とても親しげに言葉を交わしていたのを憶えていますわ。……不思議な方でした。伝えようにも巧く言葉に出来ませんが……」

古い記憶をすくい上げて語り、話の核はそのまま、シェラはふとその角度を変える。

「今、ナナオが相棒にしている箒。彼女はアマツカゼと名付けていますが──あれは元々、クロエ＝ハルフォードの愛箒だったことはご存じですね。……彼女の死からほどなくして、自らキンバリーに戻って来たのだと聞きます」

知っていた。オリバーが知らないわけはなかった。もし、あの夜に彼女の手元にあったなら――そう考えてしまったことも一度や二度ではない。同時にいつも疑問が湧くのだ。母はなぜ、あれほど剣呑な状況下で自分の箒を手元に置いていなかったのか。

「おそらくあなたもご存じと思いますが。クロエ＝ハルフォードの死には、不穏な噂が無数に飛び交います」

「…………それは」

「彼女は人権派の旗手でした。彼女自身が人権派を名乗ったことはないとも聞きますが、その為人と行いから、周りの扱いは自然とそうなったようです。そこに異端狩りの英雄という経歴が加われば、必然……味方も敵も、数え切れないほどに多かったでしょう」

シェラがそこまで話したところで、オリバーが小さく片手を挙げて続きを制した。それ以上はまずい。自分たちの会話は、この学校における禁忌に踏み込みかけている。

「……場所が場所だ。それ以上は止めておこう」

「懸念は分かりますわ。けれど、隠せばかえってまずいこともあります。
あたくしの記憶を信頼していただけるのなら。Ms.ハルフォードの死の報せと前後して、父の様子が大きく変わりました」

禁忌に半歩踏み込んだまま話は続く。オリバーは息を呑んだ。シェラはあえて公の場で言及しているのだ。おそらくは父親への牽制も兼ねて。

「昔から放浪癖はありました。けれど、その頻度が異常なほどに増えたのです。何かに急き立てられるように……足を延ばす範囲も、際限なく広がっていきました」

「…………」

「しかし、今日の授業に顔を出したことからも分かるように、最近は連盟内の国々に移動を留めています。それも学校側から命じられた務めを果たすための出張が大半でしょう。以前よりも明らかに放浪の頻度が減っている……この意味が分かりますわね？」

「……ナナオを見つけたから、か」

彼女の言わんとするところをオリバーもまた理解する。周囲の聞き耳に警戒しつつ、彼はそれを口にした。

「セオドール先生がナナオに執着する理由に、クロエ＝ハルフォードの死が関わっている。君はそう言いたいんだな？」

問い返す少年。沈黙をそれへの肯定に代えて、シェラは冷めかけた紅茶をそっと口に含む。

「……全て憶測ですわ、今の段階では。けれど、魔法使いは誰しも直感を軽んじません。これが当たっているかどうかは別にして、あなたには伝えておくべきだと思いました」

彼女の言葉に、オリバーもまた無言でうなずいた。他でもないシェラの口から出た以上、その内容を単なる当て推量と軽んじることは出来ない。

「……そうだな。ナナオは腹の探り合いをしながら人と関われるタイプじゃない。俺たちのほうで気を配る必要がある」

「ええ。戦場で命を救われた一件で、彼女は父を恩人として敬っています。仮に——もし仮に、父が何かの目的にナナオを利用しようと考えていたとしても、彼女自身は甘んじてそれを受け入れるでしょう。そういう娘です」

憂いに揺れるシェラの瞳。それが、直後に確たる意思を宿してオリバーへと向き直る。

「だからこそ、あたくしたちが守らねばなりません。……娘に詰問されたところで全てを打ち明けるような父ではありませんが、それでもあたくしは本家の嫡子。発言権は少なからず持っています。あたくしの誇りに懸けて、ナナオを父の好きにはさせませんわ」

実の父が相手でも友人を守る。彼女の発言はその決意の表明だった。オリバーの胸の内に温かいものが湧き上がり、彼は自然と微笑んでうなずく。

「ありがとう、シェラ。……俺も、ナナオをよく見ておく。セオドール先生から干渉があった時は必ず俺たちの側でも把握できるように。彼女自身にもしっかり言い含めておこう」

「お礼を言うのはこちらですわ。……本来なら、これは家族の中で解決すべき問題です。だというのに、こうしてあなたたちを巻き込んでしまっている。心底不甲斐なく思います」

自分の無力に恥じ入り、唇を噛んで目を伏せる縦巻き髪の少女。それが彼女の高潔さの表れであることは知りながら——けれど、オリバーは首をそっと横に振ってみせる。

「それはずるいぞ、シェラ」

「え？」

「剣花団の面々に関しては、君は全員の問題を我が事のように考えているはずだ。なのに自分の問題になった途端に一線を引きたがっている。対等な友人の間柄でそれはフェアじゃない。仲間の誰かが困っている時、君だったら強引にでも介入するだろう？　たとえ本人がそれを拒んだとしても」

彼のその指摘を耳にした瞬間、シェラの顔が耳まで一気に紅潮した。しまった、と遅れてオリバーは自分の失態に気付く。——この流れで自分の口から「強引な介入」と述べたなら、彼女が思い出すのはガラテアに遊びに行った時、「鈴蘭亭」でのあの出来事でしか有り得ない。

「……返す言葉が、見つかりませんわ……」

「待て、シェラ！　それは思い出さなくていい！　今のは別にそのことを言ったわけじゃない……！」

真っ赤な顔で肩を縮める少女に、オリバーは慌ててフォローを試みる。一方——彼らから離れた場所のテーブルで、その様子をさりげなく見つめている生徒がふたりいた。シェラの親戚であるステイシー＝コーンウォリスと、その従者のフェイ＝ウィロックだ。

「……何かあったわね、あのふたり」

「気になんのか？」

「別にっ！」

少年の指摘を激しく跳ねのけて、ステイシーは右手のフォークを洋梨のタルトに突き刺す。が──それを食べている間もやはり、彼女の視線はちらちらと血縁上の姉へと向けられている。

「……やれやれ」

もう少し正直になれれば楽だろうに。何度目とも知れずそう思いながらも、その忠告を、フェイは喉まで出かけたところでどうにか抑え込むのだった。


この日の最後の授業は天文学。これは呪術と同様、二年次から新たに加わった科目であり、オリバーたちにとってはこれが初めての授業だった。

「教科書の八ページを開け」

始業の鐘と同時に現れたのは、ゆったりとした古風なローブに身を包んだ少壮の男性。教室に入って来るなり短く命じると、彼は教壇さえ通り過ぎて黒板に向き合い、腰から抜いた白杖(はくじょう)でもってそこに高速で魔法筆記を始めた。生徒のひとりが慌てて声を上げる。

「あ、あの……授業の概論や、自己紹介などは？」

そう訊(たず)ねられた瞬間、黒板に向かう男の動きがぴたりと止まった。それは何か、ひどく意外な言葉でも耳にしたかのように。

「概論……紹介……そうか、そうだな。君たちにはそういうものも要るか。いかんな。大図書館に籠もることが多いと、浮世離れはどうにも避け難い」

ため息を吐いて身をひるがえす。底知れない理知を秘めた瞳で生徒たちを見渡して、男は厳かに口を開いた。

「私はデメトリオ＝アリスティディス。この天文学の授業の担当教諭だ。ひとつ注意しておくと――姓でも名でも構わんから、私を呼ぶときはしっかり特定して呼べ。単に『先生』だと、私には自分を呼ばれていることを認識できん」

出鼻に妙な注意を受けて、生徒たちの顔に困惑が浮かぶ。認知の厳密さが自分たちとは違うのだろう、とオリバーは解釈した。――膨大な知識を蓄えた魔法使いはしばしば、そうでない人間とのコミュニケーションに困難を生じる。この男もその一例だろう。

「続けて天文学の概論だが、これは読んで字のごとく、天を文として読み解く智慧だ。星辰の位置関係からこの世界への影響と、将来に起こりうる出来事などを推測する。極めて切実で実践的な学問である」

ひときわ強い声で、デメトリオは最後にそう付け加えた。間を置かずに言葉が続く。

「なぜ星の観察ごときが我々にとってそんなにも重要か？　まさか説明が必要な者がいるとは思わんが、これが概論である以上は語っておこう。

それは偏(ひとえ)に、夜空に瞬(まばた)くあれらの星々が、全てこの世界とは別個に存在する異界だからだ」

そう口にしたところでデメトリオが呪文を唱え、教室の天井へ向けて白杖(はくじょう)を振った。たちまち周囲が暗闇で満ち、驚く生徒たちの頭上に無数の星々が浮かぶ。知識のある者はそこに見覚えのある星の配置を見て取った。実際の星空を写し取った天象儀(プラネタリユーム)だ。

「異界とは何か。それはこの世界とは異なる物理、異なる法則によって営まれる別世界である。こことは異なる環境、異なる生態系があり、時には異なる知性の下に育まれた文化が存在する。そして、その多くは、世界ごとに別個の『神』によって営まれている。人の歴史において、古の国々を王たちが統(す)べたように」

頭上を埋め尽くす星々はそれぞれに異なる色で輝き、その有り様は美しくもどこか妖しい。人の心を抗(あらが)いがたく吸い寄せる何かがそこにはある。生徒たちがごくりと唾を呑(の)んだ。それは、少しも間違った感覚ではないのだ。

「一方、我々が住むこの世界に『神』はいない。これは天文学の用語で言うところの『無神界』に当たる。無神界においては世界を営む律法の権限が分散し、それ故に魔法使いという形で我々が存在する。つまり――我々が扱っている魔法という技術は、本来なら『神』の権能であるものの一端なのだ。

それは言い換えれば、この世界に存在していた『神』の名残でもある。かつて我々はその統治に反逆し、自らの手で『神』を弑(しい)し、そのものが持っていた権能を簒奪(さんだつ)した。今の文明が発生する五万年以上も前にな。

それが神代の終わり。同時に、我々が生きる現在の魔法世界の端緒である」

遙か太古の終わりと始まりを語り終え、デメトリオが一旦言葉を切る。妖しく輝き続ける星々の下、そこで生徒のひとりが手を挙げた。

「質問を宜しいですか、アリステイディス先生」

「構わない。発言しろ、カティ＝アールト」

名を呼ばれた巻き毛の少女が暗闇の中で立ち上がる。そのまま数秒、彼女は言葉を選んだ。

「……『神』への反逆は、当時この世界に存在した全ての亜人種が力を束ねて行ったと聞きます。中心となったのは、現代では絶滅してしまった『亜人種の祖』と呼ばれる種族であるとも」

「確かに、現在における定説だ。それが？」

「なぜわたしたちは、その時のままでいられなかったのでしょうか」

まっすぐに問いをぶつける。一方で、教師の応答に逡巡はなかった。

「その疑問は逆だ、カティ＝アールト。その時のままでいられなかった理由ではなく、その時に合力できた理由を求めるのが正しい。

答えは、共通の敵として『神』がいたからだ。ひとつの絶大な脅威を前にしては他のあらゆる対立が些事となる。その状況を踏まえた上での生存戦略として過去の共闘があり、故に打倒とほぼ同時に種族間の争いが始まった。至極単純な話である」

余りにもシンプルな答えでまとめられて、カティはとっさに言葉を失う。相争っている状態こそが自然なのだとデメトリオは言った。その意見に対する反論が思いつかず少女が悔しさに歯噛みする。……それはつまり。自分が目指して止まない異種間の共存や調和も、その過程における生存戦略の一環に過ぎないと言われたに等しい。

「もうひとつの要因として、君も挙げた『亜人種の祖』が持つ優れたリーダーシップを数える声もある。彼らは異なる生き物の間を橋渡しするのが上手かったようだ。人間、エルフ、ドワーフ、ケンタウロスと並んで知能も高かったとされる。後にも教えるが、この五種は『神』の支配下の世界では『司祭種族』と呼ばれる立ち位置だった。言うなれば『神』の近侍だ。

これ以上は天文学の範囲から逸脱する。魔法史をよく学ぶことだ、カティ＝アールト」

「……はい。ありがとうございました」

苦いものを胸に残しながらも、ひとまずは礼を述べて着席するカティ。そこでデメトリオが再び白杖を振ると、星々の様子が少しずつ変わりだした。位置関係の複雑な変化に同期して、暗く小さな星が徐々に明るくなり、逆に、明るく大きかった星が徐々に小さく暗くなっていく。

「夜空の星々はひとつ残らず異界の片鱗だが、この世界との位置関係はそれぞれの異界によって異なっている。一般に明るい星ほど『距離』が近い。これは物理的な距離ではなく、世界を跨いで移動する際の総合的な難しさを指したものだがな。全ての異界は一定の周期をもってこの世界に近付き、また遠ざかる。

　まさか知らぬ者はないだろうが念のために付け加えると、太陽と月は異界ではない。あのふたつは創世の際に『神』の手で空に置かれたもの、即ち（すなわち）この世界の一部だ。よって今の話には直接の関わりがない」

　デメトリオが白杖（はくじょう）を振り、仮初（かりそめ）の夜空にひときわ大きく浮かぶ月から輝きを取り去った。太陽は元より置かれていないため、現時点で残る星々は全て異界となる。

「問題は他の星々だ。異なる生命と『神』によって営まれる無数の異界。わけても一定の周期でこの世界と直接に繋（つな）がり得る八つの星々。これらこそが警戒の対象となる。

即ち（すなわち）――薫る水の畔（マルキユリアス）、物思う金の山々（ヴィナスゴルン）、蝕む火焔の炉（ルフトマーズ）、驕れる緑の庭（ハディアユピトル）、獣の大地（ガノサタン）、律する天の下（ウラニスシヤガ）、腐れた海の底（エイリオネプチユ）、冥王の孤独（ヴァナトー）。以上八つの世界である」

　どこか異様な響きを持つ名前をずらりと並べて、デメトリオは説明を続ける。

「第一の脅威は、それらの異界から時折やって来る『渡り』と呼ばれる異界生物。まったく異なる系統樹から侵入してくるこれらの生き物は、この世界の生態系にしばしば多大な影響を与える。外来種による生態系汚染はこの世界の内部でもしばしば起こるが、それがより劇的な形で生じると思えば良い。

　もっとも、それすら『込み』で発展してきたのが現在の魔法生態系であることは言い含めておこう。君たちの知る魔法生物の中にも、祖先が異界に出自を持つ生き物は多くいる。そうした生物が後々の生態系において重要な地位(ニッチ)を担(にな)うこともあるため、全ての『渡り』が一概に悪であるとは言い切れない。その可能性に目を付けて専門に研究する者もいるほどだ」

　オリバーの斜め前で、カティが難しい面持ちで腕を組んだ。……なめくじ(スラッグ)から巨獣種(ベヘモト)まで生き物全般を愛して止(や)まない彼女だが、「渡り」との接触経験はさすがにない。この世界の魔法生態系を相手取るだけでも精いっぱいの現状で、その枠組みの「外」からやって来る命にどう応じたらいいのか。彼女はまだ自分のスタンスを決めかねている。

「単純な『渡り』でもモノによっては大きな災厄となり得るが、これらは慎重な観察によって性質を見定め、適切に対処することによって極力害を減らすことが可能だ。異なる世界から『こちら』へやって来た時点で本来の力は振るえないのでな。突然渡ってきた怪物に世界が滅ぼされる、というようなことはまず起こり得ない。

　問題は『渡り』の一部に含まれる、特定の意図を持って『こちら』にやって来る者たち。我々が『使徒』と呼んでいる異界の神々の斥候だ。これへの対処に誤りは許されない」

　デメトリオの口調が厳しさを増す。自(おの)ずと生徒たちも察した、この先が話の本題なのだと。

「この世界を訪れた使徒が何をするか。それは文字通りの『布教』だ。己の世界の神についてこちらの住人に教え、その支配の魅力を伝え、信仰を集める。具体的なやり方は使徒の個性と仕える神の性質によるが、布教の対象には高い知性を持つ種族が選ばれやすい。知能の高い生き物は自分を取り巻く環境に対して不満を内在している場合が多く、奴(やつ)らはそれに付け入って己が神の信仰に導くのだ。

こうして『異界の神を信仰する知的種族』というものが生まれる。言うまでもなく、この世界でもっとも狙われやすいのは人間、そして数多の亜人種である」

生徒たちの頭上を星々が駆け巡り、激しく明滅する。まるでひとつひとつが意思を持って語りかけるように。そちらへ行きたくて堪らないのだと訴えるように。

「異形の教理によって心を絡め取られ、異界の神の走狗に成り果てた者たち。このような存在を総称して、我々は異端と呼んでいる」

しん、と沈黙が下りる。気が付けば星々の喧騒は止み、仮初の夜空は落ち着きを取り戻していた。暗闇の中の生徒たちへ向けて、天文学の教師は静かに言葉を続ける。

「いずれの神に仕えるにせよ、異端どもの最終目的はただひとつ。自らが信仰する異界の神をこちらへ呼び込むことだ。元来の秩序と律法を破壊し尽くし、異界の神の敷く異形のルールの下に世界そのものを造り直すこと。結果がどうあれ、我々にとっては端的に破滅である。故に防がねばならない。一切の妥協なく譲歩なく、全ての異端は駆逐されなければならない。奴らの跋扈を許せば世界は滅ぶ。そうなりかけたケースも、すでに両手の指では足りない」

デメトリオは語る。魔法使いの歴史とは、すなわち異端との戦いの歴史であると。遠い過去から今この瞬間に至るまで、ただの一時も変わることはなく。

「討滅の任務に直接当たるのは、諸君も知るであろう異端狩り(グノーシスハンター)の精鋭たちだ。生え抜きの武闘派魔法使いから構成される彼らの働きによって、今この瞬間も世界は守られている。
　私自身も少なからず現場に出たが、そこで目にした地獄は数え切れん。ひとつの戦いを切り抜けるたびに同僚の屍(しかばね)がうず高く積まれた。君たちの一部もいずれ同じものを目にするだろう」

　決して遠い話ではないことを生徒たちも知っている。彼らにとって、異端狩りは紛れもない卒業後の進路のひとつであるからだ。

「彼らに限らず、異端(グノーシス)との闘争はこの世界の住人全てに課された義務。戦いに勝つためには敵を知らなければならない。故に君たちには天文学を学んでもらう。どの異界がどの時期に近付くか、その際に想定される脅威は何か——そうした知識を身に着けることが、今の段階では何よりも異端(グノーシス)への対抗に繋(つな)がるからだ。
　概論は以上となる。何か質問はあるか」

　話を結ぶと同時にデメトリオが白杖(はくじょう)を振った。それで教室には午後の光が戻り、生徒たちの頭上に輝いていた星々は姿を消す。だが——それらが常に空から自分たちを見下ろしているという事実は、もはや生徒たちの脳裏に忘れがたく刻まれていた。

「……よろしいですか、アリスティディス先生」

　少しの思案を経て、眼鏡の少年がすっと手を上げる。デメトリオの視線がそちらを向いた。

「発言しろ、ピート＝レストン」

「はい。――ボクには疑問でならないのですが。異界の神を呼び込もうとする人々は、どうしてそういった考えに至るのですか？」

これまでの話を踏まえた上での、それは彼の率直な疑問だった。そして――この時もやはり躊躇(ためら)うことはなく、天文学の教師は答えた。

「奴(やつ)らの心の弱さ故。……この世界の正しさを、正しきままに受け止められぬが故、だ」

「……なんか。これまでの先生とは、ちょっと雰囲気違ったな」

授業の後で廊下を歩きながら、ガイは友人たちへ向けてそんな感想を口にしていた。他の五人もその印象は同じだ。シェラがこくりとうなずいて答える。

「魔法使いの責任を強く意識されている先生でしたわね。異端狩り(グノーシスハント)の現場に赴いた経験があれば、それも当然なのでしょうが」

「あの先生がそうであるように、現在のキンバリーの教員には異端狩りの『前線帰り』が多い。……その事実は間違いなく、この学校の校風に影響を与えているだろう」

オリバーがぼそりと言葉を添えた。……キンバリーは時に、その校風の過激さから「異端狩り(グノーシスハンター)の養成校」などと揶揄(やゆ)されることもある。程度の差はあれ、この学校で過ごす限りは否応(いやおう)なく「戦う魔法使い」として成長せざるを得ないのだ。

そのまま話しながら歩いていき、廊下が四つ辻に差し掛かったところで、先頭を歩くシェラがふいに足を止める。

「……さて。夕食前にカティがミリガン先輩に呼ばれていますので、グリフォンの件のお礼を兼ねてあたくしも同行しますわ。他にも誰かいらっしゃいますか？」

「……あー、おれも行くわ」

「え？　ガイも来るの？　迷宮美食部のほうには顔出さなくていいの？」

「ま、今日くらいはな。……それに、メシの前にまた行くんだろ？　グリフォンのとこ」

「そうだけど……ひょっとして、心配してくれてる？」

「ひょっとしても何も、おまえが心配じゃない時のほうが少ねぇよ」

呆れ顔でガイが突っ込み、それにカティは苦笑いして「ごめんね」と詫びる。その光景を微笑ましく眺めていたオリバーの腕を、隣のナナオが唐突にぐいと引っ張った。

「では、拙者とオリバーは競技場のほうに顔を出してくるでござる」

「ん……俺もか？」

「当然にござる。箒乗りとキャッチャーは一心同体にて」

袖を摑む両手に放すまいと力がこもり、オリバーは観念してそちらに引きずられた。カティたち三人は四つ辻の左側に、オリバーとナナオはまっすぐ先に目を向けて、それから最後に残ったピートへと視線を移す。眼鏡の少年は肩をすくめて、そのまま廊下を右へ折れた。

「今日はボクも用事がある。夕飯はひとりで取るから気にするな」

「ああ、分かった。夜に部屋でな、ピート」

別れの挨拶を済ませてそれぞれの方向へ進む。が——ナナオと一緒に三分ほど廊下を歩いたところで、ふいにオリバーがぴたりと足を止めた。

「……待て。今、ピートはどこへ行った？」

彼が口にした問いに、東方(エイジア)の少女がきょとんと首をかしげる。

「？　いつものように図書室ではござらぬか？」

「方向が違う。あの場所からだとこっち側に歩くほうがずっと近い。ガイやカティならともかく、誰よりも通い詰めているピートがそれを知らないはずがない」

顎に手を当ててオリバーは思案する。……杞憂(きゆう)かもしれない。図書室に行く以外にも用事はいくらでも考えられる。だが、「夕飯はひとりで取る」という言葉が気にかかる。それは少なくとも、夕食の時間を丸ごと使う程度には長い用事ということではないか？

「……何か気になる。悪いが、ナナオ！」

「うむ！」

説明すら求めずナナオは快諾し、そのままふたり同時に踵(きびす)を返(かえ)して走り出す。さっきの四つ辻(つじ)まで戻り、角を右に折れてピートが歩いていったほうへ。オリバーが腰から白杖(はくじょう)を抜くと、途端にその先端がぼんやりと光る。かつてミリガンに攫われたカティを追跡した時と同じ、ピートの制服に染み込ませてある香水への反応だ。

「……ここか！」

反応を追って教室へ飛び込む。と――果たして見込み通り、そこには見知った眼鏡の少年が目を丸くして立っていた。ただし、隣に立つひとりの老爺と共に。

「――おやぁ？　これはこれは、意外なお客さんですねェ」

「な――なんだ、オマエら。どうしてここに」

「……エンリコ先生……」

オリバーがその名を呟く。先だっての授業で生徒たちを存分に恐怖させた魔道工学の教師、エンリコ＝フォルギエーリがそこにいた。彼とピートの前には湖を描いた一幅の絵画が掛かっており、それは一目で迷宮への入り口と知れる。今まさに飛び込むところだったのだろう。

「前の授業で約束した通り、今からMr.レストンをワタシの研究室に案内するところでしてね。彼に何か急ぎの用事ですか？　おふたりとも」

肩をすくめて尋ねてくるエンリコ。その問いを受けて、オリバーは数秒逡巡した。この相手に対してどうアプローチするべきか。

短い熟考の末、彼は正攻法で行くことに決めた。その場で背筋を正し、改めて口を開く。

「……無理は承知でお願いします。その見学に、我々も一緒に連れて行ってはくれませんか」

「は――？　いや、オマエ、何言って」

「どうか！」

眼鏡の少年が声を上げかけるが、それに被せてオリバーは懇願する。――この狂老とピートをふたりきりにすべきではない。それも校舎でならまだしも、よりにもよってエンリコ自身の工房である。たとえ直接的な危害を加えられずとも、そこには目にするだけで致命的な何かが在ると確信できる。

「ふぅむ、……ふぅむ。…………ふぅむ？」

顔をしきりに左右へ傾けて、エンリコは興味深げにオリバーを見つめる。眼鏡越しの視線が少年の肌を粟立たせた。これまでに戦ったどんな魔獣よりも、その無邪気な眼光は恐ろしい。それはさながら、乱暴な子供に見つめられる脆い玩具の心持ちだ。

「ワタシが招待したのはMr.レストンのみですが――とはいえ、アナタたちふたりも、この前の授業では大いに活躍していましたしねェ。液体金属ゴーレムの攻略はお見事でした。――いいでしょう。その功績に免じて、素敵なチャンスを差し上げます」

口元をつり上げて身をひるがえし、エンリコは隣に立つピートの体をひょいと脇に抱える。へっ、と少年が声を上げた瞬間、その体はすでに半ばまで絵画に埋まっている。

「一緒に来て構いませんよ。付いて来られるなら、ですが。――キャハハハハッ！」

哄笑の尾を引かせてエンリコの背中が絵の中へ消える。オリバーが即応して杖剣を抜き放つ。

「――追うぞ、ナナオ！」

「承知！」

東方（エイジア）の少女も迷わず求めに応じ。かくしてふたりは、老爺（ろうや）の後を追って迷宮へと踏み込んだ。

## 第二章

# 機械仕掛けの神（デア・エクス・マキナ）

キンバリーという狂った学び舎(まなや)には、その環境に相応(ふさわ)しい狂った競技がいくつかある。

「迷宮トレイルラン」はそのひとつ。これは読んで字のごとく、迷宮に潜って帰還するまでの早さを争う競技である。探索に慣れた上級生の一部が好んで行い、そのタイムには公式のランキングさえ存在する。迷宮の構造への知識、速度を保ち続ける体力、途中で出くわすトラップや魔獣への対処——全てが高いレベルで要求される命懸けの総合競技だ。

「キャハハハハッ!」

「くっ……!」「むぅっ——!」

老爺(ろうや)を追うオリバーとナナオに課された試練は、性質においてこれに近い。常ならば慎重を期して、時には一歩の前進にすら細心の注意を払うべき迷宮を、さながら整地されたトラックを疾走するように駆け抜ける。立ち塞がる障害の全てには予測と即応(アドリブ)で対処する。無論、一手のミスで手足くらいは容易に吹っ飛ぶ荒行だ。

「**敷かれて覆え(クリベウス)!**」

オリバーが撃った呪文で進路上の床が即席のタイルに覆われる。圧力感知トラップの発動をそれで封じて、ふたりはその上を駆け抜けた。一年分の経験で辛(かろ)うじて間に合う対処。しかし

――そうしてタイムロスを最低限に抑えてもなお、先を行くエンリコとの距離は一向に縮まらない。向こうは片腕にピートを抱えているにも拘(かかわ)らず、だ。

「わわわわわっ……！」「キャハハハッ！　まだまだいきますよ、強く押されよ(イクストルディートル)！」

　事前の予測でトラップを封じることが可能なら、その逆もまた然り。老爺(ろうや)の呪文を受けて床の広範囲から無数の針が一斉に生え伸びた。オリバーが眉根を寄せる。跳躍するには距離が長く、今の彼とナナオに箒(ほうき)の持ち合わせはない。――が、

「いけるな、ナナオ！」「無論！」

　言葉を交わした直後、彼らは速度を緩めぬまま左右の壁面に足を掛けた。床に対して垂直に近い角度のまま壁を疾走する両者。後ろ目にそれを見届けたエンリコが感心の声を上げる。

「ほう、踏み立つ壁面(ウォールウォーク)をこなしますか！　二年生の段階で素晴らしい！　しかしまだまだですよ！　これならどうですか、キャハハハハハッ！」

　天井に向かって呪文を唱える老爺(ろうや)。通り過ぎた直後にそこが開き、一個の巨大な何かが通路に降ってきた。通路を八割がた埋めながらオリバーとナナオへ向かって転がり出す球体。先だっての授業で猛威を振るった球状(ボール)ゴーレムだ。

「ナナオ、床を溶かすぞ！」

　オリバーが迷わず叫んだ。左右に逃げ場はないが、対処法はすでに知れている。進路上の地面を泥濘(でいねい)に変えて落とせばいいのだ。ふたり分の魔法出力があれば難しいことではない。

だが、その対処は実行されなかった。彼の思惑をよそに、東方(エイジア)の少女が球状(ボール)ゴーレムへ向かって先行したからだ。

「ナナオ⁉」

「屈(かが)まれよ、オリバー！」

声に従ってとっさに身を低くするオリバー。その眼前で、少女は突進してくる球状(ボール)ゴーレムを両腕で受け止めた。同時に身を低くしてゴーレムの下へ滑り込みつつ、その勢いのまま梃子(てこ)の要領で後方へ放り投げる。オリバーの頭上を過ぎ去っていく大質量――先行するエンリコの脇に抱えられたピートが、その光景を目撃してあんぐりと口を開けた。

「か……担(かつ)いで投げた……⁉」

「キャハハハハッ！　すごいですねアナタの友人は！　あの突破法は初めて見ました！」

通路を反響するエンリコの笑い声。唖然(あぜん)とするオリバーの隣で、肩をぐるりと回したナナオが疾走を再開する。

「――響谷流柔法『俵投げ』。拙者を伸(の)していくには、些(いささ)か重量(めかた)が不足――あ痛っ！」

「無茶をするな！　他にいくらでも方法があっただろう！」

我に返ったオリバーが掌(てのひら)でぱしんと少女の頭を叩(たた)く。が、その注意を受けてなお、ナナオの口元が不敵につり上がる。

「いかにも。……が！　拙者、今は力が有り余ってござる――！」

　突き進むふたりの進路上でエンリコの呪文によって床と壁のブロックが組み変わり、たちまち通路の全幅を塞ぐゴーレムを形成していく。新たな障害を前に、しかし東方（エイジア）の少女は足を止めるどころか速度を増した。刀にすら手を掛けず、そのまま右肩からゴーレムへ激突――形成途中のブロックを突き破って向こう側に走り抜ける。後に続くオリバーが絶句し、そこに前方からエンリコの声が響いた。

「ゴーレムを突進（チャージ）で打ち砕いた⁉　キャハハハハッ、何ですかそれは！　どれだけ魔力循環が強いんですかその年齢（とし）で！」

「……ッ……！」

　オリバーが戦慄にこぶしを握りしめる。――老爺（ろうや）が指摘した通り、ナナオのそれは強大な魔力循環があって初めて成し得る力技。球状（ボール）ゴーレムを投げ飛ばすのと同様の暴挙だ。しかし、今そんな方法を取る必然は何ひとつない。もっとリスクを抑えた賢明な対処を自分ならいくらでも思い付くし、それはナナオのほうも分かっているはず。

　だが、その上で彼女は暴挙に打って出る。それが何故（なぜ）なのか、さっきの本人の発言に加えて、爛々（らんらん）と輝く瞳が何より雄弁に語っている。――力が溢れて溢れて仕方がない、と。キンバリーでの一年を経て成長したナナオの魔力が、彼女自身に狂おしくその発現を求めるのだ。今の自分にどれほどのことが出来るか試してみろ、と。

「よろしい、レベルを一気（ジャンプ）にアップします！　うっかり死なないでくださいよ、ふたりとも

「――！」

白杖を掲げたエンリコが呪文を唱える。ややあって、ズシンと強い震動がオリバーとナナオの体を足元から突き上げた。床、壁、天井――全てを構成する石材が整然と動き出し、次々と組み変わり、道そのものを変異・拡張していく。

「むぅ、廊下がのたうって……⁉」

ナナオが目を瞠る。まるで巨大な蛇の体内にいるようだった。彼女と共に変化に巻き込まれないよう立ち位置を変えながら、その現象の正体を見て取ったオリバーがぎり、と歯噛みする。

「……洞窟ゴーレムだ。この通路そのものが……！」

一分余りを経て通路の「変形」が完了する。そうして彼らの目の前に広がった光景は――直径にして二十ヤード余りまで広がった筒状の通路、いや、それはもはや隧道。床と天井の境目を失った壁面のあちこちで蠢く気配。さながら春を迎えた土から草木が芽吹くにも似て、オリバーとナナオの視界を埋め尽くすように、地形そのものが有する無数のゴーレムとトラップが展開し始めていた。

「……ハッ――」

一方その頃。夕食を取るために多くの生徒たちが「友誼の間」へ向かう中、四人の新一年生たちが談話室に残っていた。そのうちひとり、テレサ＝カルステが居眠りから目覚めたように我に返り、隣のリタ＝アップルトンがおずおずと声をかける。

「テ、テレサちゃん？　大丈夫？」

「……大丈夫です。少し気を失っていました。余りにも退屈で」

ごしごしと目をこすりながらテレサが言う。それを聞いて弾かれたように振り返ったのは、白杖を片手にテーブル上の泥入り水槽と向き合っていた少年、ディーン＝トラヴァースだ。

「……ああ⁉　おれたちといるのが退屈だってか⁉」

「ディ、ディーン、落ち着いて。きっとそういう意味じゃないよ」

「いえ、そういう意味です。控えめに言ってものすごく退屈です。なんですかこの集まりは」

幼馴染のピーター＝コーニッシュがフォローを試みるが、その気遣いもどこ吹く風でテレサは平然と言い放つ。額に青筋を浮かべるディーンを懸命に宥めつつ、ピーターは少女のほうに気弱な笑顔を向けた。

「まぁまぁ、テレサちゃん、そう言わないで……。ぼくたちふたりが揃って呪文学で躓いちゃったからさ。出来るようになるまで、もう少し付き合ってよ」

「それはもう教えたじゃないですか。何を苦労することがあるんです、初歩の硬化魔法の扱いくらいで。軟らかい泥がある、硬く固める。ただそれだけでしょう」

「ぐぐっ……！」

指摘されたディーンが声を詰まらせてのけ反る。課題が達成出来ていないのは彼なので、そう言われると立つ瀬がない。見かねたリタが場の空気を入れ替えるように手を叩いた。

「落ち着こう、ひとまず。ふたりが躓いているところを把握しなきゃダメだよね。ディーンくん、意念はどんな感じに持ってるの？」

「どうって……こう、ドローっとしたのをグワーってしてカチーンってなる感じに……」

「ひとつも伝わりません。もう少し頭のいい感じに表現できませんか」

「誰の頭が悪いってェ⁉」

「ディ、ディーンは感覚派だから……！」

テレサが無自覚に喧嘩を売り、ディーンがそれを反射的に買うので、話が一向に先へ進まない。困り果てたリタとピーターの背中に、そこでふと気さくな声がかかった。

「おーおー、賑やかだな。何やってんだおまえら」

四人が振り向くと、そこには見覚えのある二年生の男女がふたり並んで立っていた。入学式のパーティーで知り合った顔ぶれだ。ピーターが慌てて挨拶する。

「グリーンウッド先輩……それにアールト先輩も。こ、こんばんは！」

「ふふ、こんばんは。見かけて気になったから寄っちゃった。どうしたの、呪文の練習？」

柔らかな口調で話しかけ、カティは杖を手にしたディーンと泥入りの水槽とを見比べる。自分の不出来を悟られるのが嫌で、少年はとっさに目を逸らした。

「べ、別に……何でもねぇっす……」

「何でもなくはないでしょ、ディーン。……その、実は硬化魔法が上手くいかなくて」

さすがに誤魔化すのは無理があると思い、ピーターが正直に打ち明ける。しばらく彼から説明を聞くと、ガイが腰に手を当ててうなずいた。

「ふんふん、なるほどね。――おい、ディーン」

「う、うっす」

「そうカタくなんなよ。安心しろって、おれもぜんぜん優等生じゃねぇから」

にっと笑って後輩の肩を叩くガイ。無造作に距離を詰めるのは彼の得意技だ。やや強引に相手の緊張を解きながら、長身の少年は言葉を続ける。

「とりあえず、今の話聞いてひとつ思ったんだけどよ。――おまえ、凍結魔法とごっちゃになってねぇか？」

「――え？」

「意念の持ち方の話。泥を凍らせるつもりでやってねぇか、ってこと。おれも最初はそれでしくじったからな」

問われたディーンがぴたりと固まる。泥入りの水槽にちらりと視線を向けつつ、彼は小さな声で問い返す。

「……違うんすか……？」

「ああ、違うぜ。泥を凍らせても凍った泥になるだけだろ？　硬化魔法では石にしなきゃなんねぇんだ。どっちかってぇと水を抜く意念(イメージ)に近ぇ。ほれ、そこ意識してもう一度やってみな」

背中をぽんと叩(たた)かれるディーン。そのアドバイスを念頭に置いて、彼は再び水槽の前に立った。意念を固めること十数秒、杖(つえ)の振りと共に思い切って呪文を唱える。すると水槽の中の泥が一部盛り上がり、その周辺に水溜(みずた)まりが生じた。ガイがにっと笑う。

「おー、やるじゃねぇか。さっきよりずっといいぜ。筋いいんじゃねぇの？　おまえ」

「ぜ、ぜんぜん出来てねぇっす」

「いや、出来てるだろ。おれが言った通りに水抜いたじゃねぇか」

水槽の中を指さして強調するガイ。戸惑うディーンに向けて、そこに巻き毛の少女が言葉を添えた。

「湿った泥から乾いた泥になったよね。次に考えるのは、これをどうやって石に近付けていくか。この方法は意念(イメージ)の分割ってやり方でね。初めて習った魔法を練習する時、わたしたちもしょっちゅうお世話になるんだよ」

「『きちんと段階を踏めば、教科書に載っている呪文で覚えられないものはない』——友人の受け売りだけどな。そいつに色々教わったおかげで、おれもどうにか授業に付いていけてんだぜ」

誇らしげに語るふたり。周りには、それだけでも彼らの「友人」への信頼の厚さが見て取れた。腕を組んで考え込むディーンの肩に、ガイががっしりと腕を回す。

「ま、騙(だま)されたと思って十五分付き合えよ。もちろんピーターもな。あと、呪文の効果が安定しないやつも一緒にどうだ。これも友人の受け売りだけど、魔法で大事なのは使い手の『確信』だ。ふわっとした意念(イメージ)のままだと後々痛い目みるぜ？」

　そう言って、リタとテレサにも視線を向ける。少しの沈黙の末、リタのほうがそっと手を挙げた。

「……じゃあ、わたしも……」

「え、リタちゃんも？　授業ではすごく安定して使えてたと思うけど……」

「そ、そんなことないよ！　あんなのぜんぜんダメ！　へっぽこ過ぎて自分でも泣きそう！」

「うぐぅっ！」

　リタが厳しく自分にダメ出しし、そんな彼女よりもずっと結果を出せていないディーンが流れ弾を食らって胸を押さえる。ガイが笑って後輩たちを指導し始めた。一歩引いて彼らの様子を眺めつつ、巻き毛の少女が残るひとりの後輩に寄り添って立つ。

「あとはガイにお任せで良さそうだね。――あなたは大丈夫？　Ms.(ミズ)カルステ」

「……躓(つまず)くような段階ではないので」

「おっ、出来る子なんだね！　えらいえらい！」

　仏頂面(ぶっちょうづら)で応じたテレサにも、カティは何ひとつ変わらず柔らかい笑顔を向ける。その人の好さに少しの居心地悪さを覚えつつ、テレサはふと、頭に浮かんだ疑問を尋ねた。

「……どうして分かるんですか？」

「ん？」

「……躓いている人が、何をどこで躓いているか。話を聞いても、私にはさっぱりでした」

率直に少女は述べた。そう——さっきのディーンへの発言も、彼女は別に相手を煽っていたわけではない。何を言うべきか本当に分からなかったのだ。

後輩の質問を受けて腕を組み、カティは難しい顔でうーんと唸る。

「色々あるけど——いちばん大事なのは、ちゃんと話を聞くことかな。相手をまっすぐ見て、立場や気持ちを推し量りながら、ね」

「……興味のない相手にも？」

「興味、ないの？」

きょとんとした顔でカティが問い返し、テレサはそれにきっぱりとうなずいて答えた。その正直さに苦笑を浮かべつつも、巻き毛の少女は柔らかく助言する。

「そんなに急いで見切らなくてもいいと思うけどな。出会って間もないんだし……あなたもまだ、あの子たちのことあんまり知らないでしょ？」

「………………」

「楽しいんだよ。違う人と一緒にいて、少しずつ分かり合っていくのって」

にっと笑ってカティは言う。とても信じられないとテレサは思ったが、嘘やお為ごかしを言っているようにも感じられなかった。戸惑いがちに目を逸らして、そうすると自然に呪文の練習を続けるディーンたちが視界に入る。ガイのアドバイスを踏まえて、彼が何度目かの呪文を唱えた瞬間――周りのリタとピーターがわっと声を上げた。

「――あっ、できたっ！」「すごい、ディーンできた！」

「いよっしゃぁぁぁぁぁぁぁ！」

こぶしを握りしめて盛大に雄叫びを上げる少年。かと思えば水槽を両手で鷲摑みにし、それを持ってテレサのほうへずかずかと歩いていく。中に小さな石柱が立った水槽を、ディーンは相手に突き付けてみせた。

「どうだテレサ！　おれも出来たぞっ！」

「……はぁ。おめでとうございます」

「グリーンウッド先輩にコツも教わったからな！　次からは絶対に負けねぇから！」

「はぁ。そうですか」

テレサは生返事で応じた。なぜ彼が自分にそんなことを言うのかもピンと来ないまま。その反応の薄さにやきもきしたディーンがさらに突っかかろうとするが、ピーターとリタがその腕を摑んで宥めながら引き戻す。そんな様子を眺めていたカティが、くすりと笑ってテレサの耳元へ口を寄せた。

「……向こうは、意外とあるみたいだね？　あなたに興味」

「……暑苦しくて鬱陶しくて痛々しいです」

ため息と共にそう告げる。それは紛れもない本心だったが、一方でこうも思った。――そうか。なぜいつも絡まれるのか不思議だったが、自分はあれに興味を持たれているのか、と。

開始時の予想に違わず、オリバーとナナオによるエンリコ＝フォルギエーリの追跡は長期戦の様相を呈していた。

「……はっ……はっ……はっ……！」

「――フゥウッ……！」

蜘蛛じみた速さで地を這うもの、強靭な二脚で飛蝗のように飛び掛かるもの、六枚の翅を高速で羽ばたかせて飛行するもの。次々と新型が現れる様は、さながら小型ゴーレムの展覧会。ひっきりなしに襲い来るそれらを撃退しつつ老爺を追うことすでに二十分余り。ふたりの戦いに、終わりの兆しは未だ見えていなかった。

「いやはや、息つく暇もござらんな！」

「まだ行けるか、ナナオ!?」

「無論！　手足が千切れたわけでなし！」

力強く走り続けながら少女が請け合う。その返答は頼もしいが、オリバーも互いの消耗を無視するわけにはいかなかった。——体力が尽きても魔力が枯れても、はたまた集中が切れても死ぬ。それら全てが秒刻みに削られていくこの荒行を、自分たちはあとどれだけ続けられるのか？

頭の片隅で残り時間を計算するオリバー。その眼前で、まったく唐突に、洞窟（ケイブ）ゴーレムの壁面が内側に向かって破られた。

「——ッ⁉」

石材の破片を追って凄（すさ）まじい炎が雪崩（なだ）れ込（こ）む。それに焼かれる手前でオリバーとナナオは足を止めた。数秒で炎が落ち着くと、炭化したブロックを靴底で蹴散らしてひとつの影が現れる。見覚えのある長身と厳格な面持ちに、オリバーは意表を突かれて目を丸くした。

「——む？　君たちか。壁の向こうが妙に騒がしいと思えば」

キンバリー六年生にして学生統括、「煉獄（れんごく）」ことアルヴィン＝ゴッドフレイがそこにいた。後輩たちの姿を確認すると、今度は周囲に鋭く視線を巡らせる。

「これはエンリコ先生の洞窟（ケイブ）ゴーレムだな。どういう状況だ？」

「ピートを連れた本人を追っています！　詳しい事情を話している暇は……！」

「そこまで聞ければじゅうぶんだ。教師の追跡か——俺もよくやったぞ」

多くの言葉は求めず、ゴッドフレイは洞窟の先へ視線を向けた。エンリコの背中は遠ざかり、代わって壁面から出現したゴーレムたちが周囲を取り囲みつつある。この包囲を抜けられるか――そう危ぶみながらオリバーは杖剣を構え、

「だが、二年生に対してこの仕掛けはいささか行き過ぎだ。手を貸そう」

その射線を遮るように男が立ち、自らの杖剣を前方へ向ける。同じ方向に立ち塞がるゴーレムたちが一斉に反応し、

「――**焼いて浄めよ**」

その全てが、彼の放つ灼熱によって消し炭と化した。

炎が奔る。ゴーレムを焼き、トラップを焼き、洞窟そのものを鉄砲水のように満たす。遙か先を行くエンリコとピートのもとまでその影響は届いた。ほんの余波に過ぎない、それでもなお強烈な熱風を顔面に受けて、たまらずピートが悲鳴を上げる。

「うわあああああっ⁉」

「キャハハハハッ！　この火力はMr.ゴッドフレイですね！　とんだ飛び入りが来てしまったようで！」

炎に追い立てられながら、むしろ興が乗ったとばかりに老爺の狂笑が響き渡る。その背中を遠く見据えつつ、ゴッドフレイが後に続く後輩たちへ毅然と言い放つ。

「俺が焼き払って道を拓く。――走れ！」

そう告げて走り出したゴッドフレイの後を、ふたりの後輩たちが即座に追う。学生統括の大

きな背中を前にしながら、オリバーが苦渋の面持ちで口を開く。

「……すみません、先輩。生徒会への誘いを断って間もないうちに……！」

「はは、なんだその遠慮は！　俺は学生統括だぞ。後輩が頼らないでどうする！」

笑い飛ばすゴッドフレイ。どこまでも当たり前に後輩を守ろうとするその姿勢に、オリバーは何度目とも知れず胸が締め付けられるのを覚えた。同時に強く思う――なぜこの人は、この狂った学び舎でこんなにもまともでいられるのか、と。

後に続く少年の内心は知る由もなく、ゴッドフレイは行く手に現れたゴーレムたちへ意識を向けた。多脚で蠢く魔犬ほどの小型が三体、長く太い両腕を備えるトロール大の大型が一体。距離と角度の問題でさっきのように一網打尽とはいかないため、小型の三体は自分たちの受け持ちだろうと構えるオリバー。が、そんな予想を裏切り、男はゴーレムたちの包囲の中心へ自ら飛び込んでいく。

「だが、ひとつだけ注意しておこう。――俺の戦い方は真似するなよ！」

そう言い置くと同時に、ゴッドフレイは目の前に迫った小型ゴーレムを迷わず蹴り飛ばした。多脚の一本が枯れ枝も同然に砕け、突き抜けた爪先が胴体にめり込み、その衝撃でかっ飛んだ機体がもう一体の小型ゴーレムを巻き添えに壁へ叩き付けられる。は、とオリバーの口から無意味な声が漏れた。いくら小型といっても重量にして百五十ポンドはある。それがまるで小石のように。

　身をひるがえして即座にもう一体の小型ゴーレムを蹴り砕くゴッドフレイ。その間にトロール大の大型ゴーレムは長い両腕を地に突き、四足歩行に近い形で突撃（チャージ）を始めている。巨体に付き物の鈍重さを緩和するため、移動に際しては「脚を増やす」のが大型ゴーレムの原則だ。人間ひとりを容易く轢き潰す大質量が男に迫り、

「ハァァァァァァッ！」

　前足の間に潜り込むと同時に、がら空きの胴体をゴッドフレイの踵蹴りが突き上げた。鉄がひしゃげる音と共に宙へ浮かぶ巨体。もはや何も出来ない。その巨体と重量を最大の武器とする大型ゴーレムに、地から足が離れるような事態など想定されているはずがない。

**「打てよ風槌（インペトゥス）！」**

　巨体が地に戻る前に、追い打ちの呪文がとどめを刺した。ただでさえ胴体への一撃でひび割れていたゴーレムを津波じみた猛風が襲い、その全身をばらばらに打ち砕く。降り注ぐ破片を眺めるオリバーの顔が引きつった。――これをどう真似できるというのか？

「足を止めるな！　追うぞ！」

　すぐさま疾走を再開したゴッドフレイから声が飛び、それで我に返ったオリバーもナナオと並んで走り出す。が、その視線がすぐさま次の異変を捉えた。エンリコが通り過ぎた直後の通路の一部から、分厚い金属の隔壁が何重にも通路を塞ぐようにせり出してきたのだ。

「キャハハハハハッ！　断熱鋼（ファイアプルーフ）の三重防火壁です！　少しは手こずってもらいますよ、Ｍ（ミス）

r(ター)・ゴッドフレイ!」

閉じていく金属壁の向こうから老爺(ろうや)の声が響く。その光景にオリバーは焦(あせ)った。まずい――全力で駆けても扉が閉じる方が早い。だが、あんな壁を三枚も破っていては、その間にピートを連れ去られてしまう。

「生憎(あいにく)と――五重は要ります、エンリコ先生」

だが、その認識を、彼の先を行く魔法使いは少しも共有しなかった。ゴッドフレイは平然と、突けば破れる薄い木の板でも前にしたように杖剣(じょうけん)を構え、

**「炎よ集え(カリディ)　熔かし貫け(イグニス)!」**

槍(やり)の如(ごと)く収斂(しゅうれん)した炎の一撃が、三枚の壁を諸共に貫いた。

赤熱して溶け落ちる金属。洞窟に蓋をする三重防火壁の下部に、人間数人が通れるだけの真っ赤な穴が穿(うが)たれていた。そこを目指して走りながら、オリバーはもはや開いた口が塞がらないでいる。――炎を防ぐために加工された壁であることは一目で分かる。それをこの男は、アルヴィン=ゴッドフレイという魔法使いは、あろうことか単独の二節呪文で貫いてのけたのだ。しかも三枚同時に。

「洞窟(ケイブ)ゴーレムはここまでだ。僕は君たちだけでやれるだろう。――健闘を祈る」

防火壁を抜けて少し走ったところで洞窟が四角い通路に戻り、それを確認したゴッドフレイがすぐさま踵(きびす)を返(かえ)す。その背中を黙礼でもって見送り、オリバーは最後に一言添えた。

「……このお礼は、後日必ず」

片手を上げるだけでそれに応え、学生統括は洞窟の中へ再び戻っていく。防火壁の奥にその姿が消えた直後、強い震動と破壊音がそこから響き渡った。最初と同様に壁を貫いて脱出したのだろう。自分たちも身をひるがえして先へ進みながら、ふとナナオがオリバーに話しかける。

「……オリバー。あの戦いぶりは」

「……次元が違う。今の俺たちとは、比べるのも烏滸がましいほど」

戦慄に震える声で少年は答えた。——次元違いの強者と向き合うことは初めてではない。だが、サルヴァドーリやリヴァーモアといった「異質さ」が先に立つタイプとはまた違う。ゴッドフレイの用いる魔法や技術に理解が及ばないものは何ひとつなかった。ただ、途方もなく強い。余りにもシンプルで圧倒的で、だからこそ付け入る隙がない。

「これで見失っては顔向けできない。——急ぐぞ！」

「応！」

ナナオを促して足を速めつつ、さっきの戦いぶりが焼き付いた思考を、オリバーは努めて切り替える。——あの人が味方であることが幸いだと思おう。少なくとも、今はまだ。

通路を奥へ進んでいくと、途中から雰囲気ががらりと変わった。古色蒼然とした石造りから、奇妙な弾性を持つ継ぎ目の見当たらない壁や床へと。辛うじて魔法合金なのだろうという推測は立つが、それがどのような性質を持つものなのかまではオリバーには分からない。あるいはこの分野なら、すでにピートの知識が彼を上回っているかもしれなかった。

「……この音は……？」

奇妙な音、あるいは震動が、廊下の奥から響いてくるのがふたりには感じられた。とてつもなく大きな太鼓を一定の周期で打ち鳴らすような、それは低く力強い音。正体にまったく推測が立たず、オリバーはいっそう警戒を強める。

「――付いて来ましたか。Mr・ゴッドフレイの助力があったとはいえ、お見事」

そんな異質な廊下を抜けた先。大きく開けた空間の中心に、ぱちぱちと賞賛の拍手を打ちながらエンリコは立っていた。ピートはその傍らでうつ伏せに倒れている。鉱石ランプの光量が乏しいせいで周囲の様子は窺えない。友人に駆け寄りたい衝動をぐっと堪えて、オリバーとナナオは周囲を警戒しつつ老爺へ近付いていく。

「約束通り、アナタたちにも同行の権利を差し上げます。キャンディーを舐めながら見学なさい」

エンリコの服のポケットから二本の棒付きキャンディーが飛ぶ。ふたりはある種の義務のようにそれらを受け取って、すぐさまローブの中にしまった。じりじりと間合いを詰めていくオリバーの視界で、床に両手を突いたピートが繰り返しえづく。

「……おぇぇぇぇぇっ……！」

「ピート……！」

老爺（ろうや）を警戒しながら友人に寄り添い、オリバーは左手でその背中をさすった。――弱り切るのも当たり前だ。自分とナナオが全力で追跡する以上の速度で、エンリコに抱えられたピートは起伏に富んだ迷宮内の移動を強いられていたのだから。自分たちが追ったせいでそうなったとも言えるので、その点に関しては後で詫（わ）びるしかない。

「のんびり吐いている暇はありませんよ、Mr.（ミスター）レストン。君が魔道を志す者ならば――今は、一秒を惜しんで目を凝らす時」

白い歯を見せてエンリコが笑う。同時に複数の鉱石ランプが点灯し、収斂（しゅうれん）された光でもって老爺（ろうや）の背後の空間を強力に照らしあげた。そこに浮かび上がる巨大なシルエットに、オリバーはとっさに身構える。

「とくと御覧なさい。建造途中でこそありますが、これが現在におけるワタシの最高傑作――『機械仕掛けの神（デア・エクス・マキナ）』です！」

壁面から生えた無数のチューブに繋がれて、物言わぬ巨体が磔にされていた。

まず、巨（おお）きい。正確なサイズを云々する以前に、オリバーたちの位置からでは全貌が視界に収まりきらない。少なく見積もっても横に五十フィート、縦に百五十フィート以上。既存のゴーレムにおける小型・中型・大型の分類では測れないことが一目瞭然であり、分かるのはそれが人の形を模していることと、今なお腰から下が欠けた不完全な状態であること。つまり、完成体はさらに倍近い全長になるという推測である。

　肩幅に対する相対的な胴体の細さ、また胸部の膨らみから、巨体は女性的なフォルムをしていることが分かる。顔立ちは端正と言って良く、それでいてどこか幼げであり、瞼には今にも開きそうな気配がある。肩から下はドレスにも似た華美な装甲で覆われており、およそ信じがたいことだが、独特の質感からして表面は全て剛鉄(アダマント)で覆われていると思(おぼ)しい。左右の壁にそれぞれ固定された両腕は長くしなやかで、細い指先まで繊細に造り込まれているのが見て取れる。一方で、その手がいとも容易く人間を握り潰す様も想像された。さながら捕まえた虫の脚を悪意なく千切り取る子供のように。

「……巨大な、人型のゴーレム……？」

巨体を見上げるオリバーが訝(いぶか)しんで声を上げる。それを聞いたエンリコがすぐさま彼に視線を向けた。

「疑問があるという顔ですね。好きに質問しなさい、Mr.(ミスター)ホーン。それもアナタたちが勝ち取った権利です」

　生徒の発言を促すエンリコ。出してくる課題の理不尽さとは裏腹に、生徒の自主的な行動を喜ぶという一点において、この老爺(ろうや)は一貫して教師然としている。慎重に言葉を選んだ上で、オリバーはそれに乗った。

「……『誰もが最初に思い描き、誰もが最初に打ち捨てる夢』。魔道築学においては、それが巨大な人型ゴーレムであると聞きます」

「いかにも」

「……どう組み上げたところで実用性に欠けるはずです。第一に、この巨体を動かすだけの膨大な魔力をどうやって補充するのか？　第二に、仮に賄えたとして、そんな燃費が悪いものを何に使うのか？」

「いかにも」

生徒が出した疑問を満足げに受け止めて、エンリコは背後の巨大ゴーレムへ向き直る。

「そこには複数の問題が絡みます。ひとつずつ順番に解き明かしましょう。

前提として――Mr.・レストン。ゴーレムという存在が、労働力としてトロールやゴブリンなどの亜人に取って代わらないのは何故ですか？」

質問を振られたことに気付き、ピートが力の入らない体でよろよろと立ち上がる。とっさに支えようと手を伸ばしかけたオリバーだが、それは寸前で止まった。友人の瞳が余りにも気力で満ちていたから。

「……汎用性、管理性、自律性、製造にかかる費用。亜人種と比較した場合に問題となる部分はいくつもありますが。その中でも最大のものを上げるなら――やはり、燃費の悪さ。

例えばトロールと比べて、同じ重量のゴーレムを動かすには五倍以上の魔力が要ります。加えて、生物ではないゴーレムには自分自身で魔力を生み出すことが出来ません。結果として、食事や排泄や居住といった生物に特有の手間を含めても、ゴーレムを運用するコストは亜人よりも遥かに高く付くことになります」

「その通りです。犬人ひとつ取っても、魔法生物の肉体・霊体は自然が組み上げた至高の芸術品。とりわけ魔力の運用効率において、機械仕掛けのゴーレムは生体に遠く及びません」

オリバーもうなずいた。魔法による産業革命は世界の在り様を大きく変えたが、労働力としてのゴーレムは依然として費用対効果が悪い。というよりも――エンリコも言うように、生物の体が優秀なのだ。魔法使いが組み上げた機械仕掛けは、未だその域に及んでいない。

「同時にそれは、あるサイズ以上の巨大ゴーレムが実現しない理由の半分でもあります。――太古に比べて世界に満ちる魔素が薄くなった現代では、巨獣種ですら一部の限られた地域を除いては生存できません。生体でもそうなのですから、同サイズのゴーレムともなれば指一本動かすのも難しい。つまり、最低でも生体と同等の――巨獣種のそれに迫る魔力の運用効率がなければ、巨大ゴーレムの実用はスタートラインにすら立てないのです」

実現までに立ちはだかる問題点を列挙した上で、老爺は生徒たちへ顔を向ける。

「そこでワタシは発想を変えました。そも――ゴーレムの語源は何ですか？　Mr.レストン」

再び問いが投げられる。質問がピートに偏るのは、老爺が彼をもっとも見込んでいることの端的な表れだ。眼鏡の少年もまたそれを理解し、自らの知識を総動員して答えを紡(つむ)ぎ出す。

「――『神が造りし魂の蔵』。元を辿(たど)れば、それは人間を含めた全ての生命を指す言葉だったと聞きます。……その行いに倣(なら)って、魔法使いはゴーレムを造り始めたのだとも」

彼の言葉を受けて、にぃ――と、エンリコの笑みがいっそう深まった。

「その通りです。即(すなわ)ち、その原義においてゴーレムは生命と同義。言い方を変えれば、我々の体もまた『生きた建物(ゴーレム)』なのです。内部に魂という積み荷を載せた、ね。……ここまで言えば気付くでしょう？　すでに液体金属(リキッド)ゴーレムを解体したアナタたちならなおのこと」

それを聞いた瞬間、オリバーはひとつの発想に至る。――この場所へと続く通路を歩いている間から、そして今もずっと響き続けている奇妙な音。まるで大きな太鼓(ドラム)を一定のリズムで打ち鳴らしているかのような。だが、今までの話を踏まえれば、その正体はつまり。

「――生きているのか。これは」

巨大な顔を仰ぎ見て、そこでオリバーは確信する。――この音は、ゴーレムの心音なのだと。

数秒遅れてその意味に気が付き、隣で顔色を青ざめさせるピート。彼らが至った解答を喜ぶように、エンリコは両腕を左右に広げた。

「生体部品(リビング)ゴーレム。……理論そのものは以前からありましたが、実現には技術的な壁が無数にありましてね。ワタシの代でようやくです、実物の完成に漕(こ)ぎつけたのは。

お察しの通り、これは生物の肉体から成るゴーレム。外装こそ魔法金属で覆っていますが、内にあるのは紛れもない肉体です。様々な生物から切り取り、培養して拡張して連結した、ね。もちろん魔道築学だけの成果ではありません。魔法生物学を始めとする複数の学問分野を横断した上で、それぞれの領域における超一流の研究者たちに協力してもらう必要がありました。喜ばしいことに――この地上で唯一、キンバリーではそれが可能だったのです」

その意味はオリバーにも分かる。この学校に集う教師たちは各分野におけるエキスパートであり、彼らの研究は潤沢な設備と予算の下に惜しみなく支援される。そして何よりも、この学校で研究する限りは外様の横槍を受けることが少ないという点が大きい。

感銘よりも戦慄が上回るオリバーだが、多くの意味で貴重な情報に触れていることは間違いない。最低限の調子を合わせつつ、彼は話を続ける。

「……歴史に刻まれる成果でしょう。しかし、巨大ゴーレムの実用化がゴールだというなら、それでもスタート地点に立ったに過ぎません。

まずもって、膨大な魔力を備蓄するために巨大な生体を用意する――この方法そのものに早い時点での限界が予測できます。仮に既存の魔力媒体を上回る容量があるとしても、あるサイズよりも大きくなった時点で必ず破綻をきたすはずです。超一流の魔法使いの肉体ならともかく、ただ生体であるというだけで、その限界を大きく越えられるとは思えません。そんな単純な話ならとっくの昔に解決されているはずです。

　加えて、先ほど先生が語ったように、現代において巨獣種(ベヘモト)がまともに動けるのは特異的に魔素濃度が高い一部の地域のみ。彼らと同等の魔力効率というなら、この生体部品(リビング)ゴーレムもその点で同じのはず。そんな限られた条件でしか動かせないものを『実用』とはとても呼べません」

　下手に持ち上げたりはせず、オリバーはストレートに予想される欠陥を指摘した。この相手は他の何よりもそれを喜ぶだろうと思ったからだ。その予想に違わず、エンリコは楽しげにうなずいた。

「いかにも。故に——もうひとつ、別角度からのアプローチが必要になります」

　そう言って視線を別に移す。オリバーの隣で、これまで無言で話を聞いていた少女へと。

「Ms.(ミズ)ヒビヤ！　ゴーレムの動力に用いられる魔力媒体として一般的なものは？」

「知り申さぬ」

　竹を割るような素直さでナナオが答える。これにはさすがに老爺の肩もがくっと下がった。

「……この分野への興味が薄いのは分かりますが。それでも魔法使いとしては一般教養の部類です。しっかり憶えましょう、Ms.(ミズ)ヒビヤ」

「むぅ、分かり申した」

　言われるまま聞く姿勢を取る東方(エイジア)の少女。気を取り直したエンリコがピートへ視線を戻し、その意図を察した少年がナナオに代わって返答する。

「翡翠(ジェイド)、蛋白石(オパール)、紫水晶(アメジスト)。いずれも魔力を封入して用いるものです」

「さすがですね、Mr.(ミスター)・レストン。代表的なものはその三つです。そして、そのいずれも巨大ゴーレムの心臓には成り得ません。もっとも高価かつ多量の魔力を備蓄可能な紫水晶(アメジスト)でさえまったくの容量不足。仮にそれを動力源として設計した場合、ゴーレム本体よりも燃料槽のほうが数倍大きくなってしまいます。

よって、求められるのは新たな燃料槽。即ちエネルギーの備蓄効率における革命。それは理解できますね？」

そこまで説明すると同時に、エンリコは右手の白杖(はくじょう)を高く掲げてみせる。

「Mr.(ミスター)・ホーンの言う通り、ただ生体の器を用意しただけでは解決になりません。そこで別のものを併せて用います。——開かれよ(パテンティプス)」

呪文を合図として、周囲の壁が一斉に動き始める。一定の間隔を取って壁面が均等に割れ、それが扉となって左右に開いていった。内部に見えるのは——檻(おり)。鉄格子(てつごうし)で蓋をされた空間に、怯(おび)えを宿した無数の眼光が光っている。それらは全て、犬人(コボルド)やゴブリンを中心とする人に近しい生き物たち。ピートがぐっと息を呑(の)んだ。

「……あ、亜人種……？　こんなに大勢の……」

異様な光景に目を奪われる二人。無数の気配と息遣いに混じって、そこで悲痛な声が響く。

「——助けてッ！」「頼むッ、ここから出してくれェッ……！」

その声の方角へ目を向けた瞬間、彼らはもうひとつの事実に気付いた。――亜人種だけではない。少数だが人もいる。亜人種たちと同じ扱いで一様に粗末な衣服を着せられた男女が、必死の形相で鉄格子にしがみついてオリバーたちに助けを求めていた。

「――――」

同じ光景を目にしたナナオがかすかに前傾する。間を置かずに駆け出そうとして――しかしその瞬間、何の前触れもなく、彼女の全身を強烈な電撃が絡め取った。

「――かはッ……」

「ナナオ⁉」

口から煙を吐いて倒れ伏すナナオ。そこへ駆け寄りながら、オリバーは事象の分析に猛然と頭を働かせた。――エンリコは呪文など唱えておらず、もちろんナナオも領域魔法の間合いには入っていない。ゴーレムを始めとする使い魔の姿もない。にも拘らずナナオは攻撃を受けて倒れている。何をされたのかまったく分からない。

「いけませんよ、Ms.ヒビヤ。アナタたちに許したのは見学のみ。ワタシの研究への干渉は指一本たりとも許可していません」

何より――この光景を見て、今アナタは、とりあえず彼らを助けようとしましたね？」

鋭く咎める口調でエンリコは言う。ナナオの体を抱えたオリバーが、その迫力に息を呑む。

「それは浅慮です。魔法使いとしてあるまじきこと。もとより魔道の探求は倫理の外側にて行われるもの。そこに俗世の物差しを持ち込む愚挙は頑として戒められねばなりません。ましてアナタは人権派ですらないでしょう？　その場の気分で人の研究を邪魔してはいけませんよ」

そう説教した上で、しかし直後、老爺(ろうや)は一転してにやりと口元をつり上げる。

「もっとも――かつてはいましたがね、そうした傑物も。魔道には縛られぬ、倫理すら知らぬ。ただ己の気持ちこそが世界の中心なのだと、そう言い切って憚(はばか)らなかったひとりの魔女が」

オリバーの心臓がどくんと跳ねる。――その語りが示す人物はひとりしかいない。この狂老もまた、ナナオに母の面影を重ねているのか。自分と同じように。

「アナタはどこか、彼女に似ています。姿形ではなく、おそらくは魂の在り方が。その面影に免じて――今回に限り、それ以上の罰則(ペナルティ)は科さないであげましょう」

そう告げたところで昏倒(こんとう)しているナナオから機械神へ視線を戻し、エンリコは解説を再開する。

「用意した薪の中に人も少々混じっていますが、気にすることはありません。あれらは罪人ですのでね。話を戻しましょう。

優れた燃料とは何か？　普通人であればよく乾いた薪、入念に焼きしめた木炭、あるいは澄んだ油とでも答えるでしょう。しかし、その方向でいくら突き詰めたところで巨大ゴーレムの燃料とはなりません。体積当たりのエネルギー量が余りにも限られているからです。

しかし――ひるがえって、我々魔法使いはどうでしょうか？　個人差こそあれ、体積当たりに有するエネルギー量は一般的な燃料の比ではありません。Mr.・ゴッドフレイの火力を思い起こせば分かるでしょう。高次元の魔法領域において、エネルギーの多寡は体積に縛られないのです」

それはオリバーも理解していた。ゴッドフレイが、そして目の前の老爺がそうであるように、一流の魔法使いは莫大な魔力を保有している。同時に、それを可能とする仕組みもそこにある。

「では、その莫大なエネルギーの貯蔵はどこで行われているか。――霊体です。生物を構成する三要素である肉体・霊体・魂魄。魔力の蓄積はこのうち霊体の預かりです。霊体において、魔力はある種の可能性という形で非物質的に貯蔵されています。霊体であるが故に体積に縛られることもなく、ね。これに比べれば子宮の備蓄すらわずかなものですが、肉体のほうの備蓄は容易かつ即座に利用可能であるという点が強みです。霊体の備蓄魔力を意識的に扱うには才能と訓練の両方が高い水準で必要ですからね。ワタシやゴッドフレイ君の魔力量がアナタたちよりも遥かに多く見えるのはそれが理由です。

しかし一方で、霊体の維持は肉体に大きく依存しています。幽霊があぁも虚ろな存在になってしまうのは、ひとえに肉体という枠組みを失っているから。これは吹雪の中に裸で放り出されたようなものであり、何かしらの寄る辺を見つけられなければ存在を保つことは出来ません」

魂ほどではないにせよ、霊体を単独で扱うことは難しい。魔法界において、その分野の研究が長年滞っているのもそのためだ。一般に知られるそこまでの前提を踏まえた上で、エンリコはここからが本番とばかりに声へ熱を込める。

「一度話を整理しましょう。――魔法使いに限らず、全ての魔法生物の霊体には莫大（ばくだい）な魔力の貯蔵能がある。ここまでの説明から、その事実はご理解いただけましたね？」

　黙り込むオリバーと、その隣でかすかにうなずくピート。教え子の反応を見て取ったエンリコがにぃと笑い、

「好都合です。使いましょう、それを」

　続けて、パチンと指を鳴らす。その合図を境に、囚人たちが閉じ込められた檻（おり）の中で惨劇が始まった。壁という壁が開いて巨大な歯車が現れ、それらが一斉に彼らをすり潰し始めたのだ。

　オリバーが目を見開き、ピートの顔から一瞬で血の気が引く。

「まず、邪魔な肉体を除きます。用があるのは霊体だけですからね。

　この際のコツとしては、絶命までの間に出来る限りの恐怖と苦痛を与えておくこと。巨大ゴーレムの燃料として利用する上では、怨嗟（えんさ）に染まった霊魂のほうが都合がいいのです。放っておいても天に昇らず留まってくれますからね」

　得意げにエンリコは説明し、その間に檻（おり）の中の囚人たちはひと通りすり潰されている。後には原型を留（とど）めない屍（しかばね）ばかりが残るが――やがてそこに、輪郭の定（さだ）かでない陽炎（かげろう）めいた「何か」が無数に現れる。それがまさに幽霊（ゴースト）であることに気付き、ピートがぶるりと震えた。

「肉体を失った霊体は儚いものです。どれほど大きなエネルギーを持っていても、それを現象として変換する手段が余りに乏しい。だからこそ怨霊は群れます。少しでも自分の存在を大きく強くするために。ここまで数がいると目視も簡単ですね。

可能な限り群れたのなら、次は体を求めます。彼らが失ったもの。喉から手が出るほどに欲して止まない血肉の温もりを」

檻の隙間から続々とオリバーたちと同じ空間へ抜け出してくる幽霊たち。警戒して杖剣を構えるオリバーだが、彼らの興味は真っ先に巨大な生体部品ゴーレムへと向けられた。そこに居場所を見つけたように、幽霊たちが機械仕掛けの神へと殺到する。

「幸いにも今、目の前にそれはあります。ワタシが用意したとっておきの肉体が。――選択の余地などありません。彼らは雪崩れ込みます」

幽霊の全てがゴーレムの体内に吸い込まれると、ほどなく上半身だけのその巨体が激しく震え始めた。内部で起こっていることを察して慄くオリバーの前で、エンリコが高らかに嗤う。

「キャハハ、衝突していますね！――いかに巨大な器とはいえ、この魂の数は多すぎる。どうあっても争いは避けられません」

ひとつの容れ物を巡って相争う霊魂たち。が、その衝突が最も激しいのは最初の数秒で、ほどなく巨体の痙攣は収まっていく。それを見て取ったエンリコが満足げに説明を加える。

「しかし心配無用、彼らは怨霊です。等しく怨嗟に染まった霊魂は自然と群れて合流し、ひとつの巨大な呪詛となって渦巻く。呪術の授業で習ったでしょう? これが極大化したものが大禍ですよ!

……とはいえ、魂のほうの動向は目視できませんがね。魂魄は直接観測する手段が皆無に等しいのが困りものです。それだから肉体や霊体に比べて研究が遅々として進みません」

肩を竦めて問題点を語る老爺。その視線の先で、ついにゴーレムの振動が完全に収まった。

「共通の憎悪によって、全ての霊体が融合。これにて準備は整いました。

――魔力注入」

老爺の指示に応じて巨大なチューブが壁から伸び、機械仕掛けの神の巨体に接続される。そこから流れ込む膨大な魔力を、ひとつに融け合った亜人種たちの霊体が受け止め、蓄えていく。

「いかがですか、皆さん。――これがワタシの傑作です」

エンリコがそう口にした瞬間、確かな意思をもって巨体の腕が動いた。体の大半を拘束された生体部品ゴーレムの巨躯が、それだけは自由になる両腕を懸命に動かしてもがく。老爺への殺意を忘れていない証拠に、腕が伸びるのは常にエンリコの方角だった。

「動くのですよ、この通り。――実のところ、根本的な魔力効率で巨獣種を上回っているわけではありません。あれらとの決定的な違いは魔力の使い方、すなわち長期間の生存に回す余力を全て短期間の駆動に費やせるという点です。これはあくまで生体で出来た道具。必要な時にだけ動かし、それ以外の時間は生体が保たれるギリギリのところで休眠させておけばいい。形としては冬眠に近いですが、その間の消耗の少なさは巨獣種の比ではありません。消化器や脳といった生きているだけでエネルギーを馬鹿食いする内臓の類は、これには最初から一切ありませんからねェ」

嬉々とした声で老爺の解説が結ばれる。膨大な呪詛を動力に稼働する生体部品ゴーレム、それはまさに単純にして最悪の発明。生命への冒瀆を極めた先にあるその有り様に、オリバーが震える声で口を開く。

「……何に……」

「ん？」

「……何に使うつもりだッ、こんなものを！　無数の命を糧に巨大な玩具を動かして、それで一体何をすると……！」

嫌悪の限りを込めて問い詰めるオリバー。それを受けて、エンリコの声がふと抑揚を失う。

「――異端との戦いの中で。毎年、多くの命が失われます」

そうして、ぽつりと述べる。今までとは打って変わった静かな口調で。

「多くの。そう、本当に多くの。……中には稀有な、本当に惜しまれる才能の持ち主も大勢いました。死なずに命を繋いでいれば、今頃どれほどの成果に至ったか」

遠い目をしてエンリコが語る。その姿からオリバーは思い出した。――この老爺もまた、異端狩りの前線帰りであることを。

「とりわけ犠牲が大きくなるのは、異端たちの祈りが結実し、この世界に異界の『神』が降りてしまった時。こうなってしまえば最早(もはや)、あらゆる犠牲を度外視し、一流の魔法使いを湯水のように投入して退ける他にありません。……ワタシが現場に出ていた頃に、そういうことが三度ありました。あの途方もない無力感、喪失感――今でもつぶさに思い出します」

　そこでふいに言葉を切り、老爺(ろうや)はオリバーたちへ向き直った。かつてなく真剣な面持ちで。

「――命は粗末に扱われるべきではない。アナタたちもそうは思いませんか？」

　つい先ほど無数の命をすり潰した者の口から紡がれる、それは余りにも皮肉に過ぎる言葉。だが、その問いから、オリバーは辛(かろ)うじて相手の考えの一端を理解する。エンリコ＝フォルギエーリという魔法使いの研究が、この悪夢めいた発明へと至った経緯を。

「……だから、亜人種や罪人を先に使うと……？」

　確認するようにオリバーは問い返す。――この老爺の認識においては、先ほど虐殺した囚人たちですら粗末に扱ってなどいない。限られた命を、すなわち資源を有効に利用しているのだと胸を張って言い切るだろう。ひとりの魔法使いとして一切の負い目なく。

「価値の低い命から消費する判断はもちろん正しいでしょう。が……この件に関して言えば、その答えは正確ではありませんね。

　ワタシが何より優先して使いたいのは、異端(グノーシス)たち自身ですよ」

凶悪な笑みを浮かべてエンリコが告げる。その意味を理解して、オリバーは背筋をぶるりと震わせる。

「異端絡みの事件を処理するたびに大量の異端が捕らえられます。ここに囚われている亜人種や人間の多くもその一部。被害と信仰を拡大しないための速やかな焼却処分が通例ですが――果たして、それで彼らに責任を取らせたと言えるでしょうか？

　そうではありません。彼らがこの世界にもたらした災禍に対して、その最期では余りに見合っていない。もっと使い尽くされるべきです。彼らにも『神』と戦わせるべきなのです！」

　エンリコは語る。罪人の命を燃料に変えて動く決戦兵器、それこそが機械仕掛けの神のコンセプトであると。その画期性に一片の疑いも抱かず、老爺は興奮に上ずる声で語り続ける。

「そのためにワタシはこのゴーレムを造りました。素晴らしいでしょう？　これを用いて戦えば、ただ一匹の犬人でさえも絶好の燃料として『神』との戦いに活きるのですよ！　エコロ

　異端の命を以て異端の『神』を制す！　ああ、これぞまさに！　本当の意味での！

ジイイイイイイイイイイイイイイ!!!」

　感極まった叫び声が広い空間を反響する。その間も機械仕掛けの神は足掻き続ける。全身を駆け巡る呪詛が命じるまま、目の前の狂老を握り潰さんとして。

「ああ、もう結構ですよ。ちょっと動かして見せたかっただけですからね。――吸い上げよ」

　呪文ひとつで魔力を抜かれ、巨体は為す術なく沈黙した。一転して空間を満たす静寂。もはや声もなく立ち尽くすオリバーと眼鏡の少年へ、そうしてエンリコがくるりと振り返る。

「いかがでしたか、Mr.・レストン。刺激になったでしょう？」

「……ぁ……ぁ……」

「感動で声もありませんか！　キャハハハハハハ！」

条理から余りにも逸脱したものを目にした時、人は何の声も上げられなくなる。普通人家庭出身のピートにとって、この見学はまさにその最たる経験だった。少しでも落ち着かせようとその体を抱きしめるオリバー。その様子に、老爺もまた潮時を見て取った。

「よろしい、見学はここまでです。ふたりを連れて校舎にお帰りなさい、Mr.・ホーン。帰り道はゴーレムたちに手を出させません。Ms.・ヒビヤもじきに目覚めるでしょう」

「……ッ……」

言われずとも長居する気は毛頭なかった。ピートと固く手を繋ぎ、ナナオの体を脇に抱えて工房を後にする。そんな彼の背中を、なおも老爺の声が追ってくる。

「君の過保護にさしたる意味はありませんよ。Mr.・レストンはすでに見てしまいました。ここから先は全て彼自身の戦いです。受け入れるにせよ、拒むにせよ、ね」

それを聞いたオリバーは奥歯を噛みしめ、隣の少年へとそっと視線をやる。目にした現実を受け止めきれず、涙を滲ませて揺れる瞳がそこにある。

「……帰ろう、ピート」

せめてもの気遣いとして、オリバーは友人へそう語りかけた。……乱れた気持ちはいずれ落ち着く。人間の心はそのように出来ている。だがその時、ピート＝レストンという人間の在り方がどう変わっているか。今の彼には、それがどうしようもなく不安でならない――。

# 第三章

## 深みの大図書館（エンシェントレコード）

迷宮第四層へ踏み入ることが出来るかどうか。キンバリーの生徒が上級生になる頃にぶつかる、それは最大の壁のひとつであると言われる。

「ここまで潜った二年生は、し、知る限りでほとんどいない。連れてきても……ア、足手まとい、だからね。僕自身も——初めて立ち入ったのは、確か、そう、四年生の終わり頃だった。あの時は、か、片腕が溶け落ちたから、よ——よく覚えているよ」

第三層『瘴気の沼地』。重く粘つく泥濘の地面に足跡を残しながら、オリバーの隣を歩く痩せ型の男がつっかえがちに語っていた。キンバリー六年生、ロベール＝デュフルク。オリバーの裏の顔を知る「同志」のひとりで、顔にはいつも陰気な笑みを浮かべている。

「そーそー、よく憶えてるよー。あんだけ『課題』の最中は後ろで援護だけしてろって言ったのにさ。私が防いでなかったら体半分溶けてたよね？　下手すると一昨年の合同葬儀に一名様追加だったよね？」

隣を歩く女生徒からからかい交じりの指摘が飛ぶ。彼女もまた「同志」のひとり、七年生のカーリー＝バックルだ。髪は赤毛の短髪で、両耳にはピアス。ざっくばらんな振る舞いは一見気さくだが、目つきに独特の剣呑さがあり、どこか近寄りがたい。

「か、返す言葉は、な、ないさ。だけど――せ、先輩だって、けっこうひどい有り様だった。ただでさえ恐い顔が、さ、酸を浴びて……そ、それはもう見るも恐ろしい――」

「人の顔面の話をするなら相応の覚悟が要る。知ってた？」

そう言ってロベールの後頭部を鷲掴みにするカーリー。ミシミシと骨の軋む音がし始めた辺りで、背後を歩くオリバーの従兄・グウィンが大きく咳払いした。それでパッと手を放し、カーリーはオリバーへにっと笑顔を向ける。

「ごめんごめん王さま、やかましいでしょ私。昔っからそうなんだ。黙ってるの苦手でさ。ビシっと言ってくれていいんだよ？　喧しいーとか、もっと緊張感を持てーとか」

「――いや」

窘める言葉は浮かばず、オリバーは黙って首を横に振った。未だ二年生の身に過ぎずとも、仮面を着けている間は同志たちの君主である。気の抜けた振る舞いに対しては、たとえ相手が上級生であろうとも一喝を辞さない覚悟はある。だが、この場合は、

「……むしろ頼もしい。この階層で軽口を叩く余裕は、今の俺にはない」

オリバーは率直にそう口にした。自分への多少の侮りは混じるにせよ、彼らの軽口が油断の表れではなく、適度にリラックスした精神状態に由来する「普段通りの振る舞い」であることが察せられたから。その返答を聞いたカーリーが鼻を鳴らす。

「ふーん、素直だね。……でも、どうだろ。君の今の立場でそれは美徳かな？」

「カーリー！」

先に見かねて声を上げたのは従兄のグウィンだった。相手の学年がひとつ上であることも意に介さず、オリバーの側近として、彼は厳しくカーリーを睨(にら)む。

「ノルに絡(から)み過ぎだ。ロベールも見ていないで止めろ」

「ご、ごめんよ、グウィン。た、ただ――僕も、か、彼とは話しておきたい。今のう、うちに」

肩をすくめるカーリーの前で詫(わ)びつつも、オリバーを横目にロベールはそう言った。……彼らなりに切実な理由から自分とのコミュニケーションを求めている。それは最初から察していたので、少年も拒むことはしない。

「構わない。――心配無用だ、従兄(にい)さん」

グウィンに向かって片手を上げてみせるオリバー。それで話は済んだ――と思いきや、背後から追い付いて来たひとりの女生徒が少年とふたりの同志の間に割って入った。思わず目を見開くオリバー。いつもの柔和な微笑(ほほえ)みをひそめて、従姉のシャノン＝シャーウッドがそこに立ちはだかっていた。

「ふふふー。お従姉(ねえ)さんはそうじゃないみたいだね？」

揶揄(やゆ)を込めてにやにやと笑うカーリー。従姉(おねえちゃん)に守られて嬉(うれ)しいか、お坊ちゃん――もはや何の誤魔化しもなく、その眼(め)はそう語っている。表向きは黙殺しつつ、オリバーは内心で思考

を巡らせた。この流れをどう収拾したものか。

「……ノルを、いじめない、で」

「可愛がってるだけだよ。いじめてるように見えた？」

「……見えた。ノルが、どう答えても、満足しない、もの」

「あはは。君にはバレるか、そりゃ――」

悪びれずに笑ってのけぞるカーリー。ふたりの女生徒の間に緊張が走り――それと時を同じくして、泥濘の地面から激しい震動が伝わってくる。オリバーが警告を口にしかけた瞬間、その襟首を隣のカーリーがぐいと引いた。

「――ッ！」

引っ張られた少年の体が位置をずらし、一秒前まで彼がいた地面が爆ぜる。泥を撒き散らしながら現れたのは、十メートルをゆうに超える環形魔法生物――泥竜だった。地表を歩く獲物の震動を感知して襲いかかる第三層の難敵。鋸めいた歯を全周に備えた円形の口が、捕らえ損ねた獲物を今度こそひと呑みにせんとオリバーたちの頭上に再来し、

「「「「蝕め電光」」」」

まったく同時に放たれた四つの呪文が泥竜の口腔へ吸い込まれた。太く長い体がびくりと痙攣して動きを止め、さらには泡を吹いて泥の上で横倒しになる。唖然とするオリバーにシャノンが駆け寄るが、完全に無力化された魔獣には、もはや同志の誰ひとりとして目を向けていな

かった。

「もうじき三層を抜けるね。ヤバくなるけど、心の準備はいい？　王さま」

「……ああ」

戦慄を呑み込みつつオリバーはうなずく。——今の出来事くらいでは、この上級生たちにとっては「危険」のうちにも入らない。その事実を改めて思い知りながら。


さらに二十分ほども歩いたところで沼地を抜けた。オフィーリアの事件の時には踏み入らなかった領域まで到達し、オリバーは強い緊張と共に足を止める。周囲の様相の変化は明らかだ。地面や壁、天井はつるりとした光沢のある石造りになり、それで校舎の競技場ほどの楕円形のスペースが形成され、その奥には巨大な両開きの扉がある。

「……ここは……」

「第四層の手前。通称『図書館前広場』だね」

カーリーが説明し、その視線の先で異変が起こった。扉の正面の一点で空間が歪み、そこから黒い何かが現れる。漆黒の襤褸切れのように見えたそれが急速に輪郭をなし、やがて頭まですっぽりと黒衣を被った二メートル強の痩軀として固まった。無言のうちにそこから放たれる圧倒的な魔力——否、死の気配に、オリバーが反射的に杖剣へ手をかける。

「……っ！」

「落ち着いて。あいつとは戦わない。——ま、だからって楽にはならないけど」

臨戦態勢に入りかけるオリバーの肩をカーリーがぽんと叩く。そうして背後を振り向き、彼女は同志たちへと確認する。

「『課題』は予定通り三人ずつ。私とロベールで王さまを守る。それでいいよね？　側近のおふたりさん」

「——っ——」

「それでいい」

異論を口にしかけるシャノンを片手で遮り、グウィンがうなずいて見せた。口には出せないが、オリバーはその気遣いに感謝する。——従姉の気持ちは嬉しいが、ここまで来て身内に守られているようでは同志たちの君主を名乗れない。

「俺は大丈夫だ。従兄さんと従姉さんはテレサを守ってくれ」

「……ノル……」

「承知した」

不安げなシャノンと重くうなずくグウィン、その間から無機質な瞳でじっと見つめてくるテレサ。三者三様の反応に見送られて、少年はふたりの同志と共に広場の中央へと歩み出る。彼に一歩先行しつつカーリーが声を上げた。

「いい腹の据わり方だね。でも――冗談抜きで言っとくよ。私たちより前には絶対に出ないで」

「というより、だ、出させない。さ――最悪でも、死ぬ順番は、ぼ、僕らが先だ」

暗い笑みを浮かべて途切れがちにロベールが言う。彼の言葉に宿った覚悟をオリバーは疑わず、その上で君主として応じる。

「俺から言うことはひとつきりだ。――君らの誰ひとり、この場での死は許可していない」

断言する少年。その言葉に背中を打たれて、ふたりの同志がにぃと笑みを浮かべた。

「はは、承知」「なら、シ、仕方ない。ら――楽勝で、いこうか」

各々の杖剣を構えるカーリーとロベール。彼らの眼前で、黒衣の人影の手元に一冊の本が現れる。その装丁を見て取ったカーリーが即座に声を上げた。

「運がいいね、前にも見た表紙だ！――課題図書は『バルトロの手記』！」

彼女がそう告げた直後、本から外れた数十枚のページが一斉に宙を舞う。オリバーたち三人を囲むような形で紙片が渦を巻き、それに伴って周囲の風景が急速に塗り替わっていく。離れた位置にいるグウィンたちの姿もすぐに見えなくなり、

「だ、第八章二節。ぐ――『グリントードの災厄』」

ロベールがそう口にした時、すでに彼らは直前までとはまったく別の場所にいた。周囲に広がるのは素朴な農村の光景。鍬を手に畑を耕し、あるいは牛から乳を搾る普通人たちの姿に、

オリバーはすぐさま違和感を覚えた。どんな田舎だとしても、人々の服装から業態に至るまで余りにも古風に過ぎる。これは少なくとも二百年以上前――魔法による産業革命以前の光景だ。

「お、驚いた、か、かい。――み、見ての、と、通り、さ。ここでは、魔法書の内容が、ぶ、部分的に――再現される」

「脱出不能ってわけじゃないから、その意味では絶唱よりもマシ。ただ――数が半端じゃないんだよね、ここの蔵書は」

　ふたりの説明からオリバーは理解する。この光景は現実ではなく本の内容の再現。即ち――何年の何処とも知れぬこの場所こそが、先にロベールが述べた災厄の舞台なのだと。その事実を証明するように、周囲の人々は突然現れたオリバーたちに対して何の反応も示さない。

「『バルトロの手記』の八章二節は、大歴９８４年に観測された『渡り』についての記述。そして、それによる被害の記録」

　説明を続けながらカーリーが頭上を仰ぎ見る。時刻はおおよそ昼前。空は一面の曇天だが、その中心に真っ黒な渦が生じてきた。同じものに気付いた普通人たちが口々に声を上げる。

「やって来たね。――よく見ときなよ。あれが異界の災厄だ」

　その言葉の直後、渦の中から数百の「何か」がばらばらと降ってきた。一見してそれは、直径七フィートほどの短い円柱――錆色をした歯車、あるいは車輪のように見える。どすんと音を立てて地上に落ちると、それらは球状ゴーレムにも似た動きで転がって移動し始め――同時に惨劇が始まった。

「ひ……⁉」「うわぁぁぁぁぁっ！」

畑、住居、家畜、人間。あらゆるものを区別なく、それらの「車輪のような何か」は轢き潰して回った。隣人が轢殺される姿を目の当たりにした人々の口から絶叫が迸り、恐慌はたちまち周囲一帯に広がっていく。　方で歯車たちは逃げ惑う人々を狙って追い立てることはせず、幾何学的に精密な動作で外から内へと螺旋運動を行い、その範囲内の物体をまんべんなく轢き潰していく。

　人々の悲鳴が重なり、とっさに駆け出したくなる衝動をオリバーはぐっと堪えた。――目の前の光景はあくまでも再現に過ぎず、この惨劇自体は遠い過去に起こってしまったもの。そう分かっていても心が軋む。

「何してるか分かる？　あれは無差別捕食って言ってね、群れでやって来た計画性のない『渡り』によく見られる行動だよ。違う世界に来たばかりで右も左も分からないから、とりあえず何が食えるか片っ端から試してる。植物も動物も生物も無生物も区別なし。うまいのが見つかるまで、ああやって延々と食って吐いてを繰り返すの」

　カーリーの説明から、オリバーは目の前の光景を正しく理解した。――やはり、あの車輪たちは生き物なのだ。よくよく観察すれば、人も家畜も住居も、歯車たちに轢き潰されたモノは圧縮では説明が付かないほど体積が減っているのが分かる。信じがたいが、轢き潰す動作がそのまま捕食を兼ねているのだろう。この行いは歯車たちの食事であり、狩りなのだ。

この世界の生き物とは明らかに違う。魔法生物にさえこんな進化を辿った種はいない。所属する系統樹が、その生態を獲得するまでに置かれた環境が根本的に異なっている。異なる世界より訪れた招かれざる客――これこそが「渡り」なのだ。

「お、おっと。こっちにも、キ、来たな」

自分たちの方向へ転がってくる一体にロベールが反応する。カーリーもそちらへ杖剣を向けた。

「ま、一匹くらいは観察しとこうか。――固く縛れ（コリゲシヨネム）」

数ヤードの距離まで迫った車輪生物を彼女の呪文が迎え撃つ。不可視の掌に鷲摑みにされたように、その動きがぴたりと止まった。拘束呪文による力技の停止だ。

「はい、よく見てね。――こんな形してるけど、体の構造自体は『渡り』の中じゃ割と常識的なほう。群れて活動して捕食するって時点で私たちの知る生物の枠の外にはいないでしょ？」

拘束を維持しながら説明を行うカーリー。それを平然と行える魔法出力に驚かされながらも、オリバーは食い入るように目の前の異界生物を見つめた。気を利かせたロベールが側面から杖剣を振るって解剖を始める。裂いた場所から灰色の体液が零れ出し、その奥に内臓器官と思しき軟組織が覗く。オリバーは実感した。――確かに、これは生き物だ。

「この段階でも結構な被害が出るけど、エサを見つけて定着した場合の厄介さはこの比じゃない。だからね、今のうちがチャンスなんだ。あいつら食い物探しに夢中で余裕がないからね」

適当なところで拘束していた個体に止めを刺すと、カーリーは無差別捕食を続ける「渡り」たちの群れへと再び目を向ける。一体なら容易い敵だが、今回の課題は「群れ」の掃討だ。

「虱潰しじゃキリがないけど、こういう連中には打ってつけの対処がある。――片づけちゃって、ロベール」

「や、やれやれ。僕ばかり、ハ、働かされるな」

肩をすくめてロベールが前に出る。彼がローブの前を開くと、その内側に括りつけられた何十本もの試験管が覗いた。中にはそれぞれ一匹ずつ魔法生物が封入されており、それぞれに禍々しい魔力を放っている。彼はその一本を手に取って蓋を開けた。

「**目覚めよ**」

呪文を受けた試験管内の生物――妖精の一種と見える個体がびくりと痙攣し、仮死状態から復帰して外界へと飛び出した。「渡り」たちが猛威を振るう一帯へと向かってまっすぐに飛んでいく。そのように呪文で縛られているからだ。必然、軌道上で鉢合わせした車輪生物の一体に、小さな妖精は為す術なく轢き潰され、捕食された。――その内に秘めた呪い諸共に。

その瞬間から、妖精を食らった車輪生物の動きがあからさまに変わった。これまでの精密な連携が失われ、群れの仲間へと自ら突撃していく。ぶつかられた別の個体にも同様の変化が起こり、一点から生じた波紋が徐々に広がっていくように、「渡り」たちは激しく同士討ちを始めた。オリバーが戦慄にこぶしを握りしめる。

「効果てきめん。こういう切羽詰まった群れには、『共食い』の呪いがよく効くんだ」

想定通りの結果に微笑むカーリー。オリバーもそれで理解する――これが呪術なのだと。呪いを抱えた生物を術式の媒介とし、その個体を敵に食わせることによって呪詛を感染させる。影響はそれに留まらず、群れの中での接触を経て呪いはさらに拡大していく。互いにぶつかり合う車輪生物たちが割れ、砕け、次々と倒れ始めた。

「みるみる減っていくでしょ？　でもね、勘違いしないで。呪いの総量はまるきり減ってないんだよこれ。食らった側に蓄積していってるの。呪詛保存則、いわゆる蠱毒の法則ってやつでね。で、これが最後まで行き着くと――」

個体数が減るほどに争いは激しさを増していく。同士討ちを重ねるに伴って呪詛が増幅され、さらに残りの個体の中で煮詰まっていくからだ。百が五十になり、五十が二十になり、二十が十になる。それでもなお激突は止まず、ついには最後の二体が真正面から衝突して一方が砕け散った。結果、どす黒い魔力を放つ一体だけが残される。

「――ぱんぱんに膨れ上がったのが一匹出来上がる。殺すと呪いが漏れちゃうから、本来はこれを生け捕りにして解呪に回すことになる。ま、今回は所詮記録だから、その手前までだけど。『課題』中の呪詛はご親切に大図書館のほうで受け持ってくれるからね」

カーリーが炸裂呪文で挑発すると、そこへ向かって最後の一体が転がり出した。もはや本来の性質は呪詛(じゅそ)によって塗り潰され、ただ周囲の動くもの全てを轢(ひ)き殺(ころ)そうとしている。オリバーは今度こそ杖剣(じょうけん)を構えた。最後の一体は他の個体の二倍近い大きさで、しかも抱え込んだ呪詛(じゅそ)の分だけ強力になっていると分かったからだ。が、

「まぁまぁ。のんびり待っててよ、王さま」

　その動きを片手で制して、カーリーは悠々と前に進み出た。入れ替わりにロベールが後退してオリバーの隣に並ぶ。ここから先の出番を彼女へと譲るように。

「……フゥウゥウゥ……」

　間合いが詰まるほど危険が増すのは明らかなのに、杖剣(じょうけん)を構えて深く息を吸い込んだまま、カーリーは微動だにしない。殺意を滾らせた車輪生物の突進が目の前に迫り、看過できずにオリバーが声を上げ、

「——カーリー！」

「**強く押されよ(イクストルディートル)！**」

　ほぼ同時にカーリーが溜めに溜めて杖剣(じょうけん)を振った。相手を正面から撃つのではない。目と鼻の先にまで迫った獲物へ、さながらこめかみにフックを決めるように、横合いからの衝撃を叩き付ける。すでに最大速度に達していた車輪生物は、それ故に直角の押し込み(プッシュ)に対して何の抵抗も叶わない。カーリーの真横を通り過ぎながら地面に横倒しになり、土と小石と人と同族の血肉を撒き散らしながらけたたましく空転した。

「あッはははは！　回る回る回る！」

そこへ間髪入れずカーリーが飛び掛かった。倒れた車輪生物の横っ腹、どれほど回転しようとも影響のない中心軸がそこにある。弱点を守るための棘が体内から飛び出すが、彼女はそれを当然に見越して回避した上で側面に杖剣(じょうけん)を突き立てた。もはや斬る必要すらない。刃を体内に刺し込まれたまま回転は続き、本能的に続くその行動が、缶詰の封を切るように車輪生物の体を致命的に損なっていく。

「潰れろ。――**打てよ風槌**(インペトゥス)」

そうして蓋が開いたところで、カーリーはそこへ向けて躊躇なくとどめの呪文を叩き込んだ。横倒しの体を風の大槌(ハンマー)が猛烈に打ち付け、丸く切られた外殻を中心から叩き割り、その奥の内臓をひとまとめに押し潰す。一拍置いて、体液が噴水のように撒き散らされた。

「はい、課題達成。――あ、王さま。もしかして、さっき名前呼んでくれた？」

灰色の体液で全身を染めて、にやりと笑ってオリバーを振り返るカーリー。凄惨なその姿を前にロベールが耳打ちする。

「ど、ドン引き、だろ。あ、あれが、〈血塗れ(ブラッディ)〉カーリー、だ。……人間相手でも、オ、同じようにやる」

「…………」

オリバーは無言。しかし、実のところ内心では安堵(あんど)のほうが勝っていた。誰も傷つかずに済んだことに対しての。

「今回は楽な課題で運が良かったね。引きが悪いと面倒なんだ、ここは」

カーリーがそう口にする間に周囲の景色が薄れていき、大きな扉を前にした元通りの光景が広がる。そこに再び現れたグウィンたちに振り向いて、彼女はひらひらと手を振って告げる。

「じゃ、お先に。適当に中を案内してるよ」

「すぐに追う。……先行はしすぎるな」

釘を刺すようにグウィンが言い、彼らに先行してオリバーたち三人は開かれた扉の中へと進んでいく。全員が潜り抜けたところですぐに重い音を立てて扉は閉まった。課題を達成しなければ通れないルールである以上、グウィンたちにはこれから新たな試練が課されるのだろう。オリバーは従兄と従姉を信じて待つのみだった。

「ようこそ王さま。二年生が訪れることはまずない、ここが迷宮第四層――『深みの大図書館』だ」

先行するカーリーがくるりと振り向き、両腕を広げて周囲の光景を示す。オリバーもぐるりと視線を巡らせて、その光景に圧倒された。――縦方向に果てしなく続く書棚の塔。数え切れない階層に分かれたその中を、翼を持つ亜人種たちが飛び交っている。

「……翼人……」

「あいつらが本の整理担当。キンバリーの雇われってわけじゃなくて、迷宮が発見される前からここに棲み付いてるんだって。ちょっと気難しいけど、場所の案内なんかもしてくれるよ。読んだ本の返却はあいつらに渡せばいいから」

と、カーリーが利用の方法を説明する。翼人たちに見下ろされるオリバーだが、確かに敵意を向けてくる気配はない。この場所は名実共に「図書館」であるようだった。

油断なく全体を見渡しながら歩いていくと、黒衣の人影が近付いてくるのが目に入る。扉の前で「課題図書」を提示した存在と同じモノだった。警戒するオリバーにカーリーが耳打ちする。

「黒い奴らはここの見張り役。……ねぇ。あいつら、何の種族か分かる?」

笑み交じりに尋ねるカーリー。相手とのすれ違い様に黒衣の内側が視界に入り、そこで目にしたものにオリバーは総毛立った。――片手に携えた大鎌、底知れない闇を湛えた髑髏の双眸。文献でのみ目にしたことがあるその存在の名を、少年はとっさに口にする。

「……命刈る者……!」

「わ、笑える、だ、だろ。今じゃ滅多にお目に掛かれない、シ――死の神霊、だよ。ここじゃ、う、ウロウロしてる」

くつくつと陰鬱に笑いながらロベールが言った。――神代の昔、ある一定の役割をもってこの世界に配置された存在を「神霊」と呼ぶ。命刈る者はそのひとつで、生と死の秩序を司る存在だ。魔法使いが命の理から逸脱しようとした時に現れるとされるが、実際に目にした者はそういない。それは即ち、目にすることがそのまま死を意味する、という話でもある。

「本気でやり合ったら私たちでもヤバい。ここでは行儀良くしようね。ルールさえ破らなければ何もしてこないから」

「……具体的には？」

「主に書籍の汚損や無断持ち出し、返却の遅延、それに図書館内での迷惑行為かな。ちなみに『生還者』はここで煮炊きしようとして殺されかけたってさ。バカだよねーあの人」

けらけらと笑うカーリー。あのケビン＝ウォーカーならさもあらん――そう納得するオリバーをよそに、彼女はなおも説明を続ける。

「ここの本は一冊残らず『禁書』の部類。なにせ大歴以前のモノが中心だからね。魔法使いにとってはとてつもない宝の山だけど、ひとつ扱いをミスれば本に食われる。校舎の図書館の延長上で考えたらダメだよ？」

オリバーはこくりとうなずいた。……禁書に興味は尽きないが、今の段階では書棚に手を掛けることすら危険だろう。

少年がこの場所の脅威を正しく認識した頃合いで、カーリーが背負っていた箒に跨る。

「付いてきて。箒の使用は禁じられてないけど、速度を出すと睨まれるから注意ね」

「て、低速飛行は、ト、得意かい？　な、なんなら、二人乗りも、で、出来るけど」

後輩を気遣ってロベールが言うが、オリバーは首を横に振って自らの箒に跨り、そのまま宙に浮かんだ。……ナナオほどの空中機動は望むべくもないが、それでも箒の扱いは体に叩き込んである。低速飛行くらいで彼らの手を借りる必要はない。

上昇を始めた彼らの背後で、ふいに扉の閉まる音が重く響いた。オリバーが反射的に音の方向へ目を向ける。

「……今、誰か出て行ったな」

「先に来てた上級生だろうね。大丈夫、ここだと顔を隠しての行動は当たり前だから。もし見られたとしても、私たちを不審には思わないよ」

特に気にした風もなくカーリーが言う。少し気になるものを感じながらも、先行する彼女らの背中にオリバーは続いた。

同じ頃。ふたつ上の第二層では、また別の三人が巨大樹に取り付いていた。

「……っ、く……！」

努めて下を見ないようにしながら、先行するガイの背中を追ってピートが斜面を登っていく。背負う箒との間で命綱は結んでいるし、落ちた時に減速呪文で着地する練習も重ねてあるが、それで高度百五十フィートに身を置く恐怖が消えるわけではない。とりわけ普通人家庭出身のピートはその傾向が強かった。

「ここを登ったら休憩だ！　付いて来れてるか、ピート！」

「あ……当たり前だっ！　このくらいで……！」

先を行くガイから飛んできた声に、眼鏡の少年は精いっぱいの意地で応じる。が、ふとその背中が後ろから支えられた。しんがりを務めるカティの気遣いだ。

「無理はダメだよ、ピート。足がふらついてきてる。一度腰を下ろそ？」

優しく、しかしはっきりとカティは言った。ガイとカティはピートに比べて二層に慣れているので、今日はこのふたりがリードとサポートを務める分担だ。なおも休憩を嫌がるピートの体に少女が手早くロープを通し、木肌の適当な突起と結び付ける。

「ほら、確保取ったからこれで安全。座って座って」

「……うぅ……」

すっかりお膳立てを済まされて、やむなくピートはカティと並んで座った。彼らが息を整えていると、そこに先行していたガイが歩いて戻ってくる。眼鏡の少年の様子を見て、彼は苦笑した。

「やっぱ途中で無理が来たか。だから今日は三合目までにしとけって言ったのに」

「ふざけるな。オマエらばっかり先に行かせるか」

負けん気も露わにピートが言い、それを聞いたガイが肩をすくめる。

「あれだけ毎日浴びるように本読んどいて、迷宮探索までおれたちと同じだけやろうってか。

大したもんだけど、さすがに欲張りすぎだろ」

「まるで足りないくらいだ。……いつまでも、足手まといでいられない」

唇を噛みしめて呟くピート。それを聞いたカティが彼の背中にそっと手を置いた。

「オリバーを安心させたいんだよね、ピートは。……分かるよ、その気持ち」

「そ、そんなこと言ってないッ」

「はいはい、言ってない言ってない。呼吸が乱れるから、これ以上の雑談は後な」

ガイにそう言われてピートが口を閉ざす。周囲に警戒しつつそれから五分ほど休んだところで、三人は再び巨大樹を登り始めた。急角度の斜面に苦しめられながらピートが呻く。

「くそ……箒にさえ乗れれば、こんな坂くらいひとっ飛びなのに……」

「そうしたいのは山々だけどよ。上のあいつら、見えるだろ？」

ガイが上空を指し示す。ピートが見上げると、そこには数十匹の鳥竜たちが旋回していた。位置関係は三人のちょうど真上であり、それはもちろん偶然ではない。

「こっちの足が地面から離れた瞬間に襲い掛かってくるんだよ。おれも前に楽しようとしてひどい目に遭った。ここじゃ箒は、足を滑らせた時の命綱ぐらいに思っとくのが賢明だ」

「重心制御を上手に使えば疲れは最低限に抑えられるよ。急には無理かもだけど、ちょっとずつ慣れていこう」

カティの声がピートの背中にかかる。前後を仲間に守られていることは安心感に繋がるが、だからこそ少年は自分の未熟さを意識せずにはいられない。このふたりには後れを取りたくないのだ。

「最後は角度がキツいな。ちょっと待ってろ、先に行ってロープ下ろすから」

登りの難易度を見て取ったガイが足を速めて斜面を越え、そこからロープを下ろしていく。両手を手掛かりの確保に回していたピートはありがたくそれを掴んだ。いざという時に利き手が自由になる状態でないと、魔獣の襲撃に対応できない。

「なるべく急げよ！　その状態でへバってると魔獣に目ェ付けられるぞ！」

ガイの忠告に気を引き締めつつ、ピートとカティも先を急ぐ。と――少女の視線の先で、ガイの背後にゆらりと影が現れた。

「……!?　ガイ、後ろ！　危ないっ！」

「え？」

言われたガイがとっさに振り向き、今まさに自分へ向けて伸ばされた魔猿の腕と目前で出くわす。反射的に杖剣へ手をやるが、何らかの防御を行う前に、その一撃は側面から彼の身体を吹き飛ばした。樹上から弾き飛ばされたガイの体が空中へ舞う。

「ガイッ！」

叫んだピートの視線の先で、ガイの落下ががくんと止まる。相棒の窮地を見て取った箒が飛行を開始し、命綱を通して少年を空中に引き留めているのだった。が、それでも無防備な体勢には変わりない。そんな中、ガイはまだ頭部への衝撃で意識を半ば飛ばされている。

「……う……ぁ……？」

「ガイ、早く動いて！　魔鳥たちが……！」

焦りに駆られてカティが叫ぶ。その声にハッと我に返ったガイが左手で箒を掴むのと、獲物を見定めた鳥竜たちが滑空して来るのがほぼ同時だった。

「う——うぉぉおおおっ！」

樹上に戻る前に襲撃が始まった。とっさに右手の杖剣を抜いて迎撃するガイ。カティとピートも樹上から必死に援護するが、鳥竜たちの攻撃全てを防ぎ切ることは出来ない。呪文の間を掻い潜ってガイに突撃した一体が右手の杖剣を弾き飛ばし、続けざまに襲いかかった一体が箒との間の命綱に食らいつく。

「——あ——」

ぶちんと音を立ててロープが切れ、命の保険を失った状態でガイの体が空中に投げ出された。落下しながら白杖を抜こうと手を伸ばすが、指がまともに動かない。杖剣を弾き飛ばされた時に爪で腱を抉られていた。カティとピートの助けも間に合わず、彼の身体はまっすぐに地面へと吸い込まれ——

「——**勢い減じよ**」

その背中が、ふいに痛いほどの力強さでもって受け止められた。減速した体が地上の手前に浮かび、続けて広い胸板にがっしりと抱き留められる。優しく包み込むようなオリバーのキャッチとは真逆の、ともすれば乱暴な、だからこそ強烈に「生」を実感させる受け止め方。

「カカッ、落下者を受け止めるのは久しぶりだ。俺の上を選んで落ちてくるとは——運がいいな、坊主（ぼうず）」

ぽかんとするガイの耳を男の豪快な笑い声が打つ。そこにカティとピートが上空からまっすぐ箒（ほうき）で降りてきた。友人とその救い手の傍（そば）に着地し、ふたりは血相を変えて駆け寄る。

「ガイ、大丈夫か……！」「怪我（けが）は⁉」

「ん、二年生の三人組か？　無理をしすぎだ。この場所ならひとりは上級生を入れろ」

ガイの体を地面に下ろしつつ、顔ぶれを見て取った大柄な上級生が腕を組んで注意する。それを聞いている余裕もなく、カティとピートは上空へ杖剣（じょうけん）を向けた。仲間の落下死こそ免（まぬが）れたが、彼らは今でも鳥竜たちに追われている真っ最中だ。

「鳥どもめ、調子に乗ったな。——カカッ」

滑空して来る魔鳥たちを見据えて、大柄な男が杖剣（じょうけん）をずいと頭上へ向ける。焼けた鉄の色をした刀身にたちまち魔力が漲（みなぎ）り、そこに詠唱が続く。

「——**渦巻き**（トゥルボ）　**焼き尽くせ**（フランマ）」

杖剣（じょうけん）の先端から炎の竜巻が生じ、急激にひろがったそれが八体もの獲物を一息に呑（の）み込んだ。強烈な気流に飛行の自由を奪われた鳥竜たちが同時に全身を焼かれていく。十秒余りの滞空を経てその体がことごとく地上に落ちた時、まだ息がある個体は一匹としていなかった。

「カカッ、グリルパーティーだな。ちょうど腹も空いていたところだ」

手近な一匹に目を付けた男が嬉々として亡骸に歩み寄り、脚の付け根辺りに杖剣を突き刺して肉の塊を抉り取る。呆然とそれを見守る後輩たちの視線に気付いて、男は気さくに話しかけた。

「お前らも食うか？　腿肉が美味いぞ」

「……え、その……」

戸惑いを顔に浮かべるカティとピートの前で、男は手にした肉の塊にがぶりと噛み付く。その光景を見たガイが半ば反射的に、無事な左手でローブの中から塩の小瓶を取り出した。

「……調味料、ありますけど」

「おお、気が利くな！　カカカッ、座れ座れ！」

「ええぇ!?」

近くに落ちていたガイの杖剣も無事に回収し、彼らはしばし腰を下ろして、救い手の上級生と言葉を交わした。後輩三人から事情の説明と自己紹介を聞くと、今度は男のほうが名乗る。

「六年のクリフトン＝モーガンだ。——なるほど。友人に追い付くために特訓中か」

モーガンと名乗った男が腕を組み、真剣な面持ちで三人を眺める。

「いい心掛けだが――危ういな。俺が通りかからなければ、さっきのは最悪死んでたぞ」

「……面目ねぇっす……」

自分の失敗を自覚しているガイが深く俯いた。その隣でピートも深く落ち込んでいる。自分の世話に気を取られたばかりに、今回は友人の身が危険に晒されたのだから。

「カカカッ！　まぁ、そんな経験は俺も数え切れんがな。どう足掻いても石橋を叩いて渡ってばかりはいられんのがこの学校だ。

危ない橋を渡るのはいい。お前たちが覚えるべきは『死なない渡り方』だ。結果を急がず、もう数か月は先輩に甘えておけ。コツを見て取って真似をしろ。そうすれば自然と身に付く」

忠告はざっくりとそれで切り上げて、モーガンは肉の塊にガイから借りた調味塩を振りかけた。雑に焼いただけの肉がそれで美味しく食べられてしまう。短い咀嚼を経てごくりと呑み込むと、男はどこか嬉しげに後輩たちへ向き直った。

「しかし、こうして二年生とまともに話すのも久しぶりだな。三層より下では下級生に出くわすこと自体が稀だ。やはりこの階層はいい、活気がある……」

しみじみと言って周囲を見渡す。その言葉から長く迷宮に潜っていたことが窺われた。どういう生活をしていたのか問おうとするガイたちの前で、ふいにモーガンが胸を押さえる。

「――ゴホッ、ゴホッ！」

激しく咳き込んだ瞬間、その口から勢いよく炎が噴き出した。ガイたちがぎょっとして腰を上げる。

「わっ……！」「だ、大丈夫ですか⁉　火、吹いてますよ⁉」

いかに魔法使いでも、人間は口から火を吹く生き物ではない。驚き戸惑う後輩たちを前に、男はそれからも何度か炎混じりの咳を零したが、やがてそれも収まっていった。

「……大丈夫だ。すまんな、驚かせて」

呼吸が落ち着いたところで詫びを口にするモーガン。そのまま数秒沈黙していたが、自分を見つめる後輩たちの顔を眺めて、彼は思い直したように首を横に振る。

「いや――これも先達の務めか。……実は、あまり大丈夫でもなくてな。俺はもうじき死ぬ」

唐突な告白に息を吞むガイたち。胸に手を当てながら男は続ける。

「これが危ない橋を渡り損ねた結果だ。炎に蝕まれてしまった。カカッ――御せるつもりでいたのだがな」

笑いながら白杖を手に取り、その先端にぼうっと火を灯す。橙を基調にしながらも緑や褐色が入り混じる独特の炎色、自ら枝分かれして妖しく揺れるその姿に、後輩たちの視線が吸い寄せられる。

「迂闊に触れるなよ、火傷では済まんぞ。俺が操っているのはこの世界の炎ではない。

――二年なら、もう天文学は履修しているな？」

三人が恐る恐るうなずく。彼らに予備知識があることを踏まえて、モーガンは説明を始める。

「時おりこの世界と繋がる異界のひとつに蝕む火焔の炉(ルフトマーズ)という世界がある。水の代わりに火が満ちているような場所でな。環境の特徴を上げれば数え切れんが、何よりも特異なのは炎そのものが進化を遂げているところ。火の精霊だけで数多の種類が存在している点だ。

察するに、最初から元素(エレメント)が少ない世界だったのだろうな。我々の世界であれば他の属性が占めているところを、その空白を埋めるように多様化した火がことごとく補っている。もちろん生態系もそれを基盤に築かれている。『渡り』の例としては、火を呑んで生きる不死鳥(フェニックス)などが有名だな」

そこで一旦言葉を切って、男は自分の胸に手を当てる。

「俺はその在り方に注目した。どう利用しようとしたかまでは、さすがにお前たちには明かせんが……まぁ、結果は見ての通りでな。制御しきれず体を蝕まれている」

「……取り除くことは……」

「残念ながら処置なしだ。霊体にまで融合しているものでな、現代の魔法技術では手の施しようがない。この分だと、おそらく今年度の終わりまではもたんだろう」

即答されたガイが言葉を無くす。男がすっかり裸になった骨を足元に放った。

「とまぁ、こんな経緯だ。……魔道の探求の過程では、取り返しの付かない失敗というものもしばしば起こりうる。もっとも、そのリスクを恐れていては大した成果にも至れんのだがな。

「……ゴホッ、ゴホッ！」

モーガンが再び炎混じりの咳を吐いた。何も言えずに押し黙る後輩たちに、彼はにっと笑いかける。

「おいおい、そう辛気臭い顔をするなよ。……お前たちも魔法使いなら分かるだろう？　失敗には失敗で大いに価値がある。俺の残す記録は後続の研究者たちの道標となり、そいつらは俺と同じ轍を踏まずに済むのだから。

こうして死を待つ猶予があるだけ、魔法使いの死に様としては上等の部類だ。不運な後輩どもに長話をしてやることも出来るしな。カカカッ！」

冗談を言って豪快に笑う男。その様子が強がりや虚勢ではないことが伝わり、ガイたちは少しだけ救われる思いだった。同時に思い知る。研究の果ての失敗と、その結果としての死――こうした経緯もまた、キンバリーという場所では何ら珍しい話ではないのだと。

それぞれに厳しい現実と向き合う後輩たちへ、モーガンはふと真顔に戻って尋ねる。

「この体ではもう、校舎に戻ることもあるまいが……実を言うと、ひとつ気になっていることがある。長話ついでに、もし知っていたら聞かせてくれ。

ブルースワロウのエースは、今どうしている？」

「――ターンの角度が甘いッ！」

稲妻のように檄(げき)が飛ぶ。練習場の端まで飛んで箒(ほうき)をターンさせたナナオに、その瞬間の隙を突いたアシュベリーが容赦なく襲いかかった。どつき棒(クラブ)の一撃を側面から浴びせられ、辛(かろ)うじてそれを受けて凌(しの)ぐ東方(エイジア)の少女。そこにブルースワロウのエースが声を重ねる。

「そんなもんじゃないでしょ、Ｍｓ(ミズ)．ヒビヤ！　その箒(ほうき)の力も、あなたの力も！」

「無論――！」

ナナオも負けじと声を張り上げて箒(ほうき)を駆り、もはや何度目とも知れず空中でふたりの選手が激突した。どつき棒(クラブ)をぶつけ合っては離れる両者の様子を、チームの区別なく、他の選手たちは迂闊(うかつ)に割り込むことが出来ず遠巻きにしている。

「……おーこわ。練習試合でこれか」

「目を付けられたナナオが災難ね。ま、本人は楽しそうだからいいけど」

ワイルドギースの選手たちがそんな言葉を交わしていると、そのうちのひとりが、激戦を繰り広げる両者とは別方向に異様な光景を発見した。ぎょっと全身が硬くなるのを感じつつ、彼は隣を飛ぶチームメイトに震える声で話しかける。

「……お、おい。あれ……」

「？　何よ。――うわ」

同じものに気付いた選手もまったく同じ反応をし、それは周囲の選手たちにも次々と伝染していった。

「──どうだいエミィ。大したものだろう、ナナオの飛びっぷりは」

「………」

練習場の外縁に当たる観戦スペース。そこにふたつの人影が訪れていた。一方は金の縦巻き髪（ロールヘア）を豊かに蓄えた洒脱（しゃだつ）な男、セオドール＝マクファーレン。もう一方は──凍（い）てつく鋼のような気配を全身にまとった銀髪の魔女、キンバリー学校長エスメラルダだ。

「ああ、こっちは気にしなくていいよ！　ちょっと見物に来ただけさ、いつも通りにやりなさい！」

選手たちの注意が逸（そ）れたことを見て取ったセオドールが声を上げる。それで一応は選手たちも再び動き出したが、動きは明らかに精彩を欠いていた。男がやれやれと肩をすくめる。

「と言っても、ほとんどの生徒には無理な話かな。君に見られながら『いつも通り』なんてね」

本人に向き直りつつセオドールが言う。校長が練習を見に来るというのはそれだけの珍事であり、いっそ異常事態だ。選手たちが硬くなってしまうことは責められない。

「――いや。そうでもないか、あの二人は」

が、中には例外もいる。教師の存在などお構いなしに激戦を続けるナナオとアシュベリーの姿を、キンバリーの魔女は無言のまま見つめ続けた。

さらに三十分ほど練習が続き、休憩を告げる笛(ホイッスル)の音が鳴り響いたところで、頃合いを見て取ったセオドールが空中へ向かって声を張り上げた。

「お疲れ様、ナナオ！　休憩時間に悪いけど、ちょっとこちらにおいでよ！」

「む？　――おお、セオドール殿！」

そこでやっと彼らの存在に気付き、ナナオがまっすぐ地上へと降りていく。セオドールの隣に立つ魔女の姿を見て、東方(エイジア)の少女は微笑(ほほえ)みを浮かべた。

「今日は校長殿もご一緒か。珍しくござるな」

「エミィは試合も滅多に見に行かないからね。でも、箒(ほうき)競技は昔から好きなんだよ。特に学生時代の熱の入りようはすごかった」

「ほう――？　それは初耳でござった」

箒(ほうき)から飛び降りて地上に着地し、ナナオはふたりの教師と向き合う。と、少女の背後にアシュベリーが滑空してきて、どこか面白そうに校長の姿を見つめた。

「これは珍しい。期待のルーキーの見学ですか、校長先生。それとも彼女の箒の？」

珍しい観客の興味がどこに向いているのか、アシュベリーは探りの質問を相手に向ける。感情のない瞳でそれを見返して、問いごと一刀両断するように校長が口を開く。

「――遅くなったな、アシュベリー」

ぎしりと空気が凍り付いた。数秒の沈黙の後、震える声でアシュベリーが問い返す。

「……今、何て？」

「一昨年のお前はもっと疾かった。今は巧くはなったが、ただそれだけだ。

――飛ぶのが怖くなったか？　馴染みのキャッチャーを失ったことで」

一切の容赦なく言葉は続き、金属が擦れ合うにも似た壮絶な剣呑さが練習場の一帯を支配する。それに気付いた他の選手たちが上空で固唾を呑んだ。凄まじい形相になるブルースワロウのエースを前に、キンバリーの魔女はなおも相手のプライドを逆撫でする。

「記録の更新も久しくされていないな。己の限界を悟り、後輩の指導役に甘んじるならそれも良かろう。一線を退き、どこにでもいる箒乗りとして余生を楽しむがいい」

「――誰がッ！」

全力の否定を込めてアシュベリーが吼えた。相手が教師でなければ――否、校長でなければ迷わず斬りかかっているところだった。殺気に満ちた眼光を光らせる彼女を見て、セオドールが飄々と口を開く。

「まぁまぁ、落ち着きなさいＭｓ・アシュベリー。厳しい言い方だけど、これも校長なりの激励さ。君はもっともっと速く飛べる――彼女が言いたいのは、要するにそういうことだよ」

一応はフォローの体裁を取っていたが、それで空気が緩むことは少しもなかった。アシュベリーの殺気を受け止めつつ、校長が平然と言葉を続ける。

「気概は失っていないようだな。――ならば、ひとまず失望は保留してやる」

「……ッ」

結果を出さないことにはどんな反論も意味をなさない。それを悟ったアシュベリーが箒を反転させ、空へ向かってまっすぐに再上昇する。引き留めるチームメイトたちの声も意に介さず、彼女はそのまま練習場から飛び去っていった。その背中を見送ったナナオが腕を組む。

「むぅ。ずいぶんと厳しい激励にござるな」

「君に同じことは言わないよ、ナナオ。Ｍｓ・アシュベリーとは立場が違う。彼女は生粋の箒乗りだからね」

彼女の頭にぽんと手を置いて言いつつ、セオドールはナナオへにこりと笑顔を向けて、

「それより、だ。……少しお喋りをしていかないかい？　休憩時間だけでもさ」

そんな誘いをかける。ふたりの教師の顔を順番に見つめて、ナナオも微笑んでうなずく。

「――では、お招きに与り申す」

練習場からやや離れた草地の一角にお茶会の場は設けられた。器化植物（ツールプラント）で作り上げたテーブルの上に、セオドールがどこからともなく取り出した茶器を広げる。

「――日の国（ヤマツ）でよく飲んだ緑茶（グリーンティー）だよ。ぬるめのお湯で淹（い）れると教わったけど、これで合っているかな？　どうだい？」

呪文であっという間にポットの湯を沸かし、これまた日の国（ヤマツ）土産の急須に注ぎ入れ、一分ほど間を置いて人数分の湯飲みへ中身を注ぐ。湯気を立てる鮮やかな若葉色の液体を口に含んで、ナナオがふっと口元を緩める。

「ああ、この味。……懐（なつ）かしくござるな」

彼女にとっては久しぶりの故郷の味だった。気分が和むのを感じつつ、ナナオはここまで一言も発しないキンバリーの魔女へと顔を向ける。

「こうして話すのは入学式の時以来でござろうか、校長殿」

「…………」

そう話しかけられても、エスメラルダはなおも無言だった。その顔を数秒じっと見据えて、ナナオがぽつりと口を開く。

「頭痛は治っておられぬか。相すまぬ、教えたツボは効果が薄かったようでござるな」

茶菓子を用意していたセオドールの動きがぴたりと止まる。驚きの宿る瞳がナナオを見つめた。

「へぇ――分かるのかい」

「セオドール」

釘を刺すように校長から名前を呼ばれて、セオドールは静かに首を横に振った。

「いいじゃないか、もう見抜かれているんだから。――彼女の頭痛はちょっと原因が特殊でね。簡単に治せる類のものじゃないんだ。だからナナオ、気持ちだけもらっておくよ」

彼は短くそれだけ語り、ナナオもまた深く追及せず自分のお茶を啜った。目の前の相手の不調を思いやる、それ以上の含みは何ひとつ彼女の中に存在しない。そのことが自然と伝わって、セオドールはくすりと微笑む。

「エミィ、君からも話しなさい。訊きたいことはたくさんあるはずだろう?」

黙り込んだままの校長にそう促す。少しの間を置き、三人でテーブルを囲んでから初めて、キンバリーの魔女はナナオへと口を開いた。

「……箒の具合はどうだ」

「絶好調にござる。――天津風に興味がおありか」

隣に浮かべてある箒に視線をやってナナオが問う。茶請けの最中が載った皿を全員に呪文で配りつつ、セオドールがそこに言葉を挟む。

「興味がある、なんてもんじゃないよ。この学校で――あるいは世界で唯一、どれだけ命じられても彼女に従わない箒だからね。君はそれを乗りこなしているんだ、ナナオ」

「さて、どうでござろう。拙者なりにこやつの力を引き出そうと努めてござるが、アシュベリー殿には手も足も出なんだ」

そう言って眉根を寄せる少女。もはやキンバリーの誰もが規格外の才能と認める彼女だが、だからこそ、突き当たる問題も相応に高次元のものになる。

「あの御仁は、箒を手足と同じ、己の体の一部であると言っており申した。それはきっと、拙者が故郷で聞いた人馬一体の境地に近いものにござろう。……されど、拙者にはどうしてもそうは思えぬ。こやつは相棒にござる。手足も同然に従えようという気には、どうしても」

天津風の柄を手で撫でつつ東方の少女が言う。それを聞いたエスメラルダがぽつりと呟いた。

「……或いは、それが理由か」

「む？」

短い言葉にきょとんとした目を向けるナナオ。校長の意図を察したセオドールが、そこに説明を加える。

「その箒――アマツカゼが君を乗り手として認めたことの、さ。思えば、彼女も……前の乗り手も同じようなことを言っていたよ。他の誰と飛ぶより、自分と飛ぶのがいちばん楽しい。だからこいつは私を乗せてどこまでも飛ぶんだ――と」

ひどく懐かしげにそう言って、男はまっすぐナナオを見据えた。憧憬にも羨望にも似た眼差して。自分には決して届かない星の輝きを遠く眺めるように。

「僕たち魔法使いにとって、箒はどこまで行っても使い魔だ。それはMs.アシュベリーも、もちろんエミィも同じ。でも、君にとっては違う。だからこそアマツカゼは君を選んだのかもしれない。主ではなく相棒として」

「…………」

エスメラルダもまた、彼のその推測に異を述べなかった。その様子からナナオは直感する。──天津風の前の乗り手は、目の前のふたりにとって等しく大切な人物だったのだろうと。

「成程。──では拙者も、こやつの相棒のまま精進致そう」

微笑んでそう告げる。今の乗り手として、それが彼女に実行できる最大限の誠意だった。満足げにうなずくセオドールに、そこでナナオが空になった自分の湯飲みを差し出す。

「時に、マクファーレン殿。お茶のお代わりを願え申すか」

「ん？　ああ、もちろん」

すぐに急須へ杖を向けるセオドール。が、そこで東方の少女が思わぬ言葉を加えた。

「先ず校長殿に。──今一杯、望んでおられるご様子故」

言われた男がもうひとりの同席者に視線を向けると、なんと、いつの間にかその湯飲みは干されていた。セオドールの顔に驚きが浮かぶ。彼は知っていた──話を続ける気のない席では、彼女は決してお茶に手を付けたりしないのだと。

「――なるほど。すまないエミィ、これは僕の気が利かなかった」

「……………」

詫びる言葉にも返るのは沈黙だけで、表情の変化は最初から皆無。が、それでもセオドールには分かった。今、紛れもなく、彼女はこのお茶会を楽しんでいるのだと。

それをもたらしてくれたナナオへ感謝の視線を向けつつ、そこでふと、セオドールはずっと気になっていたことを訊ねる。

「ひとついいかな、ナナオ。――怖くはないのかい？　彼女のことが」

「？　怖いと思ったことは一度も。凄味はひしひしと感じ申すが」

きょとんと首を傾げて応じる少女。恐怖と凄味――多くの者にとっては等しい感情であるそれも、彼女の中では明確に区別されるらしい。セオドールは膝を叩いて笑った。

「ははははは！　――いや、それでいい。君はそれでいいんだ、ナナオ」

そうして嬉々としてふたりの湯飲みに茶を注ぐ。この稀有な時間が、少しでも長く続いて欲しいと願いながら。

箒に乗って『深みの大図書館』を見て回っていたオリバーたちだが、それから三十分ほどで後続のグウィンたちが扉を抜けてきた。見学を切り上げて彼らと合流する。

「——けっこう時間かかったね。手こずった？」

「課題との相性が今ひとつだった。負傷者はいない」

カーリーの問いに淡々と答えるグウィン。その言葉通り、シャノンにもテレサにも、そして彼自身にも負傷や消耗の様子はなかった。オリバーは内心でほっと胸を撫で下ろす。

「オッケー。図書館内の案内はざっと済ませたから、そろそろ外縁に出ようか」

再びカーリーの先導で歩き出し、六人は壁の随所に設けられた扉を抜けて図書館の外へ出た。途端に降り注ぐ強烈な日差し。二層のそれと同様の人工太陽に照らされて、丁寧に手入れされた緑の草花が生い茂っている。予想外のその光景にオリバーが目を丸くした。

「……庭になっているのか」

「庭っていうよりも菜園かな。中の翼人たちと同じように、ここは小人族が管理してるんだ」

一歩先に踏み出してカーリーが言い、そこでくるりと振り向いて両腕を広げてみせる。

「ここは四層まで来た魔法使いへの特典みたいなものでね。ハーブから茸まで、魔法薬の材料のかなり多くが採取できる。小人たちが世話してるから品質も保証付き。ま、あんまり多く取ろうとすると命刈る者が飛んでくるけど」

なるほど、とオリバーは腑に落ちてうなずく。——三層でピートを捜索した際、「オフィーリアは四層以降で魔法薬の素材を採取しているかもしれない」とミリガンが語っていたが、おそらくここがその場所なのだろう。あの「課題」を安定して突破できる実力がなければ日常的な利用は出来ない場所。四年生時点ではミリガンですら「危険すぎる」と言っていたのは、つまりそういうことなのだ。

広い菜園をぐるりと見渡していて、ふと違和感を覚えたオリバーがそれに言及する。

「……小人の姿が見えないが」

「臆病だからね、あいつら。私たちが来ると隠れちゃうんだ。別に取って食いやしないのに」

けらけらと笑うカーリー。そう言われてみると、菜園のあちこちに庭仕事の道具らしきものが転がっているのがオリバーにも目に入った。ついさっきまで大勢で作業していた小人たちが、自分たちが入ってきた瞬間に仕事を放り出して草むらに隠れた――そんな経緯を想像して、オリバーは何やら罪悪感を覚える。

「後々を考えるとここはここでしっかり案内する必要があるけど、それは帰りにしようか。私たちの目的を踏まえると、本命はこの先」

一方で、カーリーは勝手知ったる場所とばかりにずんずん先へと進んでいく。図書館塔をぐるりと取り囲む菜園も相当な広さだったが、二十分ほど歩いたところで緑の気配は消え、代わって直径五十ヤードはあろうかという大きな隧道(トンネル)に出くわした。洞窟ではなく隧道(トンネル)と感じたのは、その断面が幾何学的に完璧な真円を成し、壁面もことごとく滑らかな素材で覆われていたからだ。

「ここが第五層へと繋がる廊下、通称『螺旋回廊』。といっても、これは十二本あるうちの一本だけどね。それぞれの廊下が五層の別の場所へ繋がっているんだ」

カーリーの後に続いて慎重に中へ足を踏み入れると、途端に強い風が吹きつけてオリバーの髪を乱した。隧道は途中で曲がって奥が見通せなくなっている。螺旋回廊と呼ばれる通り、出口に至るまで隧道そのものがとぐろを巻いているのだろう。

「エンリコ翁をお、襲うなら……ほ、本命は、こ、ここだ」

「理由を訊こう」

ロベールの言葉にオリバーが問い返す。それにカーリーが答えた。

「まず単純に、二層より上は人の出入りが多い。横槍が入る可能性は出来るだけ抑えたいから、この時点で浅い階層が候補から外れるのは分かるね？　三層は微妙なラインだけど、あそこは地形が悪いし好戦的な魔法生物も多すぎる。戦闘時の『紛れ』を考慮すると戦場としては選び辛い。

そこで四層の壁を利用する。ここに来られるのはさっきの『課題』を突破できる実力を持った魔法使いだけだから、三層までと比べて人の出入りは格段に減る。そして、四層までやって来た者の大部分は図書館の禁書が目当て。五層以降へ潜る目的がない限りここまでは来ない」

理に適った説明にオリバーがうなずく。ただでさえギリギリの戦いが想定されるだけに、第三者の介入には警戒し過ぎるということはない。と、そこへグウィンが言葉を加えた。

「五層より先へ潜る生徒も当然いるが、この十一番回廊を使うことはまずない。繋(つな)がっている場所が危険すぎるからだ。好んでここを使うのは、教師の中でも数人……」

「……そのひとりがエンリコ＝フォルギエーリというわけか」

従兄(あに)の補足にオリバーは納得を深める。確かに、これ以上の条件はまず望めないだろう。

「その通り。そして、ここまでが理由の半分」

予想外の言葉がカーリーの口から放たれる。驚くオリバーに、隣のロベールが語りかける。

「ぼ、防壁呪文をつ、使ってみるといい。床に向かって、オ、思い切り」

「……？」

怪訝(けげん)に思いつつも杖剣(じょうけん)を抜き、オリバーは言われた通りにその先端を床に向ける。

「**仕切りて阻め(クリペウス)！**」

放たれた光が床に直撃した。が、数秒待ってもそこから防壁は形成されない。異変を見て取ったオリバーが眉根を寄せる。

「……これは……加工できない？」

「そう。第四層は原則としてノーサイドの場所だから、地形に対する魔法干渉が極端に難しくなってるの。他の階層でも壊した壁なんかはいつの間にか直ってるでしょ？　あの仕組みが特に強い形で働いてると思えばいい。いわゆる迷宮の恒常性(ホメオスタシス)ってやつだね」

カーリーの説明を聞きつつ、オリバーは呪文を変えて実験を繰り返す。結果はどれも同じであり、この場所では魔法の属性に関わらず地形への干渉が打ち消されることが証明された。

「命刈る者(リーパー)の存在もそのひとつ。貴重な図書を傷物にされないために、図書館内は特に厳重に見張られてる。でも――この螺旋(らせん)回廊はその意味でちょうど狭間(はざま)に当たる場所でね。地形の恒常性(ホメオスタシス)は強く働くけれど、一方で、ここで暴れても命刈る者(リーパー)は飛んでこない」

いいとこ取りだよ、と冗談めかして彼女は言う。オリバーがうなずくと、カーリーは隧道(トンネル)の奥へ視線を向けた。

「話を戻すけど、ここでは地形に対する魔法干渉が極めて難しい。私たちの目的に照らした場合、これがどういう意味を持つかは分かるよね？」

「――ゴーレム封じ、だな」

オリバーは迷わず答えた。ここまで説明された後なら推測は難しくない。カーリーがにっと笑った。

「そういうこと。ま、迷宮で一度でもあの爺(じい)さんと追っかけっこしたなら分かって当然だよね。――ここ以外の場所だと、どこからゴーレムや魔法トラップが湧いて出るか分からない。それどころか最悪、せっかく追い詰めても洞窟(ケイブ)ゴーレムに逃げ込まれる可能性がある。そうなったらもうガチャガチャの乱闘は必至。消耗戦でこっちが全滅するか、足止めされてる間にまんまと逃げられる――そんな結果が簡単に想像できちゃうでしょ」

「……その点に関してはかねてから疑問だった。あれだけ大量のゴーレムやトラップを、エンリコ翁はどうやって迷宮に配置している？」

「残念ながら、ソ、その方法は、ふ、不明だ。び——尾行や偵察を、な、何度重ねても、暴けなかった。しかも、イ、一層だけじゃなく、二層や三層でも——あ、当たり前に湧いてくる」

ロベールが忌々(いまいま)しげに補足した。年単位の偵察を経ても仕組みが見抜けないという事実に、オリバーは何度目とも知れず敵の底知れなさを実感する。

「た、ただ——推測はで、出来る。おそらく、ご、ゴーレムを仕込むゴーレムが、いるんだ。それが、ど、どういうモノかは、仮説がいくつかあるけど……いずれにせよ、こ、ここではぜ、絶対に使えない。四層の恒常性(ホメオスタシス)は——そ、それだけ強い」

あえて断言してみせるロベールに、その意図を酌(く)んで、オリバーもまた力強く首肯した。

……詳しい仕掛けは分からずとも、おおまかに分かっている部分からその強みを封じることは出来る。その上で選び抜いた戦場こそが今いる螺旋(らせん)回廊なのだ。

「生身のエンリコ＝フォルギエーリと、あの爺(じい)さんがこの階層で連れていることが多い小型・中型の汎用ゴーレム数体。ここで戦う限りは、敵の戦力をそこまで削れる。その上で私たちを含めた今回参戦予定の三十二人、全員全力で挑んで——これでやっと、まともに勝機が見えるでしょ」

エンリコ＝フォルギエーリは魔道建築者(ビルダー)であり、その脅威のおおよそは本人が建造・使役するゴーレムに集中している。残る六人の「仇(かたき)」の中で真っ先に老爺(ろうや)を狙う理由もそこにあっずなのだ。ゴーレムと分断した上で術者のみを狙えれば、理屈の上ではもっとも倒しやすい相手のはずなのだ。

一方で、その理屈が気休め程度のものでしかないこともオリバーは悟っている。ダリウスの時のように、初手から魔法剣の間合いに持ち込むことはまず望めない。キンバリーの教師がひとり討たれた時点で「魔剣」の可能性は視野に入るだろうし、何よりエンリコは剣の間合いを好むタイプではない。

加えてオリバーの魔剣の性質上、直前まで殺意を隠しての不意打ちというのも不可能だ。あれは極限の集中を要する技であり、その発動にはまずもって心身を戦闘の構えに置く必要がある。どうしたところで戦意は放たれてしまうのだ。ダリウスに正面切っての斬り合いを挑んだ理由のひとつには、そうした止むを得ない事情もあった。

それらの前提を踏まえると、今回の戦いは一対一では成立しない。カーリーも言ったように、同志たちの力をフルに活用してようやく勝機が見えるだろう。そう結論して、オリバーは隣の彼女へ問う。

「……この回廊には、どの程度の長さがある？」

「七マイル強。箒の最大速度でもすぐには抜けられない距離だよ。なにせ五層以降からヤバいのが登ってきた場合の安全弁にもなってるからね。もちろん仕掛けるなら中間地点で挟み撃ちの一択」

「完全な一本道なんだな？」

「完全な一本道。分岐は一切ない。四層の恒常性（ホメオスタシス）があるから壁を貫くのもほぼ不可能。それが出来るくらいなら、私たちを全滅させるほうがまだ早い」

思い付く確認を全て済ませた上で、オリバーは深呼吸を重ねる。決断の時だった。ここまで戦場の条件が整っているのなら、これ以上の慎重は臆病でしかない。

「いいだろう。――あの狂老と、ここで決着を付ける」

口にした瞬間に全身を震えが走った。恐怖と、戦慄と――それらを上回る暗い歓喜によって。

# 第四章

# 魔工狂老（フォルギエーリ）

昼間はじっと息を潜めていても。恐ろしい記憶というものは、得てして夜中に蘇る。

「……うぅぅ……」

だから、床について間もない深夜十二時。隣のベッドから苦しげな呻き声が聞こえてきた時、オリバーはそれが来たのだと察した。

「……はぁ、はぁ……はぁ……！」

「………」

「はぁはぁ……あ、あ……ああ、あああぁぁっ！」

「……ピート！」

落ち着く気配がないどころか、魘され方がどんどん激しくなっていく。オリバーはベッドから跳び起きて友人のもとへ向かった。

「落ち着け、ピート。夢だ。俺はここにいる。相手の肩を揺さぶって目覚めを促す。ここにいるから」

「……え……あ……？　……あ……」

瞼を開けたピートが数秒放心し、ルームメイトの顔をじっと見つめ、それから忙しなく周囲を見回す。そこにいつも通りの自室の光景を認めると、彼はやっと自分が悪夢を見ていたのだと理解した。緊張の糸が切れて、がくんと肩を落とす。

「……す、すまない。また、こんな……」

「謝るな、君は何も悪くない。……少しずつ息を整えよう」

隣に座って相手の背中をさすりつつ、オリバーは穏やかに囁いた。そうしながら思う——魔されて当然だと。

老爺の工房で目にしたもの。倫理と道徳を片っ端からドブに捨て、無数の命を炉にくべて到達した狂気の発明。あの機械仕掛けの神(デア・エクス・マキナ)を目の当たりにして、その仕組みと発想に至るまでの経緯を説明されて、それらを少しなりとも理解させられて——ほんの二年前まで普通人だった少年が、大きく動揺せずに済むわけがない。

オリバーには分かる。あの時に間違いなく、彼の中では多くのものが壊れたのだと。漠然と信じ続けていた正義や禁忌、普通人として生きたなら生涯疑うこともなかった物差しが、ひとまとめに打ち砕かれたのだと。

すでにピートは知ってしまった。魔法使いとはどのようなものか、その極北の姿を。自分が歩む道の果てにもまた、そうした姿が在り得ることを。それを咎める何物も魔道の内には存在しないことを。

そうして彼は再定義を要求されている。倫理を、道徳を、正義を、禁忌を。人格の根本に位置する諸々の概念が揺るがされ、問い直される。それが絶大なストレスであることは疑いがない。オリバー自身もかつて通った道なのだから。

「……ピート。こっちへ」

少し考えて、オリバーは友人の背中と膝の裏に腕を回す。そのままひょいと抱え上げた。

「え……？」

ぽかんとしたまま運ばれるピート。寝汗でシーツが湿った彼のベッドから、隣のオリバーのベッドへ。優しく体が置かれて、そのまま後ろから両腕で抱きすくめられる。

「――へ……!?」

「俺のベッドで悪いが。君さえ良ければ、しばらくこうしていよう」

掛け布団を引き寄せたオリバーが、それで自分と腕の中のピートの体を一緒にくるむ。ひとつのベッドの上でふたりの体が密着する。

「……脈拍が速い。魔力循環も乱れているな。手当て（ヒーリング）を並行したほうが良さそうだ」

「ちょ……！　……ん……！」

ピートが何か言う間もなく、オリバーの掌が寝巻の裾をまくり上げて背中に触れた。皮膚を通して体内に魔力が流れ込む感覚。すでにピートも何度となく味わってきたものだが、こんなにも密着した状態でされたことは今までにない。それに何より、

「……お、おい……今日は……！」

「ん？」

女の日だぞ、と。そう声に出しかけたところで、ピートの口が固まった。

彼には分かる。――それを言えば、オリバーはすぐに自分から離れるだろう。気遣いの不足を詫び、即座に自省して、改めて一線を引き直した上で自分に接しようとするだろう。

そして……もう二度と、今のようには触れてくれないかもしれない。

自分に対するオリバーのスキンシップの多さ、距離感の近さは、明らかに親しい同性に対してのものだ。両極往来（リバーシ）の体質に目覚める前後でそれは変わっていない。自分もそう望んでいたし、ヘンに意識しないで今まで通りにしろよ、と声に出して言ったこともある。オリバーはその通りにしてくれた。

だからピートは思うのだ。女の日だぞ――と。自分がそう口にした瞬間に、その魔法は解けてしまうのかもしれないと。この温もりは永遠に失われてしまうのかもしれないと。

喉まで出かけていた言葉を、彼はぐっと呑み込んだ。

「……なんでもない……」

「続けていいのか？」

「…………」

かすかにうなずくピート。そうして許可を得たところでオリバーは手当て（ヒーリング）を再開する。その触れ合いで、相手の心がどれほど揺れているかは知らぬままに。

「……懐かしいな。立場は逆だが、昔はよく俺も母にこうしてもらった。風の強い晩なんかに」

　オリバーの微笑みに郷愁が滲む。彼の手にすっかり身を委ねたまま、ピートはその言葉に耳を傾ける。

「寝物語をせがむと、母は驚くほど色んなことを話してくれた。あんまり面白くて、俺がいつまでも寝ないから、そのうち父が止めに入るんだ。でも結局、次の日には三人揃って寝坊する。……それが好きだった」

　ぽつぽつと語りながら、オリバーの指先が灰色の髪を優しくかき混ぜる。失われた時間を語る儚げなその声に、ピートの胸の奥がぎゅっと締め付けられた。ごく稀に過去の断片を語る、その時だけ――いつもあれだけ頼もしい少年が、押せば崩れそうなほど脆く感じられる。

　ピートにも分かっている。――それはきっと、相手が心の奥底に抱える傷で。弱い自分のままでは。この先ずっと、その痛みに寄り添うことさえままならないと。

「……心配は、し過ぎるなよ」

「？」

　オリバーの手を握り返してピートが言う。……そう。去年ならいざ知らず、この学校での一年を経て、自分も少しは強くなったのだから。

「……あの光景をそのまま受け入れる気なんて、ボクにはさらさらない」

　せめてこれだけは払拭する。狂老の工房であれを目にした自分に対して、ルームメイトがもっとも強く抱いているだろう懸念を。

「カティだってそうだろ。ミリガン先輩に色々と学んでるけど、あいつはミリガン先輩と同じになりたいわけじゃない。知識や技術を学び取って、それを自分の道で、まったく別の形で活かそうとしてる。ボクだって同じだ」

精いっぱいの気丈さでそう口にする。それでも拭い去れない相手の不安を背中越しに感じて、ピートはなおも言葉を重ねる。

「分かるさ、言いたいことは。ボクにはカティほどはっきりした目的意識はないってことだろ。……それは否定しない。何かに付けてボクはまだまだ手探りだってことは。……けど……」

言葉を切って、オリバーの手を握る指に力を込めた。……確かにカティとは違うのだろう。理念や理想ではなく、一個の人間として——彼が目指す姿はそこにあるから。

「……それでも……追う背中が、ないわけじゃない」

ピートは告げた。震える声で、ありったけの勇気を振り絞って、高みから飛び降りるにも似た覚悟で明かした。——オマエが目標だと。ずっとその背中を目で追っていると。

そんな一世一代の告白を受けて——彼の背後で、本人がふっと微笑んだ。

「そうか。……いるんだな。憧れる相手が」

「……っ……！」

その反応で、即座にピートは理解した。——いちばん肝心の部分がまったく伝わっていない。

自分に向けられた想いに気付かないまま、腕の中にルームメイトの体を抱きしめて、オリバーは穏やかに笑っている。

「――あぐっ⁉」

みなまで言わせず、ピートは相手の顎を頭で突き上げた。一発では到底気が収まらず、続けざまに二発三発。その度にごんごんと鈍い音が鳴る。

「い、痛い！　待てピート、どうしたんだ一体！」

「うるさい！　うるさいうるさいっ！」

この期に及んで説明を求める声がなおさら火へ油を注ぐ。それから実に十分余り――ピートの癇癪が収まるまで、オリバーはひたすら顎に頭突きを受け続ける羽目になるのだった。

そんな一夜も過ぎ。目覚めたオリバーがカーテンを開けると、夏の日差しが柔らかく差し込んだ。気温は高過ぎず低すぎず。青空には低く雲がたなびき、西からの風が優しく髪を揺らす。

「…………」

穏やかな朝だった。今日がどういう日かを思えば、いっそ皮肉なほどに。

「――おはよう、ピート。紅茶に砂糖は入れるか？」

「……ふたつ頼む」

オリバーが振り向き様に尋ねると、ベッドの上で寝ぼけ眼をこすりながらピートが答えた。が――その瞬間に昨夜の記憶が蘇ったらしく、一気に赤面してルームメイトから目を逸らす。そんな彼の様子にくすりと笑って、オリバーはいつも通りに目覚めの紅茶の準備を始めた。

寮の廊下でガイが加わり、校舎までの道中で女子寮からやって来た三人と合流した。オリバーたちの姿を見つけると、巻き毛の少女が真っ先に手を上げて挨拶する。

「……あ、おはようオリバー！　ピートもガイも！」

「さっそく聞いて欲しいでござる。今朝がた、寝ぼけたカティがそれは愉快な寝言を――」

「わーっ！　何も開口一番に言わなくてもーっ！」

カティが慌ててルームメイトの口を塞ぐ。いつも通りの賑やかな様子を、微笑みを浮かべてオリバーは見守った。顔が引きつっていないか、それだけを気にしながら。

「……入学した頃はさ。この面子でよく食うのって、おれとナナオだったと思うんだけどよ」

校舎に入ってまっすぐ「友誼の間」へ向かい、大勢の生徒たちで賑わう空間の中、六人は一斉に朝食を取り始めた。と、同じテーブルを囲む面々をガイがぐるりと眺め、そのうちのふたり――鬼気迫る勢いで食事を口に詰め込むカティとピートの様子を見つめる。

「最近はこいつらがやべぇな。なんつーかこう、暖炉に薪でも放り込んでるみてぇだ」

「食べないともたないの！　ガイだってそうでしょ！　はい、オートミール！」

「よりによってなんでオートミールなんだよ！　食うけどよ！」

巻き添えのように皿を渡されたガイがやむなくその中身を口に運ぶ。苦笑気味のオリバーが隣の席へ視線をやると、それに気付いた眼鏡の少年が、慌ててパンを置いて温野菜の皿にフォークを伸ばす。

「……ちゃんと野菜も食べてるぞ」

「ああ。えらいな、ピート」

ふっと微笑んで、オリバーは少年の頭を撫でる。鼻を鳴らしつつも、ピートはされるがままに食事を続けた。静かに紅茶を嗜みながら、そんな彼らをシェラが穏やかに見守る。いつも通りの朝食の風景だった。

多少のトラブルや怪我人を出しつつ、しかしその程度のことにはもはや誰も動じないまま、午前の授業は忙しなく終わった。早足に教室を飛び出したカティたちが、その足でさっそく次の行動へ移る。

「よしっ！　それじゃグリフォンに会いに行ってくるね！」

「ボクは図書室だ。ガイ、カティ、忘れるなよ。夕食後は勉強会だからな」

「分かってるって。おれはもうちょい呪文の練習していくぜ」

ふたりを見送りつつ、ひとり教室に残ったガイは自発的に呪文学の補修を始める。彼に手を振りつつナナオ、シェラと共に廊下に出るが、そこでオリバーは彼女らと逆方向に足を向けた。

「……手洗いに寄る。先に行っていてくれ、ふたりとも」

「ええ、分かりましたわ」

自然な流れでふたりと別れて手洗いに向かう。幸いにも人気のないその空間で、オリバーは個室へと足を踏み入れ、

「……げぇっ……！」

瞬間、堰を切ったように便器へ胃の中身をぶちまけた。胃液のすっぱい味を舌の奥に感じながら、そのまま数十秒も嘔吐を続ける。

「……はぁ、はぁ……」

すっかり出すものがなくなったところで身を起こし、オリバーは個室の壁に力なく背中をもたれさせた。片手でレバーを押して水を流しつつ、ぼんやり思う——自分の胃腸は、顔よりもずっと演技が下手らしいと。

一分ほど休んで個室から出ると、オリバーは洗面台で念入りに手を洗い、そのまま水で口を

ゆすぐ。仕上げに鏡に映った自分の顔をチェックした。……緊張を隠しきれているかはともかく、少なくとも寝不足で目が血走っていたりはしない。昨晩良く眠れたのは、案外ピートのおかげかもしれないな——そんなことを思いながら便所を後にした。

「——ご気分が優れませんか」

人気のない廊下でふいに声が響いたと思うと、隣にぽつんと小柄な少女が立っていた。今さら驚きはせず、代わりに苦笑を向ける。

「まったく大した隠密だな。男子便所まで付いてきてるのか、君は」

「さすがにいつもはしません。が、今日は……」

語尾を濁して、テレサは気遣う視線を少年に向ける。その様子を珍しいと思いつつ、オリバーは少しおどけて肩をすくめてみせた。

「……そう心配してくれるな。相手が相手だ、この程度の緊張はするさ」

「和らげる方法はありませんか？」

「なくはないが——今、精神に作用する魔法薬の類は入れたくない。わずかでも感覚を鈍らせたくないんだ」

そう答えて、オリバーはぐっと右手を握り締める。……全てをベストの状態に整えて挑むでなければ、あの魔人とは向き合うことすら難しい。

「君は恐くないのか、テレサ」

ふと気になって、彼は目の前の少女に尋ねた。テレサは俯き、困ったように考え込む。

「よく、分かりません。死ぬことは……特段に。私はキンバリーで生まれ育ちましたから」

それはつまり、命を懸けての行動は日常だったということだ。恐怖や怯懦といった、そのために邪魔になる情動は極限まで除かれている。オリバーは改めて実感した――彼女が受けてきた教育はそういうものなのだと。

「…………」

「……？」

知らず、相手の頭に向かって手が伸びていた。黒髪を指で梳いてくしゃくしゃと撫でる。その行いの意味も、きっと当のテレサには分からない。きょとんとした瞳を向けられて、オリバーは苦笑する。

「……あべこべだな。まったく」

互いに相手を気遣いながら、気持ちがどうしようもなくすれ違う。ある意味で似た者同士なのだとオリバーは思った。自分もテレサも、きっと根っこの部分で、自分自身に気遣われるような価値を認めていないから。

その共通した歪さが、今だけはどこか心地良く――そんな感覚に救いを覚えてしまっている自分には、どれだけ呆れても足りない。

「安心しろ。前の時と一緒だ。

──火が入れば、震えは止まる」

相手をまっすぐ見据えて、それだけは揺るぎなく約束した。テレサもこくりとうなずく。

「──信じております、我が君(マイロード)」

答えながら、彼女もまた胸の内で、最初の仇討(あだう)ちを果たした夜に目にした彼の姿を思い出す。

──今夜、あれがもう一度見られるというのなら。その事実だけで、少女の背中を押すものとしては十分過ぎるほどだった。

同じ頃。迷宮第四層、禁書の棚が林立する「深みの大図書館」の片隅。

「──どう思った?」

読書スペースとして設けられたテーブルのひとつに陣取り、杖剣(じょうけん)の手入れや魔法道具の確認をしながら、カーリーとロベールが出動までの時間を潰していた。彼ら同志たちは校舎か迷宮内の所定の場所でそれぞれ待機し、時間を見計らって戦場へと集合する手筈である。

「……ロ、君主(ロード)のこと、かな」

「そう。あの子のこと」

問われたロベールが呪具のチェックを中断して視線を上げた。テーブルに行儀悪く足を載せたまま、カーリーが言葉を続ける。

「現時点での実力をどうこう言う気はないよ。それは私たちの領分だし、王さまは後ろにデンと構えてるのが仕事だからさ。弱っちくたって構いやしない。

ただ——なぜあの子なのかが分からない。グウィンでも他の上級生でもなくて、どうしてあの子なのか。いい子だよ、あれは。最初からキンバリーにいるのがおかしいくらい。そんな子にボスやらせてるってのが、どうにも私は気に食わない。いくら母親の件があるにしてもさ」

最年長の同志のひとりが率直に疑問を述べる。それを聞いたロベールがぽつりと口を開いた。

「……その理由……な、何となく分かったけどね。ぼ、ぼくには」

「説明してよ」

靴の踵でどしどしテーブルを叩いてカーリーが要求する。ロベールが苦笑して首を横に振る。

「上手くは、い、言えないよ。感じただけだから。ただ……ぼくにも、カーリーにも、ほ、他の同志にもないものが、カ——彼にはあるんじゃないかな。人格の、す、すごく深いところに、さ」

つっかえがちの言葉で彼が示した回答に、カーリーは眉根を寄せて唇を尖らせる。

「そーゆー曖昧な話キライ」

「はは、は。き、君はそういうやつだ。昔から」

知れきった反応にロベールが笑い、カーリーがふんと鼻を鳴らす。そんないつも通りのやり取りを続けながら、彼らは静かに開戦の時を待つ。

いつになく長かった日中を終えて、ついに少年が迎えた夜九時過ぎ。迷宮第一層。

「――よぅ」

絵画の入り口を抜けてきたオリバーの前に、ひとりの上級生の女生徒が立っていた。こくりとうなずき、少年はそのまま彼女とすれ違う。

「**写して描け（アシデイス）　髪の一本（イミタントウル）　皺ひとつまで（ヴィタヤ）**」

呪文を口にした途端、女生徒の姿が濃い霧に包まれ――それが晴れた時、そこには髪型から爪の形に至るまで本人と瓜二つ（うりふた）の、もうひとりのオリバー＝ホーンが現れていた。

「影武者（アリバイ）は完璧にこなす。思い切りやれ」

「任せた」

短い言葉で後を託し、オリバーは迷宮の奥へと足を向ける。――これでもう、後顧の憂いは何もない。

いちばん最初の友人は普通人だった。あえて語られることは多くないが、そうした魔法使いは少なくない。

最初から普通人家庭に生まれた魔法使いや、普通人の共同体の中で暮らす「町付き」や「村付き」ならば何もおかしいことはないだろう。だが、意外にも歴史ある旧家の子女にもこうした経験を持つ者が散見される。幼少のみぎりから魔法使いとしての精神性を徹底的に叩き込まれ、それ故に多かれ少なかれ普通人を見下げるようになりがちな彼ら彼女らが、だ。

ある高名な魔法コメディアンはこの理由を端的に語った。曰く――息苦しいんだよ、と。

「歴史ある家系に才能を持って生まれた魔法使いほど、その生き方は責任と期待でがんじがらめだ。そんな世界に朝から晩まで浸かっていたら子供はうんざりするし、そうじゃない世界が外にあると聞けば興味が湧く。でも、別の世界へ出るためには橋渡しが必要だろう？」

こう語った彼自身もまた同じような境遇であったから、その内容には相応の説得力がある。彼の場合は毎朝牛乳を届けに屋敷の玄関までやって来る男の子がいて、その子が普通人の社会との最初の接点であったそうだ。最初から家中に普通人の使用人を雇っているケースもあり、知己を得るまでの経緯は様々である。

もちろんのこと、それが必ずしもお行儀のいいものとは限らない。

「――――ぁぁぁぁあああああああああん！！！」

みるみる白んでいく夜明け前の空を、箒に跨ったひとりの少年が、けたたましい泣き声の尾を引きながら飛んでいく。年の頃は八歳かそこら。仕立てのいいローブを無造作に着た姿が、彼の育ちの良さと、本人がそんな境遇に無自覚であることを示している。

「……おーおー。また来たか」「いちだんと激しいな、今朝は」

畑に出ていた農夫たちが包まりかけのキャベツから上空へ目を向ける。すでに馴染み切った光景なので誰も驚きはしない。「泣き虫坊やの朝駆け箒」と言えばこの近辺では有名なのだ。おおむね二週間に一度と頻度まで把握されている。

「あああああああああああああああああん！！！」

畑が広がる一帯を飛び越えると、少年の眼下に素朴な町並みが広がった。開拓に伴う人口の増加で近年になって栄え始めた田舎町。大英魔法国の各地でいくらでも見られる光景だ。

その町並みを涙にぼやけた視界で見据えて、箒の頭を下に向け、少年は一直線にそこへ向かって下降していく。周縁の住宅地を通り過ぎて中央の商店街へ。その西側の、朝の買い物客で賑わう小売店の連なりへ。その少しだけ手前の広い道を着陸場所に見定めて、

「うぁあああああああああああああああんっ！！！」

減速のタイミングを誤ってバランスを崩す。地に足が着いて間もなく箒から放り出され、殺しきれぬ勢いのまま道の上を盛人にすっ転がった。道脇に積まれた空樽の山にその体が突っ込み、砕けた木材の破片がばらばらと周囲に散らばる。

「うわぁぁああああああああああああああああああああ！！！！」

木片の中で身を起こし、いっそうに声を大きくして泣き喚く少年。全身の擦り傷程度で済んでいるのは魔法使いの頑丈さ故だが、それでも痛いものは痛い。何事かと建物から飛び出してきた人々が困り果ててその姿を見つめ、そこにひとりの少女が近くの辻を折れて駆け付ける。

「――いたいた！　キャハハハハハ！　なぁに、また着地に失敗したの⁉　ほんとにおバカさんだなぁ！」

「うぁぁああああああああああああああああああああ！！！！」

喉も張り裂けんばかりに迸る少年の泣き声。間近でそれに晒された少女が両耳に手を当てて笑う。

「キャハハハ！　相変わらずすごい泣き声！　耳がキーンとしちゃう！

ほーら、泣き止め！」

そう言ってポケットから取り出した棒付きキャンディーを、彼女は有無を言わさず相手の口へねじ込んだ。出口に栓をされて、少年の泣き声がぴたりと止む。

「……おごぉご」

「うんうん！　いい子いい子」

そう褒めつつ少年の前で膝を突き、飼い犬でもそうするように、彼女は相手のくせっ毛をわしゃわしゃと両手でかき交ぜる。周りでその様子を眺めていた人々の中から、すぐ近くで飴屋を営む初老の女性が顔を出した。

「またその子かい、ノエミ……。来るのはいいけど、せめてもっと静かに降りちゃくれないかねぇ。次はウチの屋根に落ちて来られるかと気が気じゃないよ」

「まーまー、大丈夫だって。ちゃんと降りる場所は選んでるみたいだし。もし家を壊しちゃっても、その時はキミが直してくれるもんね？　ちっちゃな魔法使いさん」

ノエミと呼ばれた少女にそう言われて、少年はぐすっと鼻を鳴らす。キャンディーを口から抜いて左手に持ち替え、空いた右手で白杖を握り、彼は呪文と共にそれを振った。ばらばらに砕けた樽が見る間に元通りの姿を取り戻し、ついさっきの出来事などなかったように道脇に整然と並ぶ。

少女がにっこり笑って立ち上がった。そのまま飴屋の女性に振り返って注文する。

「キャンディーちょうだい、モニカおばさん。棒付きのやつ四本ね」

「――今日はなんで泣いてたの？」

　ふたり並んで飴を舐め舐め道を歩きながら、相手の気持ちが落ち着いたのを見計らって、ひと回り年下の少年にノエミはそう訊ねた。キャンディーの棒を握る手にぎゅっと力が籠もる。

「……設計図を描いたんだ。世界でいちばんでっかいゴーレムの。ぼくの夢だって、前に話したよね」

「うんうん、憶えてるよ。すごくたくさん話してくれたもんね。ある大きさを越えると、普通に作ってもぜんぜん動かないんだっけ？」

　放っておけば日が暮れるまで語り続けそうだった少年の姿を思い出して、ノエミがくすりと笑った。彼はこくりとうなずく。

「うん。だから燃料や素材、それに構造にも技術的な革新が必要なんだ。燃料はまだ取っ掛かりが思い付かないから、とりあえず素材と構造から攻めてるんだけど」

　そう言って少年がローブの中に手を突っ込み、そこから折り畳んだ一枚の紙を取り出した。それを広げて少女に渡す。

「これがそう。赤いとこは、ぜんぶ母さんの添削」

「うわぁ」

　その中身に、さしものノエミも呻き声を上げた。設計図そのものの出来不出来はもちろん彼女には分からない。が、それを描いた少年の熱意は描き込みの細かさと線の勢いから十二分に伝わってくる。

恐ろしいのは、その情熱に大樽いっぱいの氷水を浴びせるが如く記された赤字のコメントである。数字の根拠を求め、素材の不適を指摘し、大小の構造の欠陥をこれでもかと列挙してのける無慈悲の添削。それだけでも相手の息の根を止めるにはじゅうぶん過ぎるのに、トドメに血も涙もない総評が記されている。――設計図とは、お前の妄想を描き散らすものではない。

「もうやだよ。来る日も来る日も資料や他人の作品との睨めっこで、ぜんぜんぼくの自由になんか作らせてもらえない。何か好きに作らせてって言っても、まだお前はその段階じゃないって言うんだ。お前はまず完璧に、それから完璧以上の魔道建築者にならねばならないのだから、って」

「キャハハハハ！　相変わらず厳しいねぇ、お母さん！」

声を上げてノエミが笑う。隣で俯いてキャンディーを舐め続ける少年の横顔に、彼女はちらりと視線を向けて、

「――やめたくなった？　魔法使い」

静かに問いかける。少しの間を置いて、少年は首を横に振った。

「……やめたくない。ぼくはまだ、何も作ってないもん。

でも、がまんとか辛いことがいっぱい重なると、いやな気持ちで胸がぐぅって苦しくなって……気が付いたら箒を持ち出してるんだ。空で思いっきり泣かないと体が爆発しちゃうから。

ノエミは、そういう時、ある？」

尋ねる少年。少女が腰に手を当ててうなずく。

「あるよ。空は飛べないけど、しょっちゅうある」

「ほんと？」

「ほんとだよ。ウチもあれで結構な大店だからね。めんどくさい人間関係のあれそれがもーたくさん。未来の女将としては、そういうのも面倒見なくちゃならないじゃん？」

大人びたことを言って肩をすくめてみせる少女。それが背伸びや見栄ではないことも少年は知っていた。彼女の生家はこの町で二番目に大きな反物屋である。開拓に伴う需要の増加を見込んで始めた商売が上手く運び、ここ十数年で急激に業績を上げたのだ。

が、そうした急成長には内外の軋轢が付き物で、それらは長女である彼女にも無関係ではないのだという。この田舎町で十歳という年齢はすでに大人の一歩手前だ。彼女が女将としての資質を示すかどうかで家中の風向きが変わることだってある。

本当なら、こうしてのんびり自分と飴を舐めていられるほど暇ではないはずだ。相手のそうした身の上は薄々察しながら、少年はそれでも彼女に会いに来てしまう。生まれて初めて得た二つ年上の友人は、彼に様々な示唆を与えてくれるから。

「……どうしてるの？　辛くなったら」

「笑ってる」

即座に答えが返った。目を丸くする少年に、少女は言葉通りの不敵な笑みを浮かべてみせる。

「泣きたくなったら笑うんだ、わたし。周りがびっくりするぐらい腹の底から思いっきりね。そうするとさ、不思議と流れが変わるんだよ。わたしの笑い声に乗っかって、みんなちょっとだけ前向きになるの。うるさいって怒られることもあるけどね——キャハハハハ！」

同じ道を行く人々がびっくりするほどの声で少女は笑い、そこで足を止めて少年に向き直る。

「だからね。キミは泣きたくなったら、まずキャンディーを舐めなさい」

「……キャンディーを？」

「そう。口の中が甘くなると、辛い気持ちが紛れるでしょ？」

舐めかけの棒付きキャンディーを掲げて彼女は言う。少年と初めて出会った時に渡して、それから毎回の定番になったお菓子。涙を止める彼らの魔法。

「そこですかさず笑うの。お母さんがびっくりするくらいの声で。泣く分のエネルギーをぜんぶそれに込めて。

キャンディーは笑顔、笑顔は無敵。この簡単な式さえ憶えておけば、キミはきっと大丈夫」

力強く請け合って、ノエミはにっと歯を見せて笑う。少年はいつも不思議に思うのだ。あんなにも曇っていた自分の心が、その笑顔を見ているとすっと晴れていくから。

「けど、それでも泣きたくなったら——その時は、いつでもここにおいで。わたしは必ずここにいる。キミの泣き声が聞こえたらすぐに飛んでく」

そう約束して、少女は再び道を歩き出す。慌てて後に続く少年の先を進みながら、朝日を浴びて輝く笑顔でくるりと振り向く。少しはにかんだ様子で。

「だから——いつかわたしを箒の後ろに乗っけてね。泣き虫エンリコ」

キンバリーの教師の多くは、それぞれの魔道の分野における最先端の研究者でもある。必然、その研究内容は外部に対して秘匿される。もちろん校舎にも各自の工房は持っているが、本当に重要な研究はそこでは行わないのが彼らの常だ。本命の場所は迷宮の深層——それも「四層の壁」を挟んだ五層以降に設けられることが多い。

エンリコ＝フォルギエーリの場合もそうであり、貴重な資料の宝庫である『深みの大図書館』と工房との間を行き来する際には、否応なく螺旋回廊を用いることになる。もっとも当の老爺はこの通路の静寂をことさら好んでいるため、借りた本を読みながら長い距離を練り歩く。背後に小間使い代わりの汎用ゴーレムを従えながら。

待ち伏せの好機が、そこに生まれる。

「——む？」

ふと前方に気配を感じて、エンリコは本に落としていた視線を上げた。

二十ヤードほど先に、影がひとつ立っている。さほど大柄ではない生徒と見えるが、姿形の細部は判然としない。何らかの術式が認知を阻害している。顔の上半分を覆う仮面がその原因だろうと推測しながら、老爺は足を止め、何気なく声をかけた。

「――珍しいですね、この回廊で生徒に出くわすのは。何かワタシに御用でしょうか？」

沈黙の間を置いて、影がその問いに答えた。これまた魔法によって加工された、男とも女とも判然としない声で。

「大歴一五二五年、四月八日の夜。あなたはどこで何をしていた」

裏腹に、問いの内容は聞き間違いようがなかった。老爺が顎に手を当てて思案する。

「一五二五年の四月八日。――ああ、なるほど、その日ですか。もちろん、よく覚えていますよ。いつになく忙しい日でしたからね。気難しい知己たちと寄り集まり、いささか辺鄙な場所にあった魔女の庵を訪ねて――」

懐かし気にエンリコは語る。その口調にどこまでも淀みはなく、

「――教え子をひとり、責め殺しました。じっくりと時間をかけて」

一片の躊躇いもなく、思い出を明かすようにそう告げた。そこに、影は重ねて問いを投げる。

「……何を想った？　それをしながら」

「難しい。とても難しいですよ。その気持ちを言葉で説明するのは」

額に手を当てて老爺は勿体ぶる。その口元がにぃとつり上がる。

「この世にふたつとない宝石を打ち割り、粉々に砕いて、靴底で踏みにじる時の背徳と悦楽。

——若いアナタにはまだ、きっと経験がないでしょう？」

肯んぜない子供を前にしたような口調でエンリコは言う。それを受けて、淡々と影が応じた。

「ああ、知るものか。……俺が知るのはただひとつ。

貴様らに裏切られ、打ち砕かれ、踏みにじられた彼女の——その瞬間の無念だけだ」

意思疎通など成立しない。その事実を今さらのように確認しながら、影——オリバーは、それまで辛うじて抑えていた殺意を解放した。時を合わせて通路の前後に多くの気配が生じる。ぐるりと周囲を巡ったエンリコの視線が、そこに現れた大勢の新たな影を見て取った。その誰もが仮面を身に着け、学年の識別を不能にした制服を身にまとっている。

「あの件の仇討ち、ですか。となると——ダリウス君の失踪とも無関係ではなさそうですね」

顎に手を当てて老爺が呟く。完全に包囲された状況にあって、その振る舞いにはいささかの動揺もない。どころか、目の前の光景を愉しんでいるようですらある。

「頭数が揃っており、場所の選択もいい。相当に練られた計画であると見受けます。加えて、学校の内外に渡って組織化された人脈もあるようですね。

——いい。そういう真剣さは、とても良いですよ」

分析に評価を添えてエンリコは言う。オリバーはもはやそれに耳を貸さず——同時に、背後の同志たちも彼の意図を酌み取った。

「——広げろ、シャノン」「うん」

グウィンの指示に即応してシャノンがうなずく。途端、彼女を中心とした周囲の一帯に「何か」が広がった。見えない毛布に包まれたような違和感を覚えて、エンリコが眉根を寄せる。

「――ん？　今、何か――」

「「「「「「雷光疾りて！」」」」」」

「「「「「「燃えて盛れ　灰も残さず！」」」」」」

その発言を遮って前後から詠唱が響き渡った。呪文の波状攻撃が老爺を襲い、その姿が閃光と煙の中に掻き消える。先制を見届けると同時に、前へ出てきた同志たちと入れ替わりにオリバーが後退する。

「一節で縫い止め、属性を変えた二節で押し潰す。――なかなかの挨拶です」

薄れていく煙の中から楽しげな声が響いた。見晴らしたオリバーたちの視界に現れたものは、自ら使役する多脚ゴーレムの上で堅牢な装甲に守られた老爺の姿。呪文の集中攻撃を防ぎ切った証に、ゴーレムにも本人にも傷はまったくない。

「それでは始めましょうか。――キャハハハハハハハハッ！」

袖から取り出して両手の指に挟んだ八本の棒付きキャンディー。それらをまとめて一度に噛み砕き、エンリコは開戦を宣言した。目にも止まらぬ速さで動き始める六本脚の多脚ゴーレム。オリバーがかつての課題で目にしたものとは明らかに動作の質が違う。全ての脚の尖端に球体が付いており、それがあらゆる角度に回転して複雑で精密な動きを可能にしているのだ。

「球体車輪(ボールローラー)の多脚ゴーレムか……！」「足場を乱すぞ！」「**瞬き爆ぜよ**(フラルゴ)！」

　手持ちの魔法道具をばら撒き、呪文と組み合わせて気休め程度の悪路を作りつつ、引き続き呪文による射撃を試みる同志たち。その射線上にいたエンリコのゴーレムが、駆動する勢いのまま通路の壁面を駆け上った。外れた魔法が空(むな)しく壁を撃つ。円筒(チューブ)状の通路と球体車輪の相性は最高と言ってよく、同志たちが撒いた多少の障害物などを踏み砕いて今や床・壁・天井の全てをゴーレムが自在に駆け巡る。やはり、とオリバーは思う。この地形との相性も踏まえた上で連れているゴーレムなのだ。

「キャハハハハ！　こちらからも行きますよ、**雷光疾りて**(トニトゥルス)！」

　加えて、疾走の合間に装甲の隙間から呪文が射出される。三十二人の魔法使いから集中攻撃を受け、球体車輪(ボールローラー)の特性を活(い)かした複雑怪奇な軌道でそれを避けながら、反撃の狙いは恐ろしいまでに正確。同志のひとりを捉えかけた魔法を、他の仲間が辛(かろ)うじて対抗属性で相殺(そうさい)する。

「慌てるな。前後の退路は塞いである」

　グウィンの声が同志たちに冷静さを促す。むろん、彼にそうされるまでもなく、この程度の状況に焦(あせ)っている者はひとりもいなかった。相手はキンバリーの教員である。容易(たやす)く仕留められるなどとは誰ひとり露ほども考えていない。

「いかに動き回ろうと、閉鎖空間での回避には限界がある。一手ずつ詰めていけ」

　短い交戦で、すでに彼らは敵の動きを急速に見極めつつあった。さすがの老爺(ろうや)も大火力の直撃は避けたいと見えて、三人以上の術者が警戒している方向には駆けてこない。すでに彼らはそれを逆手に取って誘導を始めていた。あえてゴーレムに逃げ場を残しつつ、次の場所へと順番に導いていき、

「――む」

エンリコが壁面の一点に来た瞬間、先に予測されていたその場所に杖剣(じょうけん)の狙いが一斉集中する。敵の回避のあらゆる可能性を踏まえてグウィンの指示が飛ぶ。

「――面で潰せ」

「「「「「押され拉げよ(イクストルデイートル)！」」」」」

横向きの重圧がゴーレムを壁面に押し付ける。その程度で動きを止めることは出来ない。だが当然の反応として、圧力に抗(あらが)うために多脚がぐっと壁を押し返す。

「「「「「我が手に引かれよ(ドウーケレ)！」」」」」

「――むっ⁉」

その瞬間こそが狙いだった。多脚が壁を押し返すのに合わせて、同志たちの呪文がゴーレムの体を壁から引き剝がす。力を逆利用されたゴーレムが乗せたエンリコ共々宙を舞った。隙を晒(さら)した敵へ即座に狙いを定める魔法使いたち。――球体車輪(ボールローラー)がどれほど優秀でも、脚が地に付いていなければ出来ることは何もない。

「「「「「爆ぜて砕けよ(マグヌス)　粉塵と化せ(フラルゴ)！」」」」」

　接地までの数瞬をたっぷり詠唱に充てた上で、二十発以上の二節呪文がゴーレムに殺到した。着弾と同時に弾ける轟音と閃光。無防備なタイミングを狙った分、最初の一撃よりも間違いなく打撃は大きい。今度こそ無傷ではないはず——そう予測したオリバーが固唾を呑み、

「……か——」「……げぁ……」

「————！」

　その視界で、三人の同志たちが口から煙を吐いて倒れ伏した。予想外の出来事に周りの仲間が顔をこわばらせる。

「何が起きた⁉」

「呪文の暴発だ！」「過失じゃない！　何かに誘引されているぞ！」

　飛び交う分析と予測にオリバーも同意する。……二節以上の呪文はその強力さの分、制御を誤れば術者本人を傷付けることになる。だが、この大一番にそんな凡ミスを犯す魔法使いはこの中にいない。まして同時に三人。彼らに暴発を強いた何らかの要因があることは明らかだ。

「……キャハハハ！　今のは良かったですねぇ！」

　追い打ちをかけるように煙の中から飛び出してくる多脚ゴーレム。装甲の表面に焦げ目や凹みが散見されるが、外見から見て取れるダメージはその程度。予測を裏切る結果に同志たちが舌打ちする。

「……敵は健在！　ゴーレムの損傷は軽微！」

「硬すぎるぞ！」「耐久力だけでは説明が付かない！　カラクリは何だ⁉」

目の前の多脚ゴーレムはどう見ても機動力に重きを置いたデザインである。どんな天才がどのような素材を用いて設計したところで、二十発もの二節呪文の集中砲火を凌ぎ切るような堅牢さは持たせられない。それは他でもない魔道工学の理によって導かれる構造上の限界のはずなのだ。

「……捉えたか、シャノン」「……うん。分かった」

その矛盾の答えに、グウィンの隣に立つオリバーの従姉が最初に至った。自ら展開したある領域の内に、微かな、しかし明確な異変を感じ取り――シャノンはそれを口にする。

「……そこらじゅうに、小さいのが、たくさん。精霊に似てる……けど、違う」

言葉足らずではあったが、オリバーとグウィンが状況を理解するためにはそれで足りた。敵ゴーレムの異常な防御力、仲間たちの呪文の暴発――それらの全てに説明を付ける答えを、確信をもってオリバーが叫ぶ。

「――攪乱魔法に警戒しろ！　原因は大気中の微小ゴーレムだ！」

警告を耳にした同志たちの間にざわめきが走る。同時に多脚ゴーレムの動きがぴたりと止まった。

「――ほう。見抜きましたか」

装甲の隙間から感心のこもったエンリコの声が響く。オリバーが手を上げて同志たちの反撃を一旦止めさせた。

「この場限りの分析では有り得ませんね。予め立ててあった仮説を本番で立証した、というところでしょうか。――大変よろしい」

喜ばしげに語る老爺。それを遮ることなくオリバーも会話に乗った。――新たに判明した事実を踏まえて、こちらの戦い方も変える必要がある。ここは少し時間を稼いだほうがいい。

「……それがあなたの研究の柱か。エンリコ＝フォルギエーリ」

「いかにも。――至極当然の発想でしょう？　極大の成果へと至るために、まず極小から踏み固めていくというのは。ワタシの論文を何本か読んでいれば腑に落ちるはずです」

見破ったことへの褒美とばかりに種明かしを行うエンリコ。自らを不利に導くその行いも、この老爺にとっては何ら自重すべきものではない。目の前に生徒たちがいる以上、本人の認識の上では、彼は依然として教師である。

「ある種の魔獣と精霊が共生関係を営むケースは当然ご存じですね。この場において、ワタシと大気中の微小ゴーレムたちはそれと似た関係にあります。もっとも共生ではなく完全な使役ですがね。ワタシに向かう攻撃は全て、微小ゴーレムたちが自動的に反応して相殺――もしくは逸らしてくれます」

それこそが異常な防御力の正体。呪文攻撃を防いでいたのは多脚ゴーレムではなく、その周囲を浮遊する微小ゴーレムたちだ。かつてオリバーが戦った紅王鳥を風の精霊が守っていたように、この場では無数の微小ゴーレムたちがエンリコを守っている。しかもガルダのそれを遥かに上回る堅牢さで。

「むろん、防御だけが能ではありません。微小ゴーレムをそちらに回せば直接攻撃することも、魔法の発動に干渉して暴発させることも可能。皆さんも知っての通り、呪文は出掛かりがもっとも不安定ですからねェ」

ぎり、と奥歯を噛みしめるオリバー。……それもまた、かつて自分がガルダに対して行った攪乱魔法と原理的には似通っている。先だっての工房見学でナナオを気絶させたのも同様の仕掛けだろう。何より恐ろしいのは、微小ゴーレムという発想に至らなければ対処は不可能に近いということだ。

「さて、どうしますか？　皆さんはワタシの戦力を削る目的でこの戦場に選んだのでしょうが、いささか話が違ってきましたねェ。なにせ今、この場にはワタシと、この汎用ゴーレムと――」

そこで一旦言葉が切れると、エンリコが乗るゴーレムの多脚の根元から、ふいに光り輝くガスのようなものが噴き出した。ゴーレムの内部に封入されていた何かが空中に撒き散らされ、眩しい霧のように多脚ゴーレムの周囲を包み込む。周りの全員が即座に察した――あえて視認できるように発光させた、それこそが微小ゴーレムなのだと。

「――他に、微小ゴーレムがざっと二百兆体ほど。数の利は少しばかりこちらにあります」

皮肉めいた表現でエンリコは告げた。不可視の微小（ナノ）ゴーレムならば気配なく放つことも可能だというのに、老爺（ろうや）はあえてそうしている。それはひとえに、目の前の生徒たちに己が向き合っている脅威を正しく認識させるために。彼らの抵抗を存分に味わって楽しむために。

「さぁ、どう対処しますか？　風で吹き飛ばす？　高温で炙（あぶ）る？　低温で凍らせる？　思いつく限りどんどん試してみなさい！」

輝きを消して空間に溶けていく微小（ナノ）ゴーレムの様子を見ながら、そのどれも効果は薄いだろう、とオリバーは結論付けた。――結局のところ、問題は呪文の威力と微小（ナノ）ゴーレムの干渉力の力比べなのだ。微小（ナノ）ゴーレムがじゅうぶんに密集している空間では、二節呪文をあれだけ束ねても逸（そ）らされてしまう。加えて、敵が縦横無尽に動き回ることを踏まえると、あれ以上の火力の集中も現実的ではない。

だが、とオリバーは心中で逆接する。――微小（ナノ）ゴーレムたちは決して、この広い空間の全てに均等に分布しているわけではない。そう考えると同時に、彼は杖剣（じょうけん）を頭上に掲げた。

「意念（イメージ）は赤！　復唱！　**霧よ漂え（デンサネブラ）**！」

「「「「「「**霧よ漂え（デンサネブラ）**！」」」」」」

オリバーに続いて同志たちが一斉に呪文を唱える。杖剣（じょうけん）の尖端（せんたん）から赤い霧が発生し、それが気流に乗って周囲を漂い始めた。

「……ほう」

エンリコが感心の声を漏らした。魔法的には何の影響も持たず、何の属性も帯びていない、ただ赤いだけの霧である。だからこそ、微小ゴーレムたちはそれに何の反応もしない。

回廊をびゅうと風が吹き抜け、赤い霧の多くはそれで流されていく。一方で――多脚ゴーレムの周囲を筆頭に、それぞれ濃淡を異にして、赤く染まったままの空間がいくつも残される。

「――影を落としたな」

赤の斑に染まった空間を見つめてオリバーが告げる。――微生物にも等しい極小サイズの微小ゴーレムたちが同じ空間に留まり続ける、あるいは移動するためには、周りの空気を伴う必要がある。必然、微小ゴーレムの密度が高ければ高いほど、赤い霧も一緒にそこへ残ることになるのだ。

「命令できるか、エンリコ。その赤を除けと。ご自慢の微小ゴーレムどもに」

返事を待つまでもなく、出来ないことを彼は確信していた。それを命じれば確実に無防備を晒す。「ただの赤い霧」が微小ゴーレムたちには感知できないのだから、どう処理するにせよエンリコ自身の指示で微小ゴーレムを動かすしかない。すなわち、その間は否応なく微小ゴーレムの自律防御が中断されることになるのだ。

「出来るならやってみろ。――その隙を見逃してやる気はないが」

殺意を込めて少年は言う。――現状、極小の魔道工学という分野は世界でエンリコただひとりの独占である。である以上、微小ゴーレムを直接どうこうしようという試みは実を結ばない可能性が高い。試行錯誤の時間が豊富にあるならともかく、状況はすでに命のやり取りの真っ最中だ。

だが、自分たちは魔法使いである。目に見えぬものを扱うのはこれが初めてではない。霊や魂がそうであるように、直接観測できないものには相応の扱い方がある。こうして影さえ捉えてしまえば、もはや微小ゴーレムも不可視の脅威ではない。

「加えて、ここでは迷宮から魔力を汲み上げることはできない。無数の微小ゴーレムを使役するための魔力消費は莫大のはずだ。老体には厳しいはしゃぎ方だな、フォルギエーリ」

「キャハハハハ！　それはいい！　老人扱いされたのは久しぶりです！　では試してみましょうか。ワタシの息切れまで、アナタたちが立っていられるかどうか――！」

可視化された微小ゴーレムにはもはや頓着せず、赤い霧に包まれたエンリコの多脚ゴーレムが再び動き出す。すぐさま呪文攻撃を再開する同志たちに、オリバーが指示を重ねる。

「……呪文の集中で微小ゴーレムの分布を偏らせろ。並行して多脚を最低二本削り、迎撃の隙を突いてゴーレムの装甲を破れ。何としても外殻の中からエンリコの体を露出させろ」

赤い霧の動向を観察することで、微小ゴーレムによる魔法干渉はありありと見て取れていた。呪文が相殺、あるいは逸らされる際には、その軌道上の空間が必ず濃い赤で染まっている。同時に、一か所が濃くなれば他の場所が薄くなる。微小ゴーレムの総数に限りがある以上、これもまた当然。二百兆体という申告に誇張がなかったとしても、この広大な回廊を余さず埋めるには到底及ばない。

「——その後は、俺が決める」

ついに決着までの道筋が見えた。その実感に身震いしながら、オリバーは杖剣(じょうけん)の柄を握り締める。——一足一杖(いっそくいちじょう)の間合いまで踏み込んだなら、もはや決して逃がしはしない。魔剣をもって確実に仕留め切る。

「キャハハハハ！　動きに躊躇(ためら)いがなくなりましたね！　いいですよォいいですよォ！」

彼らの対応に比例するように、球体車輪(ボールローラー)を駆使した多脚ゴーレムの機動はさらにキレと複雑さを増していた。まず呪文を防御させ、赤い霧が薄くなった個所(かしょ)を狙って次の呪文を撃ち込む——ただそれだけのことを、俊敏にして自在なエンリコのゴーレムさばきが阻(はば)み続ける。それを見たオリバーたちは否応(いやおう)なく実感した。この老爺(ろうや)は魔道建築者(ビルダー)としてだけではなく、ゴーレムの操縦者としても超一流なのだ。

「まずは足、止めないとね。——**固く縛れ**(コリゲシヨネム)」

だが同時に、人の操縦である以上は必ず動きに偏りが生じる。ここまでの戦いでそれを見て取った同志のひとりが、刹那に生じた赤い霧の隙間を通して多脚の一本へ呪文を命中させた。途端にぎしりと動きを鈍らせるゴーレム。エンリコがとっさに感心の声を上げる。

「この繊細さの欠片(かけら)もない強引な呪文は……！　Ms.(ミズ)・カーリー！　アナタですか！」

「あははっ！　そりゃひどい！　確かに魔道工学の成績は下の中だったけどさ！」

すかさず同志たちの呪文斉射が始まり、カーリーはそれに合わせて迷わず突っ込んだ。傍らを通り過ぎていく魔法が肌を焼くことも意に介さない。そんな彼女の眼前で、多脚ゴーレムは集中砲火から逃れようと走り出し——その動きすら先読みして、カーリーの杖剣が横に一閃した。

「……なんと！」

回廊に響き渡る老爺の驚きの声。ガランと音を立てて、斬り落とされた脚部の先端が床に転がる。これまででもっとも大きな損傷だ。

反撃に備えて即座に距離を取り直しながら、カーリーがにぃと口元をつり上げる。

「はい、一本もらい。——他人の作品ブチ壊すのに繊細さは要らないでしょ。違う？　エンリコ先生」

「キャハハハハ、何と身も蓋もない！　アナタだけは弟子に取りたくありませんねェ！」

「あははは！　それ、先生だけは言っちゃダメだよ——！」

回廊を反響する両者の笑い声。それを耳にしたオリバーの背筋にぞっと寒気が走る。……六年以上も教師と教え子として接してきた者同士が、その気安さのまま皮肉と冗談を交わしつつ殺し合う。その有り様はまさに魔法使いの戦場だ。

「「「「「「「爆ぜて砕けよ！」」」」」」」

脚を一本失った多脚ゴーレムへ、ここぞとばかりにさらなる呪文斉射が浴びせられる。これまで同様に回避を試みるエンリコだが、その動きは明らかにキレを欠いていた。これまでが六脚をフル活用しての機動だった分、脚一本の損失は限りなく大きい。無論のこと、老爺(ろうや)自身もそれはとっくに知っていた。

「防戦中心では削られるばかりですね！　よろしい――趣向を変えましょう！」

　エンリコがそう告げた次の瞬間、多脚ゴーレムを包んでいた赤い霧のおよそ半分が周囲の空間へと散った。同志たちの間に警戒が走る。目の前の光景は敵の防御力の大幅な低下を意味する――だが、まさかそれだけのはずがない。

「**雷光疾りて**(トニトゥルス)！」

　集中砲火を避けて高速機動を続けるゴーレム、その内側で老爺(ろうや)が呪文を唱えた。そうして装甲の隙間から射出されたのは至って通常の電撃呪文。キンバリーの教師だけあって出力は段違いだが、じゅうぶんな間合いを取っていれば避けることは容易(たやす)い。呪文の軌道上にいた同志の数人が危なげなく回避動作を取り――直後、そのうちふたりの体を、空中で捻じ曲がった電撃が同時に捉えた。

「かはッ――」「――がっ……」

「ッ⁉」「なんだ、今の軌道……！」

　予想外の被弾にどよめく同志たち。その間にもエンリコは続けざまに呪文を唱え、その全てが空中で極端に軌道を変えて彼らに襲い掛かった。常識では考えられない変化だ。

続けざまに六人が撃たれるが、それにも怯まず同志たちは事態を分析する。先ほどまでとは異なり、いつの間にか空間の複数個所に散在している赤い霧。その場所を通過した瞬間に魔法の軌道が変わっている。仕組みを理解した者が次々と声を上げた。

「まさか……微小ゴーレムを経由することで、呪文の軌道を変化させているのか⁉」

「気を付けろ！　どの角度からでも襲ってくるぞ！」

「ご名答！　さぁ、次々行きますよォ！　**雷光疾りて！　氷雪猛りて！　火炎盛りて！**」

四方八方から矢継ぎ早に襲い来る呪文。それを防ぎ切ることの困難を見て取ると、同志たちは即座に赤い霧のほうに狙いを付けた。まずは起風呪文で散らしにかかる――が、ひとたび散った霧は間もなく別の場所に再び密集し、そこが新たな軌道変化のポイントとして働き始める。ならばと魔法の泡で微小ゴーレムを閉じ込めようと試みる者もいたが、それも内部からの干渉で容易く割られた。なお悪いことに、そうした対処の隙すら呪文で狙われる。

「くそっ！　曲げ撃ちどころじゃない！」「正面から撃った呪文が真後ろから来やがる！」

有効な対処法を見出せないまま、それから数十秒の間に八人が倒れた。防御に集中して結界を張れば防ぐことは可能だが、それでは攻撃の手を緩めることになり勝利が遠のく。

「……従兄さん。出番だ」

「任せろ」

対応を決めたオリバーが目の前の従兄へと指示を出す。即応して背負っていた弦楽器を構え、白杖(はくじょう)を改造した弓を右手に、グウィンがそれを奏(かな)で始めた。

「そぉれ、まだまだいきますよ！　雷光■■て(トニ■■ス)！」

さらなる追い打ちを試みるエンリコ。が——彼の見込みに反して、その杖剣(じょうけん)は沈黙したまま。

「……む？——■■疾りて(ウルス)！」

訝(いぶか)しみながら再び呪文を唱える老爺(ろうや)。が、鋭い音がそれを打ち消し、詠唱を成立させない。そうして攻撃が止(や)んだ数秒の間を同志たちは見逃さなかった。呪文の挟み撃ちで退路を限定し、さらにふたりが離脱先へと先回りして杖剣(じょうけん)で斬り込む。斬撃が脚の一本を捉え、半ばからそれを切断した。

「これで二本。……油断だな、フォルギエーリ」

王手へと大きく近付いた戦況を見据えつつオリバーが言う。予想外の反撃を受けて、今度はエンリコが事態を分析する番だった。弦楽器(ビオラ)を構えたグウィンへとその視線が向けられる。

「魔音による詠唱妨害(スペルジャミング)——しかもワタシの声域に限定した、ですか。また器用な真似(まね)を。Mr.(ミスター)・グウィン。よりにもよって君がそこにいるとは」

「お耳汚しで恐縮だ。エンリコ先生」

名指しを受けて慇懃無礼(いんぎんぶれい)に応じるグウィン。彼自身も、これを行えば自分が特定されることは予測していた。今は亡きカルロス＝ウィットロウの魔声とも並んで、彼の奏でる魔音は世にも稀な特殊技能である。同じ技の使い手はキンバリーにふたりといない。

「となると、必然的に隣はＭｓ・シャノンですね。……シャーウッドの兄妹を抱き込んでいるのですか。これは驚きましたねェ」

グウィンからその隣に立つシャノンに、さらにその背後の影へとエンリコの視線が移る。ここに来てようやく、老爺は自分が何者を相手にしているのかを気にし始めた。

「──リーダーの生徒。君は誰ですか？　──あなたの死の直前に、な」

「心配せずとも教えて差し上げる。──あなたの死の直前に、な」

問答の間にも戦闘は続く。二脚を失ったゴーレムの動きは格段に精彩を欠き、それを完全に包囲した同志たちが集中砲火を浴びせた。やむなく微小ゴーレムを全て防御に回して凌ぐエンリコ。しかし、これまで無事でいられたのは高速機動によって呪文の大半を避けていたからだ。真正面から全てを受け止める形では、いかな老爺でも長くはもたない。

「ふむ──。今の戦い方では分が悪いようですね。では、根本的に変えましょう」

斬り込むタイミングを計るオリバーの眼前で、エンリコの多脚ゴーレムが急速に変形を始める。それも細部の変化ではなく、さながら粘土をこね直すように骨格そのものが変わっていく。

「何もさせるな！」

勝負所を見て取ったオリバー自身も呪文攻撃に加わる。彼と共に火力を最大まで高める同志たち。が――それを受けて、微小ゴーレムたちが渦を巻く。エンリコの周辺で竜巻じみた防御壁を形成し、その先への呪文の到達を頑として許さない。使役者から膨大な魔力を注ぎ込まれての抵抗であり、そんなものが長続きしないことは誰の目にも明らか。だが――同時に内部でも変化が続く。

残る四脚のうち、二脚は細く鋭くなって腕に。二脚は太く頑強になってそのまま脚に。エンリコを容れる胴体部分は、無駄を削がれた流線形となって間に収まり――わずか十数秒の間に、多脚ゴーレムだったものは、人と肉食獣の合いの子めいた凶暴なフォルムへと変異を遂げていた。サイズそのものが大きく縮小し、もはやエンリコ自身はゴーレムに「乗っている」というよりも「身に纏っている」に近い。

「お待たせしました。――さぁ、続けましょう」

まるで生き物の呼吸のように、新たなゴーレムが全身の吸気口から周辺の微小ゴーレムを機体内部へ取り込んでいく。そうして薄くなった防御を、ついに呪文の集中砲火が食い破った。

完全に仕留めた。誰もがそう思った刹那――それは呪文の到着に先んじて、爆発的な速度で真上に跳躍した。

「――!?」「上だッ!」

気配を追って天井へ杖剣を向ける同志たち。が、案に反してその先に求める敵影はなく、

「いいえ、横です」

すぐ隣の空間から声が響き、それを耳にした同志の腰から上が千切れ飛んだ。床に散らばる血潮と臓物。腕のひと振りでそれを成して悠然と直立するゴーレムへ、即座に他の同志が斬りかかるが——その杖剣が空を切るのと、彼の腹に風穴が空くのがほぼ同時。

「キャハハハハハッ！　これは失礼、強く小突きすぎましたか！」

鋼の両腕を血に染めて狂笑するエンリコ。その姿を睨みつけてオリバーは奥歯を噛みしめた。——ふたりとも辛うじて即死ではないようだが、本格的な治癒を行っている余裕はない。老爺の気が逸れている間に、近くの同志が最低限の止血のみを施して負傷者を脇に転がす。

その有り様に胸を抉られながら、少年は努めて目の前の敵にのみ意識を集中する。ここに及んで新たに出現した未知の脅威に。

「……ゴーレムの強化外骨格、だと……！」

「ほう、それも分かりますか。よく勉強していますねェ」

感心の声を上げる老爺。その何気ない反応とは裏腹に、オリバーはそれがどれほど隔絶した技術であるかを知っている。いや、何も強化外骨格に限った話ではない。先にさんざん苦しめられた微小ゴーレムとも併せて——それらは全て、現代において実現していないはずの魔法技術。本来なら論文の中に概念としてのみ存在が許されるものなのだ。

「格好いいでしょう？　機体内部に微小ゴーレムを循環させることで、軽量と高出力の両立を実現していましてね。難点としては、構造的に多くの燃料を積めないので使用者の魔力消費が莫大なこと。ワタシだから扱えていますが、魔力量に恵まれない魔法使いでは数秒で干からびてしまいます」

この狂老は、単身で百年先を生きている。そう実感した瞬間、相手の人格に対する好悪とは無関係に、オリバーはひとつの事実を認めた。即ち——エンリコ＝フォルギエーリという魔法使いが、正真正銘の大天才であることを。

「とはいえ、試作品としては悪くありません。魔法使いの身体能力を底上げするものなので、ゴーレムに付き纏いがちな鈍重さとは無縁です。魔力を取られるため二節以上の呪文行使こそ厳しくなりますが、その代わりに——」

ふいに言葉が途切れ、ゴーレムの姿がオリバーたちの視界から消失する。接近を感じたふたりの同志が咄嗟に気配の方向へ斬りつけ——その利き腕の肩から先が、まったく同時に掻き消えた。

「——こういう野蛮な戦い方が可能になります。ねぇ、いいでしょう？　これ」

もぎ取った二本の腕を両手に掲げてエンリコが言う。新しい玩具を自慢する子供のように、どこまでも無邪気な声色で。

「そういうのは私が付き合うよ、先生——！」

杖剣を失ったふたりを脇に突き飛ばしてカーリーが前に出る。魔法剣に自信のある面々がそこへ加わり、外骨格ゴーレムを纏ったエンリコとの間で近接戦が始まった。だが、動きのキレが二回り以上違う。老爺を狙った斬撃は全て避けられ、同士討ちの危険から呪文の援護すらままならず、カーリーですら致命的なカウンターを食らわないように立ち回るのが精いっぱいだ。

「……ッ……」

圧倒的な性能だった。もしこの場にゴッドフレイがいたとしても、あの外骨格ゴーレムと格闘戦が成立するかどうか。王手の手前まで迫った戦況は白紙に逆戻りし——次の手をオリバーが考える間にも、敵の攻撃を避け損ねた同志たちがひとり、またひとりと倒れていく。

「……従姉さん。あれの準備を」

もはや出し惜しみをしている余裕はない。その結論に至ったオリバーの指示に、シャノンがびくりと身を竦ませる。が、グウィンが片手を上げてそれに待ったを掛けた。

「まだだ。——上級生を信じろ」

揺るぎない声が無条件にオリバーを落ち着かせる。と——彼らが見守る戦況に、そこで小さな変化があった。

「——む？」

がり、と鋼の削れる音が響く。杖剣の一撃を躱し損ねたエンリコ訝しげな声を上げ、そこへ続けざまに襲いかかる同志たち。先ほどまでは完全に翻弄されていた彼らだが、その攻撃は徐々に外骨格ゴーレムに届き始めていた。戦闘の継続による慣れに加えて、もうひとつの大きな理由のために。

「……動きが、遅くなっている？」

外から見守っているオリバーには一目瞭然だった。先ほどまでと比べて、外骨格ゴーレムの機動力が明らかに落ちているのだ。まるで大きな荷物でも背負わされたように、動作のひとつひとつが重くなっている。

「よ、ようやく、き、効いてきた。――ざ、雑に動き過ぎだよ、エンリコ先生」

陰気な声が戦闘に割って入る。その主へ視線を向けて、老爺が口を開いた。

「Mr.ロベール。……君の呪詛ですか」

「百貫亀、せ、千頭分の呪いだ。イ――いくら先生でも、重いだろ」

じっと目を凝らせば、外骨格ゴーレムの全身に黒い影が纏わりついているのが分かる。――重圧の呪い。呪詛保存則によって呪いを溜め込んだ小型の個体に迷彩処理を施して床に撒き散らし、他の同志たちが撒いた障害物に織り交ぜて、戦いの始まりからエンリコに気付かせぬまままそれを踏ませていた。ゴーレムの重量でなければ甲羅は踏み潰せないため、同志たちにまで呪詛が及ぶことはない。極めつけが遅延発動の術式による呪詛効果の潜伏。これまで踏み潰した数だけ、呪いは時間差の錘となって老爺に圧し掛かる。

「**固く縛れ**。――次も躱してみてよ、先生」

さらに追い打ちをかけるカーリーの束縛呪文。それを受けてエンリコの足が一瞬詰まり、

「「「「「氷雪猛りて！」」」」」

「「「「「「爆ぜて砕けよ　粉塵と化せ！」」」」」」

状況を覆すには、その一瞬でじゅうぶんだった。一節で縫い止めてから二節の集中砲火――最初から何度となく繰り返してきた定石が、ここに至って最高の形で実を結ぶ。微小ゴーレムを体内に取り込んだ状態ではさっきまでと同じ防御は出来ない。彼らの攻撃を全て躱しきるだけの機動力を保てなくなった時点で、外骨格ゴーレムはすでに陥落していたのだ。

「キャハハハハハッ！　素晴らしい！　素晴らしいですよ皆さんッ！」

呪文攻撃に晒されたゴーレムが崩壊する寸前、目も眩む閃光が炸裂。同志たちの視界が白く染まった一瞬にエンリコの乗った胴体部分が手足と分離し、そのまま上空へ射出された。

「逃がすなッ！」

オリバーがすぐさま追撃を指示する。内部に残った微小ゴーレムを放出して推進力としているのか、老爺を乗せた外骨格ゴーレムの胴体部分は箒に匹敵するスピードで空を飛んでいた。向かう先は螺旋回廊のさらに奥。そこには予め離脱を阻むための結界が張られていたが、エンリコは躊躇なく突っ込んでいく。ここまでの戦闘で迎撃の人員も大きく減っていた。

「いい結界ですが！　少し厚みが足りませんねェ！」

穿孔機さながらに回転して結界壁を貫いていくエンリコ。貫通には五秒ほどを要したが、機

体はその時間きっかり追撃に耐え抜いた。壁の向こう側にぼろぼろの機体が抜け、床に落ちた衝撃で外殻が完全に砕け散る。すぐさま生身のエンリコがその場に立ち上がり、

「——キャハッ⁉」

一切の気配なくその心臓を狙って放たれた刃に、ほとんど直感のみでエンリコは辛うじて杖剣を合わせた。逸らされた一撃がそれでも脇腹を深く抉っていき、この戦闘で初めての流血を老爺に強いる。

「——アナタは」

驚くエンリコの眼前で、油断なく相手と距離を取り直す隠形の少女——テレサ＝カルステ。敵の離脱に備えて、彼女だけは最初から結界の外側に待機していたのだ。完全に気配を断った状態からの待ち伏せで、あわよくばエンリコを仕留める算段だったが……完全な不意を突いてもなお、彼女の刃は老爺の命には届かなかった。

「キャハ……キャハハハハ！　キャハハハハハ！」

彼女から視線を切り、けたたましい狂笑と共に螺旋回廊を駆け下りていくエンリコ。靴底には球体車輪を仕込んでいると見えて、その背中は見る間に遠ざかりつつあった。結界を解いた同志たちが箒による追撃に打って出る。そこへ自らも箒で続きながらテレサが言う。

「……仕損じました。面目ありません」

「いや、良くやった。——逃がすな！　敵は手負いだ！」

この状況で負わせた手傷には大きな意味がある。そう確信した上で、オリバーは同志たち共々エンリコの後を追った。

箒を駆って猛然と己を追い立てる生徒たち。その執念と殺気を背中にじりじりと感じながら、エンリコは全速力で螺旋回廊を突き進んでいた。

「——キャハハハ！　キャハハハハ……！」

背中を狙って雨霰と襲い来る呪文を躱し、対抗属性で相殺しながら走り続ける。起伏のない現在の地形なら、球体車輪ブーツによる全力走行は箒の飛行速度に劣らない。この通路にいる間はまだ凌ぎ切れるだろう。

汎用ゴーレムも微小ゴーレムも失った。自分をここまで追い込んだ生徒たちの作戦の妙を、その研鑽の深さを思うほど、胸の内に弾けるような喜びがこみ上げる。

「——これぞ！　まさに！　教師冥利に尽きるというものッ！」

エンリコは歓喜している。彼らに教えてきて良かったと。己を殺さんと迫る生徒たちの奮闘を背中に、そんな自分の境遇を喜んでいる——。

チューブ状の回廊を数キロにも亘って抜けていくオリバーたち。が——その途中から、肌に感じる空気が大きく変わり始めた。程良い環境に保たれていた図書館層とは打って変わって、熱く乾燥した空気が立ち込め始める。

「——気を付けろ！　五層に入るぞ！」

回廊を抜けた途端、第五層『火竜の峡谷』の光景が彼らの前に広がった。起伏に富んだ岩場が深い谷を成し、その合間の中空をいくつもの翼持つ影が舞う。——この階層は深い谷が迷路のように枝分かれして広がり、その壁面には多くの竜たちが巣食っている。強力かつ好戦的な種が大半を占めるため、通り抜けるにはそれらに打ち勝つ戦力が必須となる難所だ。

「竜どもの相手をするな！」「エンリコの背中だけを追えッ！」

先頭を行く同志たちが鋭く声を上げる。二層の上空を屯していた鳥竜たちとは異なり、ここの空を支配するのは正真正銘の翼竜たち。体格・飛行能力・獰猛さ——全てにおいて鳥竜とは段違いであり、未熟な生徒が迷い込めば火の息の一撃で消し炭にされる。

だが、その程度の環境で怯むような同志たちではない。呪文による牽制と箒の空中機動で翼竜たちの網を掻い潜り、峡谷の斜面を球体車輪ブーツで滑り降りていくエンリコの姿を睨みつける。単に落下しては空中にいる間に仕留められると判断しての行動だろう。箒上の同志たちが放つ呪文を、ほとんど絶壁に等しい斜面でエンリコはしぶとく回避してのけた。が、

「「「「「「雷光疾りて！」」」」」」

谷底へと辿(たど)り着(つ)いた時点で、老爺(ろうや)の進退はついに窮(きわ)まる。壁面を背にしたエンリコを周りに着地した同志たちが完全に包囲し、容赦なく呪文の集中砲火を浴びせた。とっさに防壁呪文を唱えて耐え凌(しの)ぐエンリコだが、それがわずかな延命に過ぎないことは誰の目にも明らかだ。

「ここを墓場に選んだか、フォルギエーリ」

今度こそ王手は成立した。微小(ナノ)ゴーレムはすでになく、周囲の地面からゴーレムを組み上げるとしても、呪文がエンリコを焼き尽くすほうが早い。次に行う二節呪文の集中砲火で、老爺(ろうや)の防御は間違いなく限界を迎える。

「……やれ！」

「「「「「**爆ぜて砕けよ(マグヌス)　粉塵と化せ(フラルゴ)！**」」」」」

オリバーが下す決着の命令。それに応えて、計二十一本の杖剣(じょうけん)から放たれた魔法の光条がエンリコへと殺到し、

「いいえ。――お目見えです」

その全てを遮る巨大な掌(てのひら)が、岩盤を突き抜けて彼らと老爺(ろうや)の間に割り込んだ。

「――な――」

途方もなく太い手首が、腕が、肩が、崩れ落ちていく岩場の奥から姿を現す。巨大樹の幹と見紛うような胴体、怨嗟の光を両眼に湛えた頭部がそれらに続く。三百フィートを超える巨軀は一部の隙もなく剛鉄(アダマント)の板金鎧(プレートアーマー)で覆われている。そして何よりも――その奥底から響く、

太鼓にも似た生命の律動。

「ノル！」「王さま、下がって！」

とっさにオリバーを引っ張って背後にかばうシャノン。前衛に立つカーリーらが巨体を呆然と見上げる。

「出し惜しみはしませんよ。――そんじょそこらのゴーレムでもてなしては、皆さんの健闘に対して失礼でしょう？」

巨体ゴーレムの肩の上、地面から遥かに離れた高みでエンリコが笑う。あってはならないその光景――およそ考えうる中でも最悪の状況を前に、オリバーがぎり、と歯軋りする。

「……機械仕掛けの神……」

かつての工房見学で目にした巨大な生体部品ゴーレム。下半身を丸々欠いた未完成の状態にあってさえ、その存在は彼に圧倒的な印象を残した。どんな形でも戦いに関わらせたくはなかった。よって実物が格納されていた工房から離れた場所を戦場に選ぶことは必須であり、この一帯はその意味でも条件を満たしていたはずなのだ。

「……もう一体、造っていたのか」

だが、そうした段取りの全てを覆す可能性がひとつだけ有り得る。すでに完成した二体目の存在だ。

オリバーたちの反応から初見ではないことを察して、エンリコがむぅと唸った。

「また知っていますか。確かに、有望な生徒には見せましたからね。が、ひとつ修正しておきましょう。正確には機械仕掛けの神(デウス・エクス・マキナ)。よく見てください——あなたたちの知る未完成の女神(デア)と比べて、こちらは男性的なフォルムをしているでしょう？」

自らが乗った機械神を指して説明する老爺(ろうや)。確かにその言葉通り、オリバーが前に目にした女神(デア)よりも、それは骨格がひと回り大きい。細部のデザインも記憶とは違っていた。

「同一コンセプトの完成体としては、この男神(デウス)が一号機です。あなたたちに見せた女神(デア)は建造中の二号機でしてね。どうです、格好いいでしょう？」

得意げに胸を張るエンリコ。固唾を呑(の)んでそれを見上げるオリバーたちを、ふいに足元から地響きが突き上げる。彼らがハッとして目を向ければ、そこには凄(すさ)まじい速度で谷間を駆けてくる四足歩行の巨竜の姿があった。岩盤じみた表皮に覆われた長大な体躯は三百フィートをゆうに超える。もはや動いていなければ地形の一部と見紛うほどだ。

「……大地竜(リントヴルム)が来たか」

グウィンが呟(つぶや)く。まともに相手取るには手強(てごわ)いため、ここを通過する生徒はいかにあの地竜の目を盗んで通り抜けるかに腐心するのが常。だが、

「あれは邪魔ですね。——除(の)けましょう」

ひとたび機械神と合流したエンリコに、そんな常識は意味をなさない。開口した頭部の操縦席にひらりと乗り込むと、老爺(ろうや)は突進して来る地竜の巨体に対して仁王立ちで立ちはだかる。

「GOOOOOOOOOOOOOOOOOOOO！」

縄張りを侵された怒りも露わに、耳を聾する雄叫びを上げて突撃してくる地竜。山ひとつ丸ごと崩しかねないその突進を――しかしエンリコは、機械神の両腕でもって真っ向から受け止めた。ただの一歩も後ずさらずに。

「キャハハハハハハハハハハハ！　キャアハハハハハハハハハハハハハ！」

地竜の首を機械神の片手で掴み、エンリコはそれを玩具のように振り回す。そこに割って入ることも出来ないまま、オリバーは呆然と戦いを見つめた。――尋常な光景ではない。魔法生態系の上位に位置する地竜がまるで相手になっていない。体格は近くても、パワーの桁がまるで違う。

「おっと、殺してはまずいのでした。ここの生態系が崩れてしまいますね」

はたとそう呟いて、エンリコは泡を吹いて気絶した地竜をぞんざいに放り投げた。谷底に横たわって動かなくなった五層の支配者。その巨体から、操縦席のエンリコの視線が、今度は上空に群れ成す翼竜たちへと移される。

「君たちは増えすぎですね。少し減りなさい――**呪光よ奔れ**」

そう言って頭上に向けた両手の先端から、詠唱を経て紫色の光が射出された。光を身に受けた翼竜たちが次々と焼け爛れて落ちていく。翼竜たちが反撃の火息を吐きかけるが、エンリコは意にも介さない。蚊を叩き落とすも同然に、一方的に翼竜たちを間引いていく。

「ふむ——魔力充填率は10％弱というところですか」

生き残りの飛竜たちが逃げ散ったところで、エンリコは機械神の両手の指を動かす。駆動の具合を確かめるように。

「本来の性能には及ぶべくもありませんが、なにぶん調整中の緊急起動でしたからね。燃料の備蓄も不十分でしたし、こればかりは致し方ありません」

調子の確認が済んだところで巨体を器用にひるがえし、エンリコはオリバーたちに向き直る。遙かな高みから睥睨されて無意識に後ずさる同志たち。今まで地竜と翼竜たちに向けられていた絶望的なプレッシャーが、余すところなく彼らに圧しかかっていた。

「さぁ、続けましょう皆さん！　どうしてもワタシを殺すというのなら！　ワタシの最高傑作を超えてもらうのが筋というものでしょう！」

やる気も露わに言い放つ老爺。反対に、同志たちは動けない。これまでどんな状況でも迷わず行動に移っていた彼らが、今は一歩も動けずに立ち尽くしている。分からないのだ。この怪物とどう戦えば、一分後に自分たちが全滅せずにいられるのか。

これまでの戦いでの積み重ねはほぼ白紙に戻った。球体車輪の多脚ゴーレム、微小ゴーレム、強化外骨格ゴーレム——全知全能を駆使してそれら全てを乗り越えた先で、悪夢のように立ちはだかる機械仕掛けの神。考えうる中でも最悪の、悪夢に等しい光景が目の前にある。

「——はは」

　が、そんな状況の中でただひとり。オリバーだけが、くつくつと含み笑う。

「筋？　――筋か。筋と来たか」

　堪えかねたように乾いた笑い声を漏らす少年。周りの同志たちがぎょっとして彼を見る。

「よせよフォルギエーリ。唐突に人並みの理屈を振りかざすものじゃない。教え子を裏切って責め殺した畜生に、そんなものは余りにも烏滸がましいだろう」

　そう言って、彼は真っ向から機械神を睨みつけた。絶体絶命の状況を前に、いささかも衰えない戦意――否、殺意でもって。

「犬のように死ね。虫のように死ね。塵のように死ね。――これまで弄んできた数多の命よりもなお惨たらしく。お前の死に様として筋が通るのは、ただそれだけだ」

　宣言と同時に一歩踏み出す。杖剣を真横に構え、オリバーは背後のふたり――グウィンとシャノンへ語りかける。

「従兄さん、従姉さん。――やれ、やろう」

「……っ……！」

　シャノンがぶんぶんと首を横に振る。普段の彼女ならまず見せない強硬な拒絶。その理由を誰よりも知りながら、なおも鋼じみた声でオリバーは繰り返す。

「君主として命ずる。封を解け。シャノン＝シャーウッド！」

　従姉ではなく、臣下としての彼女に呼びかける。今にも泣きそうに顔を歪める彼女の肩に、そこで隣のグウィンが手を置いた。

「…………シャノン」

彼の呼びかけが全てを語っていた。──残された手段は、もはや他にないのだと。

「……っ……」

故に、彼女はそれを行わざるを得ない。従弟に地獄の苦しみを強いると知りながら。

「……ふたつの魂よ」

覚悟を決め、白杖を構えたシャノンが口にする呪文。それが耳に響いた瞬間、オリバーは懐かしい気配を間近に感じた。彼を仮の寄る辺とする、ひとつの偉大な魂の存在を。

「融けてゆけ、混ざりゆけ」

「……あ……──」

それがオリバーの魂と重なり、溶け合う。溶解した黄金にも似たものが内部に注ぎ込まれ、

「──かッ──」

目も眩む灼熱と激痛が全身を襲う。肉体全てがその侵入に反発し、ありったけの抵抗でもって弾き出そうとしている。己を守るための防衛機構であるその反応を、オリバーは自らの意思でもって強硬に捻じ伏せる。その壮絶な矛盾によって苦痛はいや増し──だが、それすらもほんの前触れに過ぎない。

「──あ──ぁ──」

黄金の流入に伴い、魂から霊体へ、霊体から肉体へと変異が進行する。魔力流の拡張と加速に従って筋骨までも組み変わり、成長痛を数百倍にもしたような痛みが全身で爆発する。それだけで気が触れてもおかしくないような激痛の重奏を、少年は自分と敵へ向ける不断の憎悪(ぞうお)で塗り潰す。

「――A――A――」

望んで毒杯を干すように、彼はその苦痛を余さず受け入れる。溶けていく理性の奥から皮肉な安堵(あんど)が湧き上がる。母の魂を汚す罪科への、それはせめてもの罰であるから。

眼球の毛細血管がぶちぶちと破裂する。両目から血の涙が滴(したた)り落(お)ち、仮面の上に泣き顔を形作っていく。

「――GAAAAAAAAAAAAAAAAA!」

咆哮(ほうこう)と共に地を蹴って跳躍する少年の体。その意思に応えて背後から飛んできた箒(ほうき)が、彼の両足を空中で受け止めた。

疾走する箒(ほうき)上でオリバーが取った姿勢は、右の下段脇構え。基幹三流派のいずれにも存在しない異端の戦型でありながら、かつてただ一度、東方(エイジア)の少女との立ち合いで彼が垣間見せたもの。

――クロエ流、解禁。

それは喪われた絶技の再現。ひとりの天才の魂を飲み干し、今や一個の彗星と化した少年が、血の涙の尾を引いて機械仕掛けの神へとひた走る。

「**斬り断て！**」

巨体とのすれ違い様に杖剣を振るう。切断呪文による斬撃が機械神の肩を走り、削り取られた剛鉄の切片が宙を舞った。

「――一、節で装甲を抉った？」

驚きの声を漏らすエンリコ。巨体の背後へ抜けてすぐさま舞い戻るオリバー。それを叩き落とそうと振るわれる機械神の両腕を壮絶な空中機動で回避し、脇の下を潜りながら二度目の切断呪文で胴体を薙ぎ払う。耳を劈く金属音と共に、またしても装甲に一筋の傷が刻まれた。

「……剛鉄斬りの切断呪文」

老爺の声が低く沈み、続く挙動で機械神の両掌が空中のオリバーへ向けられる。先ほど翼竜たちを駆逐したものと同じ紫色の光が、今度は広範囲の散弾となって一帯へ撒き散らされた。箒をどう操ったところで躱し得ない密度の弾幕である。

「GAAAAAAAAAAAA！」

だが――その不可避の攻撃を前にして、あろうことかオリバーは自ら箒から跳んだ。人ひとり分の重量から解放された箒は難なく弾幕をすり抜け、オリバー自身は宙を踏んでの立体機動でもって全ての光弾を回避しきる。そこへ迎えに来た箒が、空中で再び彼の両足を受け止めた。

「……曲芸じみた箒の立ち乗りと、踏み立つ虚空の連携……」

およそ魔法戦闘の常識から外れた、もはや達人の技と言っても生温い絶技の連続。だが一方で、老爺がそれを見るのは初めてではない。エンリコが使い手へ問い質す。

「……その剣筋を、誰から？」

応じる言葉はなく、機械神の頭部を狙った切断呪文がそれに代わる。両腕を盾にしてそれを防ぎながら、エンリコは執拗に分析を続ける。

「……違いますね。仮に本人から教わったとして、学んで写し取れるようなものではない。そもそも――そんな馬鹿げた動きをして、どうして体が壊れないのか」

常軌を逸した速度で箒を駆りながら、時に踏み立つ虚空でその限界すら裏切って空中を動き回る。そんな機動は本来、魔法使いにすら許されるものではない。強引に軌道を曲げた時点で内臓が潰れて然るべきだ。以前もまったく同じ感想を抱いたことをエンリコはよく覚えている。

「……む――」

だが、その時とは明確に異なっている部分もあった。少年の空中機動の後に残される赤い血煙の軌跡。それはとっくに血の涙だけではない。彼の全身から滲み出した血液が、赤黒く染まったローブでは吸収しきれず空中に散っている。その様子に、エンリコは相手の見方を変えた。

「……いや、壊れているのか。同時に治り続けている。肉体の崩壊と拮抗する治癒呪文の常駐？　誰が？　どこから？　どのようにして？」

　無理の連続でとっくに壊れているはずの体を、何者かの治癒が水際（みずぎわ）で食い止めている。エンリコはそう分析するが、それを誰がどのように成しているのかまでは分からない。本人にそんな余裕がないことは確かだが、彼の仲間たちも援護を行うには余りに距離が離れている。そもそも治癒はデリケートな技術であって、繊細なコントロールが可能となる領域魔法の範囲内で施すのが常識だ。空中戦の真っ最中にある相手に対してそんなことは叶（かな）わない。

「GAAAAAAAAAAAAAAAAAAAAAAA！」

　だが、現実はその道理を否定する。壊れながらも壊れ切らず、今この瞬間も少年は理外の空中機動を続行している。真っ赤に染まった眼球が宿す業火（ごうか）の如（ごと）き殺意に、エンリコは数年来の戦慄が背筋を走るのを覚え――その感覚にすら興じている。

「……興奮しますね。こうも仕掛けが分からないことが多いと――！」

　眼球から滲（にじ）む血で赤く染まった視界。汲（く）めども尽きぬ激痛と憎悪（ぞうお）で白黒に明滅する意識。

「GAAAAAAAAAAAAAAAAAAAAAAAAAAAA！」

　全身の血管に溶岩を流したような灼熱（しゃくねつ）の中。この世の地獄を一身に体現するが如（ごと）く、オリバーは戦い続けている。

痛い、という言葉はもはや意味を成さない。壊れ続ける肉体に罅割れた魂を抱えて、痛くない瞬間も場所も彼にはとうにない。五感は全て痛覚によって統合され、ただその波によってのみ外界の情報を彼に伝える。故にそれは不可欠なものだ。機械仕掛けの神が呪詛で動くように、今の彼は痛みによって駆動している。

機械神の指先から放たれる幾条もの呪光。直撃すれば一瞬で肉体を蒸発させるそれらを、慣性を踏み躙るが如き空中機動で悉く掻い潜る。過大な負荷に晒された手足の筋肉が音を立てて千切れていき、そうして損なわれた端から治癒によって再生する。まるで何かの刑罰のように。力尽き斃れる権利すら剝奪された地獄の底の罪人のように。

それでいいと少年は思う。否、そうでなければならないと凄絶に嗤う。許されざる罪人はこの場にふたり。その一方だけが苦痛から免れようなどとは、もとより夢にも思わない——！

機械仕掛けの神を相手取り、単身で異次元の戦闘を繰り広げるオリバー。そこへ迂闊に援護を挟むことさえ出来ず、地上に残る同志たちは行動を決めかねていた。

「——どこを狙う⁉」「関節部だ！　それ以外は装甲が厚すぎる！」

「剛鉄をぶち抜ける自信のある奴は⁉」「零距離ならやってやる！　誰か付き合え！」

「待て、安易な特攻は控えろ！　中のエンリコに届かなければ意味が——」

歴戦の上級生たちも、この状況になっては統制が乱れた。打つ手のなさに耐えかねた数人が集団から飛び出して箒(ほうき)に跨(また)る。年下の君主ひとりを戦わせはすまいと。

それすら見越したように。浮遊直後の彼らへ、紫の光を帯びた機械神の右掌(てのひら)が向けられた。

「あ——」「しまっ——！」

失態に気付いた同志たちの顔が青ざめる。箒(ほうき)で浮かんでしまった以上、ひとたび加速が付くまでは回避動作が取れない。致命的に無防備なその一瞬を狙って、紫の閃光(せんこう)が無慈悲に彼らを薙(な)ぎ払(はら)い——、

**「強く押されよ(イクストルディートル)！」**

そこへ割って入ったオリバーの呪文と両腕が、紙一重で彼らを死の運命から救った。

「あ……？」「……ロ、君主(ロード)……？」

ひとりは押し出し呪文で跳ね飛ばされ、ふたりは襟首を引っ張られて、光弾の殺傷範囲から辛(かろ)うじて逃れていた。呆然(ぼうぜん)とする彼らを置き去りに、少年は再び箒(ほうき)を駆って空へと舞い上がる。

「——GAAAAAAAAAAAAAAAAAAAA！」

脇目を振るな、相手は自分だとその咆哮(ほうこう)が告げている。同志たちを背後に庇(かば)い、恐るべき機械神の脅威を一手に引き受ける少年の背中がそこにある。守る側と守られる側、その構図が先刻までとは完全に逆転している。見かねたカーリーが憤慨して声を上げた。

「ちょっとグウィン！　何、今のあれ！　何でこっちが庇(かば)われてんのさ⁉　一歩間違えたら王

さまのほうが死んでたでしょーが今の！」

「……今のノルに、そんな理屈を考えられると思うか」

彼女に背中を向けて、弦楽器を奏でたままグウィンが答える。従弟を先頭に立たせる彼の葛藤がいかばかりか、その音色の乱れが何よりも雄弁に物語る。だが、決して演奏は止められない。癒しの魔音でオリバーの苦痛をわずかでも和らげるために。

「千年に一人の大天才、あのクロエ＝ハルフォードとの魂魄融合だ。初手で体が爆発していないだけで僥倖、戦えているのはもはや奇蹟。まともな理性など保てるはずもない」

グウィンは言う。母の魂を身に宿す――それはオリバーにとって獅子の心臓を鼠の体へ載せるに等しい暴挙である。収まりきらずに破裂するのが当然であり、仮にどうにか収めたとしても、それが鼓動した瞬間の膨大な血流によって全身が爆発するだろう。

「一瞬の融合ですらそのリスクが付き纏う。だというのに、今のオリバーは宿したまま戦っている。正気の沙汰ではない。これまでの度重なる融合で、それを実現するための下地を作ってきたことを踏まえても……」

その壮絶さを、グウィンは本人の次によく知っている。なぜならそれは――シャーウッドの家系に生まれた魔法使いとして、その長男として、他でもない彼が受け持つべきだった宿命であり、

「俺は耐えられなかった。魂が侵されるあの苦痛に、一秒たりとも」

彼は一秒たりとも忘れたことはない。自らの責務を、従弟に押し付けた罪科を。

「……繋がり治れ……繋がり治れ……繋がり治れ……！」

そんなグウィンの体の陰で、シャノンもまた泣きながら治癒呪文を唱え続けている。それは崩壊に向かう従弟の体を修復するものであり、同時に絶え間ない激痛をもたらす拷問でもある。治癒は急激に施すほど強い回復痛を伴うもの。肉体の損傷の痛みと、それが急激に修復される痛み——オリバーは今、その絶え間ない繰り返しの中で戦い続けている。しかもそれらは、グウィンが語った「魂を侵される苦痛」とはまた別なのである。

ふたりの様子と上空のオリバーを見比べつつ、最悪を極めつつある状況の整理がてら、カーリーは抱いた疑問を口にする。

「理性が保ててない？　……ちょっと待ってよ。じゃあ、今はどうしてこっちを守ったの？　要するに狂奔状態なんでしょ。駒に気を使ってる余裕なんてないはずじゃない……」

庇われる道理がどこにも見当たらないことに、カーリーは心底困惑していた。だが、グウィンにとってその答えは余りにも自明。演奏を続けながら、彼はそれを口にする。

「逆だ。理性で己を縛らなければ、ノルには目の前の仲間を見捨てることなど出来ない。母親の仇を前に、あれほどの憎しみに駆られていてすらも」

噛みしめたグウィンの唇から血が滴り落ちる。そんな痛みでは到底足りないが、そうでもしなければ正気でいられない。従弟だけを苦しめている自分が許せない。

「……根が優しい子なんだ。どうしようもなく……！」

もはや悲鳴のようにグウィンが吐き出す。それを聞くに及んで、カーリーたちは初めて正しく理解した。自分たちが君主と仰ぐ少年が、その根本においてどのような人物であるのか。今までどんな人間に戦いの御旗を振らせていたのかを。

「……何、それ……！」

恥と不甲斐なさと、それらを遥かに上回る未知の感情がカーリーたちの胸にこみ上げる。猛る魔力に手足が打ち震え、今にも飛び出したい衝動が彼らの全身を巡っていた。それを懸命に抑えて戦いを見つめながら、カーリーがグウィンに問いかける。

「……いつまでもつの、あれ！」

「二分以上、試したことはない」

重い声でグウィンが答える。それを聞いて誰もが覚悟を決めた。──君主が命を削って稼いでいる二分。この時間に打ち出す策をもって、彼の奮戦に報いることを。

一方。機械神を操るエンリコはすでに彼らを脅威と見なしてはおらず、その関心は完全に目の前のオリバーひとりへ向いていた。相手の不可解な強さの仕組みと、興味深いその在り方に。

「……少しばかり、仕掛けが見えてきました。推測の域は出ませんが」

観察を経て再び口を開く老爺。ひとつの確信を持って、彼は真相を指摘する。

「魂、ですね？　アナタがその身に宿しているのは。他でもない彼女――〈双杖〉クロエ＝ハルフォードの」

オリバーは答えない。全身の骨を軋ませながら箒の立ち乗りで空中を駆け、ゴーレムの迎撃を掻い潜り、執拗に操縦席のエンリコを狙う。何度目とも知れない切断呪文に装甲を削られながらも、それはもはや意に介さず、老爺はなおも言葉を続ける。

「魂魄融合。概念として知ってはいますが、実際に目にするのは初めてです。歴史上たった二種の亜人種だけが為し得たとされる、他者の魂を己の魂に融け込ませ、その性質・経験を我が物とする業。……魂を直接観測する手段が皆無に等しいことから、魂魄学が未発達の現時点では証明不可能ですが」

目に見えぬ領域の出来事を、目に見える影響から推し量る。それもまた魔法使いにとっては日常の行いだ。この相手の中で何が起こっているのかも、それで自ずと絞られてくる。

「しかし、消去法でそれしか考えられません。クロエ君の剣技は彼女に固有のもの。あのガーランド君ですら一部を受け継いだに過ぎず、とりわけその戦い方は彼にすら再現不能でした」

ひときわ強力な斬撃がゴーレムの指先を捉え、ついに指の一本を切り落としてのけた。それでもエンリコに動揺はなく、むしろ感服をもって滑らかな切断面を見つめる。――剛鉄の剛性を物ともしない切断呪文。極小の領域で物質の結合を斬り断つことで実現される、これもまたクロエ＝ハルフォードに固有の絶技であったもの。

「血によっても教育によっても受け継がせることが出来ない一代限りの能力。魔法使いはそれを魂の才能と呼びます。クロエ君はあらゆる面でその塊のような魔法使いでした。しかし――例外がひとつだけ有り得ます。それは相手の魂そのものを取り込んだ場合。今のアナタと、そして校長のように」

七人掛かりでクロエ＝ハルフォードを責め殺したあの夜に、その魂もまた校長が吸い尽くしたはずだった。

しかし、目の前の光景からその認識は否定され――代わってひとつの結論が導かれる。

「あの夜、校長には奪い尽くせなかったというわけですか。彼女の牙を逃れて、クロエ君の魂の一部はアナタにも流れていた。……そういうことになりますね」

エンリコは確信する。どのような理屈かはともかく、引き裂かれたクロエ＝ハルフォードの魂の一部が相手の内にあることを。そこから写し取った剣技によって相手が自分に立ち向かっていることを。

そこまでの推論を踏まえて、老爺はすぅと肺を息で満たし、

「GAAAAAAAAAAAAAAAAAAAA！」

「キャハハハハハハハハハハハハハハハハハハハ！」

殺意に満ちた相手の咆哮に対抗するように、腹の底からけたたましい哄笑を放ってのけた。

「——他の亜人種らと比べても！　人間は特に！『個』の強い生き物です！」

負けじと語調を強めたまま老爺が語る。もはや会話が成立するかどうかも怪しい目の前の相手に、それでも言葉を届かせるために。否、叩き付けるために。

「魔法使いはとりわけその傾向が激しい！　よって魂魄融合という業は本質的に我々に向いていません！　魂同士を融け合わせるストレスは想像を絶するでしょう！　奪った魂を強引に屈服させる形で、校長はそれを実現しているようですが——その彼女ですら、今なお恒常的な頭痛に悩まされている！」

言われるまでもなくオリバーにも分かっていた。これがいかに無理な行いであるか。今この瞬間も血を流し、痛みを訴え、軋み続ける体が何よりも雄弁に語っている。だが耳は貸さない。貸せばその瞬間に魔法が解ける。もはや指一本動かせなくなると知っているから。

「その例と比べても、アナタの場合はさらに無理があるようです！　まずもって肉体の素養が魂の才能に追い付いていない！　動くたびに崩れていく身体を治癒魔法で強引に繕っている！」

それも然り。この体が曲がりなりにも形を保っていられるのは、崩壊を上回るスピードで従姉が治癒呪文を継続してくれているから。その支援がなければとっくに五体が泣き別れている。膝と足首の腱など、戦いの間にもう何度千切れたか数え切れない。

「人間が一生の間に受けられる治癒には限度がある！　そのことは当然ご存じですね⁉　……

その状態で一分戦うごとに、アナタの寿命は一体どれだけ削られているのですかねェ！」

老爺の言葉を呼び水に記憶が蘇る。自分がこう成り果てるまでの日々が、オリバーの脳裏に浮かんでは消える。


「――実感できたか。自分が壁に突き当たり始めたことを」

冷たい地下室の床に這いつくばって、オリバーはそれよりもなお冷たい父の声を聞いていた。連続十五時間に及ぶ訓練の間に全身は余すところなく痛めつけられ、骨折と失神の回数はすでに数えきれない。治癒と魔法薬の連続投与による強引な回復も、もはやその体を再び動かすことは叶わなくなりつつあった。

「……か……は……」

「それがお前の才能の限界だ。あるレベルより高度な技能の習得には長い時間を要する、もしくは習得自体が不可能になる。そこを越えていけるのが真に才ある者。そして――残念ながら、お前は才無き者だ」

瀕死の息子を見下ろしたまま、父は淡々と告げる。一切の情はそこに挟まない。息子の心と体を打ち砕くことが前提の試みに、そんなものが介在しては到底成り立たない。

「肉体の成長と経験の蓄積によってある程度までは補える。……だが、そんなものでは到底足りない。お前が打ち勝たねばならない相手は、ひとり残らず真（まこと）に才ある者たちだ。

そこでクロエ＝ハルフォードの魂を用いる。お前では及びも付かない天才の経験を流し込み、それによって本来なら越えられぬ壁を越えさせる。……無論、それもお前の心身が魂魄融合（ソウルマージ）に耐えられればの話だが」

疲労と激痛で声も上げられないまま、それでもオリバーの耳は辛（かろ）うじて父の言葉を拾い続ける。思考を手放すことだけは決してしない。思考を止めれば意味を見失う。意味が消えれば、もはやこの先の痛みには耐えられない。

「融合に入る前に、なぜ徹底的に体を痛めつけたか分かるか。それはお前の魂に欠乏を実感させるためだ。このままでは肉体を生かせないと思い知らせるためだ。

人間の魂は本来、異物の流入を直接受け入れるようには出来ていない。我々の自我の殻は硬く、それを変化させることは己の経験というフィルターを通してしか出来ない。魂を扱う祖種の力があってもそれは同じことだ。……が、いくつかの条件を整えてやれば話は違ってくる。異物を排除しようとする魂の抵抗作用を弱めてやれば」

声に一切の抑揚を欠いたまま父は語る。それは即（すなわ）ち、これまでの訓練と苦痛の全てが、これから始まる本番の前準備に過ぎなかったということ。とうに麻痺（まひ）していたはずの恐怖がオリバーの胸を冷え冷えと満たしていく。まったく想像が付かなかった。今のこれより苦しいとは、一体どういう感覚なのかと。

「苦痛は想像を絶するだろう。耐えられる保証はどこにもない。──覚悟が出来たら、言え」

安心の材料はひとつもオリバーに与えられず、ただ埒外の苦痛だけが未来に約束される。そんな状態で覚悟を求めることの非道を、父もまた十二分に承知している。

「……母さんは……」

オリバーの口が弱々しく言葉を紡ぐ。久しぶりに発した声は、しかし自分の苦痛を訴えるものではない。彼が真っ先に問いたいのはそれではなく、

「……母さんは……苦しくないの……？」

「……ッ……」

無情に徹していた父の顔が、その心を覆う仮面が、それを耳にしてびしりと罅割れた。震える顔面の筋肉に爪を立てて押さえ付ける。その指の隙間に──ほんの一瞬だけ、懐かしい父の面影が覗いた。オリバーがただただ幸せに満たされていた頃の。

「……魂のみの存在となった者に、生者と同様の意識はない。精神とは肉体・霊体・魂の三要素が揃って初めて正常に成り立つものだ。お前が感じる苦痛を、すでにクロエは感じることが出来ない」

この訓練を始めてから与えられた、それは最初で唯一の安心だった。そうか、とオリバーは苦痛の奥で小さく安堵する。これまでの痛みも、これから受ける苦しみも、母に及ぶことはないのだと。

「余計な心配は止めて集中しろ。さもなければ最初の一度で人格が崩壊するだけだ。

——入れ、シャノン君」

名前を呼んで、男は部屋の唯一の入り口である扉に白杖を向けた。呪文でそれが開くと同時に、ずっと扉の外側に張り付いていた人物が転がり込むように地下室へ入ってくる。両目を真っ赤に泣き腫らしたシャノン＝シャーウッドだった。

「——ノル！」

息も絶え絶えに横たわる従弟へ駆け寄って、シャノンはその体を両腕でぎゅっと抱きしめた。オリバーの口元が柄の間だけ緩む。痛み以外の感覚がことごとく薄れた全身でも、その温もりだけは確かに感じ取れた。従姉から注がれる確かな愛情だけは。

「やるんだ。——本家の君なら、私よりも余程分かっているはずだろう。これは我々の血が負う責務だと」

そんなささやかな癒しさえ、父は早々に奪い去ろうとする。だが、それが自分のためであることもまたオリバーは悟っていた。ここで大きく休んでしまえば、一度でも緊張の糸が切れてしまえば、この後に訪れる苦痛にはきっと耐えられない。

「……やって……ねえさん……」

だから、彼は自らそれを求めた。優しい従姉が、誰かが傷付くことに誰よりも心を痛める彼女が、少しでも自分を責めることがないように。この苦痛の全てが、ただ自分の中だけで終わるように。

その意思を、シャノンの側でもまた感じ取った。長い長い躊躇いの末、彼女はぐいと涙を拭って腰の白杖を抜き放つ。最初から否応はない。血が背負う業という点において、この世に生まれ落ちた瞬間から、女は紛れもなくその中心にいるのだから。

「……**ふたつの魂よ……融けてゆけ、混ざりゆけ**……」

震え声の詠唱を経て、巨大な何かがオリバーの中へと流れ込む。――溶岩を注がれた陶器の末路にも等しく。そうして彼の魂に、ひとつめの罅が入った。

「――――――――――――――――！！！！！！！」

最初の一瞬で、これまでの苦痛など全て消し飛んだ。余りにも次元が違った。己の最奥にある本質を損なわれる、その苦しみはもはや痛みという概念にさえ収まらない。関節の可動域を無視して暴れ回る体が極限の拒絶を示し、彼の父とシャノンの腕がそれを必死に押さえ付ける。そうしなければ、オリバーの体はひとたまりもなく自らの力で砕かれていただろう。

「ノル……！　ノルっ……！」

魂魄融合はとっくにシャノンの側で解除している。オリバーの中に流れ込んだクロエの魂は総量のごく一部、ほんの一滴が混ざり込んだに過ぎない。だが、それはすでに彼にとって致死量を超える劇薬に等しいのだ。

「思い知ったようだな。……それが、魂を侵される苦痛だ」

永遠にも思える数分が過ぎ去ると、体を自壊に導くほどの猛烈な拒否反応は少しずつ収まり始めた。過呼吸からも回復して、オリバーの瞳に理性の色が戻るまでにさらに数分。それで息子が死なずに済んだことを見て取ると、父はすぐさま先を続けた。

「同時に、お前の中にはほんの少しだけ経験が流れ込んだ。お前自身の鍛錬では到底辿り着けない達人の経験が。……だが、まだそれは、お前自身の経験ではない」

言いながら懐から小瓶を取り出し、その中身をオリバーの口へ含ませる。ごくりと喉を鳴らして液体が胃の腑へと滑り落ち、そこから生じた灼熱が彼の全身へ熱病のように広がった。俗に死人すら目覚めさせると謳われる最高純度の秘薬である。

「自らその経験を駆使することによって初めて、それはお前の魂に馴染む。そしてその過程は、魂魄融合から間を置かずに行うことが前提だ。鉄は熱いうちに打てと言うようにな。

――さぁ、杖剣を執れ。訓練を再開する」

説明を終えると同時に立ち上がり、父は地下室の中央に戻ってそこで杖剣を構える。肉体から魂まで余すところなく痛めつけた息子に、この上なお杖を執って戦えと告げている。

それを聞いて最初に動いたのは、オリバーではなくシャノンだった。白杖の先端を男へ向けつつ従弟を背後に庇って立ち塞がる。自らは決して戦いを望まない彼女の、それは生まれて初めてにも等しい戦意の表明。

「……ノルを、休ませて……！」

「それでは全てが無駄になる」

そんな彼女の覚悟さえも、男はたった一言で払いのけた。その光景を前に、オリバーは鉛が詰まったように重い体を動かし、何度もつんのめった末にようよう立ち上がる。

「……ありがとう、ねえさん……」

そう告げると同時に有無を言わさず従姉の腕を掴んで引き、オリバーは彼女と入れ替わりに父と対峙する。震える腕で杖剣を構える息子の姿に、男がこくりとうなずいた。

「そうだ、それでいい。まずはその苦痛を呑み込まねば何も始まらない。……これから先、数え切れないほど繰り返すのだからな」

むろん知っていた。それを拒む意思など、オリバーの中に一片もありはしない。

最初から誰に強いられたことでもない。父に命じられて行っている苦行では断じてない。彼は自らの意思で母の志を継ぎ、復讐を誓い、そのための力を母の魂に求めたのだ――。

「――GAAAAAAAAAAAAAAAAAAA！」

命を燃やして箒を駆り、自らの血で濡れた杖剣を手に繰り返し機械神へと襲いかかる少年。

その猛攻を凌ぎつつ、老爺はそこに言葉をぶつける。

「――喩えるなら、今のアナタは魂の合成獣です！　クロエ＝ハルフォードという規格外の魂を受け入れるために、自分の存在を根本から捻じ曲げている！」

「斬り断てオオオ！」

　耳障りな声に覆い被せるようにして、切断呪文の一閃が深々と腕の装甲を抉った。次こそは切り落としてやる——そう誓ってオリバーは箒で宙返りし、一直線に機械神と突き進む。

「それはもはや努力ではなく自傷と言うのが正しい！　彼女の魂を容れるために、彼女亡き後に凡俗の身でその強さを再現するために——君は己の肉体・霊体・魂の全てを、これまでに数え切れないほど打ち砕いてきているのでしょう⁉」

　思考の片隅でオリバーは認める。そうだ、そのようにしてきた。七人の仇に対抗しうる力を得るために、母の魂から力の一端を借り受けるために、凡俗の身で他に選びうる手段はなかった。それが自分という存在を致命的に捻じ曲げることだとしても。

「己を高めるために重ねる努力は紛れもなく尊いもの！　しかし、アナタが積み重ねてきたのは、己を否定するための拷問と虐待に他ならない！　それはひたすらに不毛で痛ましい！

　魂の変質は人格にも不可逆の影響を及ぼします！　その剣技を写し取るための代償として、アナタは寿命の他にも様々なものを捨ててきている！　元来アナタの本質であったものを！」

　老爺は執拗に迫る。お前が捨てて来たもの、その力を得るために炉にくべてきたものを直視しろと。嚙みしめたオリバーの奥歯がひび割れる。

「思い当たるのではありませんか！　かつての自分には出来たのに、今の自分にはどうしようもなく出来なくなってしまったこと！　胸の中心にぽっかりと空いた穴が！」

エンリコは言う、その穴を覗き込めと。そんな有様に成り果てる前の自分を思い出せと。無意味と知りながらもオリバーには抗えない。それは不可逆の変質を強いられた魂そのものの絶叫であり、決して拭い去れぬ未練として彼の中に在り続けるもの。

――参った、参った！　もう許してくれ！　腹がよじれる！

まったく、さすが私の息子だよ。ノルはほんとうに、人を笑わせるのが上手いなぁ――

「――ＧＡＡＡＡＡＡＡＡＡＡＡＡＡＡＡＡＡＡＡＡッッッ！」

枯れることを知らず零れ続ける血の涙。胸の穴をびょうびょうと吹き抜けていく極寒の風。今や憎悪すら救いだった。それを燃やして剣を振るう以外、もはや彼には暖を取る術がない。燃料にだけは困らない。なぜなら、オリバーには憎くて憎くて堪らない。目の前で嗤い続ける母の仇も。それと同じだけ、あの日から跡形もなく変わり果てた自分自身も――。

「――何より哀れなのは。

そこまでやっても、君では到底、クロエ君の代わりには成り得ないということです」

ふと静かな口調になってエンリコが言う。激情を煽る言葉よりも、それは何倍も残酷にオリバーの胸へ響く。

「自分でも分かっているのでしょう？　似ても似つかないと。無理に無理を重ねて剣技の一端を写し取ったところで——本物は断じて、そのような有り様ではなかった」

それが分かるのは、彼もまた本物を見て来ているから。クロエ＝ハルフォードが振るう剣の輝きを、無二の美しさを、忘れようもなく目に焼き付けてきているから。

その記憶と比べ見れば、真贋は悲しいほどに明らかだ。どれほど形が似通っていても、それを本人の魂から写し取っていても——目の前の少年が振るう剣は、決して彼女の剣と同じものではない。クロエ＝ハルフォードという光が地面に落とした、それは同じ形の影でしかない。

「異端を相手取っても、異界の『神』を敵に回しても。最後の夜にワタシたちとやり合った時でさえ——彼女は、どこまでも彼女でした。自分が感じるままに笑い、悲しみ、怒り、同情し、その表現としてのみ剣を振るっていた。どんな理にも魔にも呑まれることのない生き様の奔放さ、それこそクロエ＝ハルフォードのクロエ＝ハルフォードたる所以です。彼女の剣には常に『自由』がありました」

ああそうだ、とオリバーも認める。——他のどんな達人も持ち得なかった母の剣風は、疑いようもなく彼女の人格に由来していた。多くの魔法使いが真っ先にドブに捨ててしまうものを、彼女だけが奇蹟のように持ち続けていた。だから誰もが魅せられたのだ。彼女のようになりたいと焦がれ、憧れた。今なお自分がそうであるように。

「それはアナタの剣にもっとも欠けているもの。いえ、どう足掻いても決して得られないものです。なぜなら——クロエ君の魂を受け容れるために、アナタは数え切れないほどの自己否定を繰り返してきているから。

自分に自分であることを許さない。それは人間が陥る不自由の中でも最悪のもの。クロエ君の在り方からは最も遠いと知りなさい！」

深々と胸に突き立つエンリコの言葉の刃。もう黙れ、とオリバーは魂で叫ぶ。——分かり切っているのだ、そんなことは。指摘されるまでもなく、自分自身が誰よりも——！

「GAAAAAAAAAAAAAAAAAAAAA！」

上空で反転して斬り込もうとするオリバー。が、ターンの瞬間、その体がぐいと真下に引っ張られた。

「——っ⁉」

「——むぅ？」

予想外の力を受けて落下する少年の体。次の瞬間、箒競技の落下者をそうするように、二本の腕が彼をがっしりと受け止める。

「ウチの王さまを虐めるのはよしてよ、エンリコ先生」

気が付けば、自分を抱き留めたカーリーの顔がオリバーの目の前にあった。その腕の中で、オリバーはなおも戦闘の続行を求めて暴れ続ける。

「GA——A——！」

「はい、一息入れるよ。落ち着いて、落ち着いて」

組み付いて押さえ込みながらカーリーが少年を宥める。そうして間近で見下ろせば、彼の全身はひどい有り様だった。破れた血管から滲み出した血で赤く染まらない場所はなく、無理な動きを強いられた全身の骨はあちこちが骨折し、さらにそれらが急激な治癒によって歪に繋がっている。たった二分弱の戦闘で、少年の体はもはや崩壊の秒読みに入っていた。

「……キャハハハハ。これは失礼。ワタシとしたことが、少々熱くなりました」

その様子を見下ろしつつ、多少の自省を込めて呟くエンリコ。かつての教え子であるクロエ＝ハルフォードの残り香を前に、彼もまた冷静さを欠いていた。それを自覚した上で教師の口調に戻り、眼下の生徒たちへ向けて老爺は告げる。

「念のために言っておくと、降伏なら受け入れますよ。キンバリーへの反逆はこの世界で最も重い罪のひとつですが、ワタシから校長に取り成せば多少の手心は望めます。何人かは死なずに済むかもしれません。ここまでの皆さんの頑張りには報いたいですからねェ」

圧倒的な優位を背景に寛容さを示すエンリコ。それを聞いたカーリーが、満身創痍の君主へと耳元で問いかける。

「だってさ。……どうする、干さま」

最後に決めるのは彼だった。その問いを受けて――もはや幾度目とも知れず、オリバーの中で母の魂から受け継いだ記憶が蘇る。

「……他所（よそ）の神に縋ったほうが、よっぽどマシだ……」

男の口から嘲り混じりの声が漏れた。その体はあちこちが半透明の鉱石状に変異し、腕には石器じみた刃すら形成されていて——だが、それを振るうことはもはや叶わない。腰から下が無惨に打ち砕かれているから。

周りには原型すら留めない男の同胞たちの屍が散らばる。異界の神より授かった加護も潰え、立ち尽くすクロエの前で、その命の灯は今にも消えようとしていた。

「……何が魔法だ。何が魔法使いだ。お前らはただ——命を弄ぶ方法ばかり、狂ったように追い求めるだけじゃないか……」

クロエは押し黙った。事の経緯を振り返れば、その皮肉に対して返す言葉はない。

蘭国（ランシール）の魔法使いたちが行った呪術実験の失敗によって広範囲の地域が汚染され、短期間での解呪が不可能となり、それによって数千を超える棄民が生じた。厳重に隔離された地域で緩やかな死を待つばかりとなった彼らは、最後の手段として異界の神に助けを求め、異端となり——そんな彼らを「処分」するために異端狩りの出動が命じられた。目の前の男は、その最後の生き残りだった。

「……燃やせよ。……だが、それで何も終わらねぇぞ……何も……！」

男は最後に予言を残した。その正しさを、クロエは後に嫌というほど思い知る。

怨嗟の声と並んで、命乞いも数え切れないほど耳にした。どれほど強大な魔獣の咆哮よりも、それはクロエの心を打ちのめした。

「……見逃してください……」

家屋の地下に設けられた隠し部屋の中、枯れ木のように痩せ細った両腕に乳飲み子を抱えて震える女。その光景だけで、クロエにもおおよその事情は察せられた。——生活に困窮した者が、放浪の末に異端の集団へ流れ着くのは典型的なパターンのひとつ。

魔法社会では良くも悪くも魔道の探求が最優先の命題となるため、その他の俗事——例えば福祉などの優先順位は相対的に低くなるのが常だ。必然、普通人たちの貧困層はしばしば窮状を放置されることになり、異端の集団はそうした「見捨てられた人々」を吸収して勢力を拡大していく。

「……お願いします……この子は、この子だけは……！」

目に涙を浮かべて、赤子を抱えた女はクロエへと詰め寄り——瞬間、その背中に隠されていた三本目の腕が伸びて、先端に備えた鉤爪を真横に薙ぎ払った。

「……ッ……」

こうした不意打ちを避けるために、命乞いには一切耳を貸さないのが異端狩りの鉄則。狂ったように振り回される鉤爪から身を躱すクロエたち。それで包囲に生じた綻びを突いて、女が一目散に駆け出した。階段を駆け上って地上へと向かう。そこに最後の希望を見据えて。

「――焼いて浄めよ（イグニス）！」

続く瞬間に希望は断たれた。クロエの同僚のひとりが女の背中へ呪文を撃ち、たちまち全身を炎に包まれた親子が階段の途中に倒れ込む。赤子の泣き声がわんわんと響く中、我が子を固く抱きしめたまま女が身をよじり、炎の中から魔法使いたちを睨み返した。その両目にありったけの憎悪を宿して。

「――許さない……！　お前たちを――絶対に、許すものかァァァァ！」

断末魔の怨嗟がクロエの脳裏に刻まれる。忘れることも拭い去ることも出来ないその光景が。

「……まダ、奪い足りないのカ……」

焼け落ちていく自らの村を前に、瀕死のゴブリンの長老がそう呟く。――人権を持たない亜人種たちへの処置はさらに酷薄で、ひとたび「異端の疑いがある」とみなせば、事実の確認を待たず集落ごと焼き払うことさえ珍しくはなかった。クロエ自身はそうした慣習を激しく嫌っていたが、その気持ちとも異端の有無とも無関係に、彼女が赴く現場ではすでに殺し合いが始まっているのが常だった。

「……どこへ向かウ……？　……数え切れなイ命を燃やシ……屍の山の上に都を築いテ……」

クロエには答えられない。もはや彼女も気付いている。異端狩りとして戦い抜いた先にあるものが、更なる異端との戦いでしかないことに。

「……心まデ火にくべてシまえバ……後に何ガ、残るト……」

最後にそう言い残して息を引き取ったゴブリンを前に、こぶしを握りしめてクロエは思う。

——この戦いを終わらせるには、何かを根本的に変えねばならないのだと。

「——現場でさんざん殴り合って、ようやく分かったんだけどね」

景色が移り変わる。母の魂から受け取ったものではない、これはオリバー自身の記憶。

懐（なつ）かしい母の面影。どんな内容も軽やかに語る声が、その時だけはいつになく重かったのを憶（おぼ）えている。とても大切な話をされているのだと感じて、オリバーは真剣に耳を傾けた。

「異端（グノーシス）の連中にもさ、大切な人がいるんだ。私にとってのノルやエドと同じような、かけがえのない家族や友人が。あいつらが望んでるのは——突き詰めればただ、それが踏みにじられない世界ってだけでさ」

稀代（きたい）の異端狩り（グノーシスハンター）として名を馳（は）せた母の、それは思いがけない告白。一方で、この上なく彼女らしいともオリバーは思った。命懸けで殴り合うことで相手と理解を深め合う——それが昔から変わらないクロエ＝ハルフォードのコミュニケーションだったから。

「よそから神様を呼ぶのはそのための手段なんだ。決して目的じゃない。——私たちは最初に、そこを履き違えちゃいけなかった」

反省であり教訓でもあるその言葉を、オリバーは真剣に受け止めた。若く未熟な精神で、それでも正しく理解しようと努めていた。その努力を愛おしく眺めつつ、クロエは幼い息子をぎゅっと両腕に抱き締める。

「……ノル。とっておきの、世界を良くする魔法を教えてあげよう」

そうして耳元で告げる。そんな意図は微塵もなく、しかし結果として息子の人生を決定付けた言葉を。

「簡単なことだよ。私たち全員が少しずつ優しくなる。そうやって、この世界がちょっとだけ優しくなれば——それだけでもう、異端との戦いは終わるんだ」

もはや霞んで見えるほど幼き日。少年は確かに、その魔法を信じたのだ。

カーリーの腕を押しのけた瞬間、張り詰めていた糸が切れたように、オリバーの体が膝から崩れ落ちた。

両手を床に突き、そのまま滝のように吐血する。壊死して剝がれ落ちた肺の組織が入り混じる血反吐が、小ぶりの絨毯一枚分ほども少年の真下に広がった。

「ノル――！」

息を呑む同志たちの中でシャノンが絶叫した。治癒を続ければ相手の苦痛はいや増すが、打ち切ればもはや即死する。従弟に絶え間ない苦痛を与え続ける、それ以外の選択肢を最初から彼女は持っていない。

「……に……」

血反吐を出し切った口から零れる声。小さく微かなそれを、カーリーの耳だけが拾い上げる。

「……もう二度と……誰の心も、すり潰されないように……」

譫言のように言葉を紡ぐ。仇敵と己への憎悪に染まり切った心の奥底に、幾度となく打ち砕かれた魂の根本に、それでも変わらず残り続ける誓いを。

オリバーは思う。――数多の命を火にくべて、その熱を糧に突き進む。亜人種や普通人は元より、時には同じ魔法使いの、はたまた自らの命ですら例外はなく。それが魔法使いというものの拭い難い業だ。目の前の老翁が、そして自分自身がそうであるように。

魔法使いが営む世界において、命とは、目的達成の手段に過ぎない。

魔道の探求において、心とは、踏み躙られて当然のものでしかない。

だからこそ狂おしく夢想する。――世界がもう少しだけ、ほんのわずかでも優しければ。

母はあんな死に方をしなかったかもしれない。
父はあんなにも苦しまなかったかもしれない。
従姉は深く傷付かずにいられたかもしれない。
従兄は罪を負わずに済んだかもしれない。
アルヴィン＝ゴッドフレイは誰も「お迎え」することなく良き先輩でいられて、
カルロス＝ウィットロウは無二の親友として今も彼の隣に在り続け、
オフィーリア＝サルヴァドーリはそんな彼らと笑い合っていられたかもしれない。
……ひょっとしたら。今はもういない、人を笑わせるのが得意だった明るい少年も。
コメディアンの端くれとして、たくさんの人々を笑顔にして生きていたのだろうか。

分かっている。全ては夢想に過ぎない。喪われたものは戻らない。
だが、それでも。——それでも。
そんな世界のために、この命を使いたいと、心は願うのだ。

想いを口にする。かつて母が望んだままに。オリバーという人間が、それだけはただひとつ、
母から過たずに受け継ぐと誓った在り方のままに。
「……優しいものが……優しいままで、いられるように……！」

カーリーが目を細める。同志たちの手が、それぞれの杖剣をきつく握り締める。

この瞬間。命を捧げるに足る君主(ロード)の背中を、彼らはそこに認めた。

「……うん。

分かったよ、王さま」

そう言って、優しく肩を叩(たた)く。……少年が命を賭(と)して稼いだ二分の間に、彼女たちが取る行動もまた決まっていた。

背後に立つ仲間のひとり。同志の中でもいちばん付き合いが深い呪者へ、カーリーは背を向けたまま言い放つ。

「ロベール。先に行って、」

ひどく端的で素っ気ない言葉。その意図を正しく受け取ったロベールが苦笑を浮かべる。

「も、もう少し、イ、言い様はないのかな。仮にも、お、夫に対して」

「うるせー、文句言うな根暗。この腹から三人産んでやったろ」

身も蓋もない応答が返る。それを耳にしたロベールがふっと微笑(ほほえ)み、

「ああ。──本当に、感謝してるよ」

あるいは、彼の人生で初めて。言葉につかえることなく、己の気持ちを口にできた。

幾人かの同志たちと共に前へ進み出るロベール。その意図を察したグウィンが声を上げかけ、

「後は任せた。隙、作るからさ」

彼の言葉に被せて、ごく軽い調子でカーリーがそう告げた。少しの間を置いて、オリバーに向かって付け加える。

「……末の子の出来が悪くてさ。魔法使いとして生きるには、ちょっとキツそうなんだよね」

少年は無言でそれを聞く。一字一句忘れぬよう記憶に刻み付ける。遺言であると分かっているから。

「あの子が幸せに生きられる世界にしてくれると、私たちは嬉しいかな」

オリバーは力強くうなずいた。自分に実行できる唯一で最大の誠意として。その返事を受けたカーリーがふっと微笑み、

「色々辛く当たってゴメンね。――ばいばい、王さま」

そう告げて、目の前の夫に最後の目配せをした。それを受けたロベールたち六人が機械神へと一直線に走り出す。

何の勝算も見て取れないその行動を、遙か高みの操縦席で、エンリコが露骨に訝しんだ。

「ううん？　……破れかぶれの特攻ですか？」

脚の関節部を狙った呪文がロベールたちの杖剣から放たれる。何の脅威にもなり得ないそれらの抵抗を眺めて、エンリコは降伏を選ばなかった敵の判断を残念に思う。

「感心しませんねェ。命を粗末にするのは！」

上空から振り下ろした巨大な掌が、ロベールら六人の体を一息に押し潰した。その光景を前にオリバーが息を呑み——しかし、カーリーだけが不敵に微笑む。

「——粗末にはしてないよ。ひとりたりとも」

そう口にした彼女の視線の先で、ロベールたちを押し潰した巨大な掌がぶるりと振動した。その震えが手首を伝い、徐々に腕のほうへと伝播していく。怪訝に思って腕を持ち上げようとしたエンリコが、すでにそれが出来ないことに気付いて目を見開いた。

「ねぇロベール。——呪者は、死ぬ時が本番だもんね」

続く瞬間、機械神の右腕が自らの頭部へと向かって振るわれた。ぶつかり合う剛鉄の装甲。衝撃を受けて盛大に揺さぶられる操縦席の中で、エンリコは自らが陥った状況を直感する。

「こ……これはッ……！」

ロベールを始め、たったいま殺された六人は全員が呪者。かのバルディア＝ムウェジカミィリには及ばないまでも、彼らもまた相応の呪詛を貯め込んでいる。よって呪詛保存則に基づき、彼らが保有していた呪いの全てが機械神へと流れ込む。

もとより燃料にされた命たちの呪詛によって駆動する機械仕掛けの神である。新たに流れ込んだ大量の呪いは最初から内部にあった呪詛と合流し、それらは生前のロベールたちの明確な意思によって方向付けられる。即ち——憎い相手を呪い殺せ、と。

「むぅぅぅぅッ！」

結果、右腕一本の操縦は完全に奪われた。自らの腕に繰り返し打撃を受ける機械神の操縦席。自由になる左腕で押さえ付けにかかるが、それに先んじて右の掌（てのひら）が頭部を握り締め、先だって翼竜たちを焼き尽くした紫色の光をそこから射出する。

「むぉぉおおお！」

じゅうじゅうと溶け始める機械神の頭部。ついには操縦席の内部まで熱されていき、エンリコは操作の権限が残る左腕で必死にそれを止めに掛かった。手首を掴（つか）んで力ずくで引き剝がす。なおも暴れ続ける右腕をそのまま全力で押さえ付け、

「さすが、私の旦那だ」

両手が塞がったその隙を突いて、箒（ほうき）で飛んだカーリーと同志ふたりが操縦席の真上に降り立った。打撃によってひしゃげ、さらに光で溶けた頭部の装甲。そこへ杖剣（じょうけん）を向けて、彼女らは一瞬の躊躇（ちゅうちょ）もなく口を開き、

「「「**爆ぜ抜き砕き（マグヌス）　穿ち貫け（フラルゴ）　幾重の壁も（ウルティマータ）　この命もて（オムネスヴィテ）**」」」

限界を超えた四節の魔法行使を経て、その場で体ごと炸裂した。絶命の瞬間まで誰ひとり手放さなかった呪文制御によって衝撃は一点に収束。すでに度重なる損傷を受けていた操縦席の装甲が、それでさらに深々と抉（えぐ）られる。

「キャ——キャハハハハ、惜しい！　その程度で操縦席の装甲は——」

なおも残る防壁を誇るエンリコ。続く刹那、その視界に、赤黒く染まったローブの裾が翻る。

「——斬り断て」

最後に残った頭部の装甲を、剛鉄斬りの切断呪文が三角形に斬り破った。それで左腕を肩口から切断されながら、エンリコはとっさに緊急脱出装置を起動。座席ごと空中に飛び出し、減速呪文を用いて地上へと着地する。

「……お見事」

テレサに斬られた脇腹と、たった今オリバーに斬られた左腕。ふたつの傷口からぼたぼたと血を流しながら老爺が呟く。その背後で、機械神の巨体が轟音と共にくずおれた。

「AAAAAAAAAAAAAッ！」

息つく間も与えず、少年が箒を駆って空中から襲いかかる。生き残りの同志たちも即座にそこへ駆けつけた。矢継ぎ早の呪文攻撃を辛うじて凌ぎながら、もはやその身を守るゴーレムの一体もなく、エンリコは口元に苦笑を浮かべる。

「逃げ場なし、ですね。キャハハハ、当然ですか——」

全ての異端は、その存在を認知された瞬間から、魔法使いたちにとって最優先の抹殺対象となる。

故に彼らが生き延びるための大前提は、まずもって自分が異端であると魔法使いたちに見抜かれないこと。すなわち自らの信仰の秘匿にこそある。

だが、それも言うほど簡単なことではない。異界の神々は自らの信徒となった者に様々な恩(おん)寵(ちょう)を授けるが、その代償として例外なく厳しい誓約(オウス)を課す。信徒で在り続けるためには、生活の中で定められた行動を貫かねばならない。その性質は信仰の対象となる「神」によって様々であるが――共通して言えるのは、その気配を完全に隠すことの難しさだ。

例えば、庭にしばしば見覚えのない木が生えている。

例えば、住人の食生活に不可解な偏りがある。

例えば、深夜から明け方にかけて定期的な会合が開かれる。

最初から注意して目を配っていれば。見て取れる兆候は、確かにあったのかもしれない。

「……ん……？」

少年が最初に目にした異変は、箒に乗って目指す方角から上がる真っ黒な煙だった。

初めは、農夫たちが野焼きでもしているのだろうと考えた。だが、町との距離が近付くにつれてその想像は否定された。余りに煙が多すぎるのだ。野焼き程度であぁは立ち上らない。

もしかしたら火事なのか。その危惧に及んで、少年は箒を一気に加速した。秋が過ぎ去り、つい先日に初雪が降ったばかりの時期である。速度を上げるほどに、凍て付いた空気に晒された顔の肌がびりびりと痛んだ。真っ白な呼気が口から零れて白くたなびく。

普通人たちは火の扱いが不器用だから――と彼は心配する。魔法が使えないから消火もままならないし、少し煙に巻かれただけですぐ死んでしまったりする。ノエミのことが心配だった。もし本当に火事であれば、万一にも彼女が巻き込まれていたら、自分が助けに入らなければ。

ただの火事であればまだ良かった。

彼が上空に着いた時、町並みは八割がた燃えていた。

「……え……？」

目の前の光景に理解が追い付かず、少年は数秒呆然とした。

町のあらゆる場所から、数え切れないほどの火の手が上がっていた。炎の赤光と黒煙が混じり合って視界を覆い、その隙間から怒号と悲鳴と、時おり人影のようなものが動くのが見えた。町の中心に寄るほど火の手は強くなり、すでに建物の半数は崩落していた。

それは断じて、火事の光景などでは有り得なかった。空気が乾燥する冬は火災も起こりやすくなるもので、そうなった際に延焼を防ぐための仕組みというものがまともな町には必ずある。この町がまともであったかどうかはさておき、一定以上の幅を持つ道はじゅうぶんに防火帯として働くはずであり、何より火の手が上がった時点で住人たちが何もしないはずがない。間に合えば散水で、それでも駄目なら家屋の打ち壊しで、ここまでの惨状に至る前に歯止めはかかるはずだ。

そうした対処が一切行われなかった理由を、この時の少年には想像することも出来なかった。全ては後になってから分かったことだ——この町の住人の大半が異端であったことも、公に出来ない信仰の是非を巡って内部で対立があったことも。棄教を主張する住民の一部が過激な行動に及び、彼らの手によって町の多くの場所に点在する「神木」へ次々と火が放たれたことも。それを発端に住人たちが真っ二つに分かれて争いを始めたことも。そして——その行為の結果、文字通りの「神罰」が彼らに下ったことも。

「——ぁ——わぁあああああッ！」

我に返った少年が箒のピッチを下げて急下降する。これまでとは一転した熱気が全身を炙るが、そんなことは気にもならない。息を止めて煙を突っ切り、少女の一家が住まうはずの建物へ飛んでいく。

「ノエミ、どこ⁉ 中にいるの⁉ 聞こえたら返事してッ！」

そこにも火の手は及んでいたが、少なくともまだ焼け落ちてはいなかった。三階建ての周りをぐるぐると回って飛び、繰り返し呼びかけながら、少年は目と耳を皿にして少女の気配をそこに探る。やがて耳がかすかな声を捉え、

「そこかッ！」

その方向にすぐさま見当を付けて、少年は三階の窓のひとつへ突っ込んだ。鎧戸をぶち破って中へ侵入し、壁にぶつかる前に自ら箒を手放してごろごろと床を転がる。置かれていた家具や丁度に全身のあちこちをぶつけたが、今はその痛みも気にならない。すぐに立ち上がって周囲を見回し、荒々しい物音を聞きつけて隣の部屋へ。はたして探して求める相手はそこにいた。壁を背に立ち尽くしていたノエミが、現れた少年の姿に目を見開く。

「ノエミ、大丈夫⁉ 怪我は……」

「来ちゃだめ、エンリコ！ 逃げてッ！」

彼女がずっと叫んでいた言葉を、そこで少年は初めて正しく聞き取った。切迫した声の響きに押されて一瞬足を止めた彼、その眼前を重い一撃が風を切って通り過ぎる。少年はぎょっとして数歩後ずさり、そこからたったいま自分に襲い掛かったモノの姿を目にした。根とも蔦とも付かない植物が密に絡み合った奇妙な塊。それが歪な人型を成してそこに立っている。

「わぁッ⁉ な……なんだお前⁉ 魔獣か⁉ 一体どこから――！」

身の危険を感じて、少年は手にしていた白杖（はくじょう）の先端をそれに向ける。

「来るなッ！　き、来たら撃つぞ！」

威嚇を込めて叫ぶ彼だったが、「それ」は向けられた杖（つえ）を意に介さず動き続ける。こん棒じみた太さの蔦（つた）の塊を振り上げられるに及んで、少年も躊躇（ためら）っている場合ではなくなった。

「くそッ——火炎盛りて（フランマ）！」

後方へ跳んで打撃を避け、同時に呪文を撃ち放つ。自分でも驚くほどの火勢で炎が放たれ、人間の大人ほどの「それ」は一瞬にして火に包まれた。悲鳴を上げることも苦しみもがくこともないまま全身が炭化していき、「それ」はやがて前のめりに倒れ込んで動かなくなる。完全に動かなくなったのを確認して、少年が額の汗を拭った。そうして少女へ向き直る。

「……逃げようノエミ！　ぼくの箒（ほうき）の後ろに乗って！　大丈夫、あれから少しは上手（うま）くなったから——」

「お、父、さ、んっ！」

被（かぶ）さって響いた少女の言葉に、彼は凍り付いた。

「…………え？」

硬直する少年の足元。そこに残された人間大の消し炭に、ノエミは一直線に駆け寄った。今なお赤熱しているそれに躊躇（ちゅうちょ）なく手を伸ばし——触れた部分が、ぼろりと灰になって崩れ落ちる。それでぴたりと動きを止めて、数秒の沈黙の後、ゆっくりと少年に顔を向ける。

「……お父さん……燃えちゃった……」

引きつった泣き笑いの表情がそこにあった。悲しいから、笑おうとした、その結果だった。涙のしずくが頰を伝ってぽたぽたと零れ、灰に落ち、じゅっと音を立てて蒸発する。

呼吸すら止めて少年は立ち尽くし、その一方で、状況に少しずつ理解が追い付きつつあった。たったいま自分が何をしたのか、何を焼いてしまったのか。答えを出してしまいそうになる思考を強引に打ち切った。それを分かってはならないと本能が訴えていた。

「――に、逃げない、と」

だから、それだけを繰り返した。他に何ひとつ言えることはなかった。

そんな彼と無言で顔を見合わせていた少女が、突然、ぐっと胸を押さえてうずくまる。

「……か……ア……ッ……！」

「ノエミ⁉ どうしたの、ノエミ！ どこか怪我を――」

焦りに駆られて相手に手を伸ばした少年。続く瞬間、その上半身が大きくのけ反った。

「…………？」

何が起きたのかとっさに分からず、ただ鼻が熱いとだけ少年は感じた。すぐに生温かいものが口に流れてきて、それに触れた舌先から鉄の味が広がる。反射的に手の甲で顔を拭うと、そこに真っ赤な血がべっとり付いた。

「……逃げて……エンリコ……」

顔を殴られたのだと。それを遅れて理解した少年の前で、ひどくぎこちない動きでノエミが立ち上がる。手足を奇妙な角度に曲げて、まるで不慣れな人形師に糸で操られているように。

「……違う……わたしじゃないの……。……体、かってに動くの……！」

そう叫んだノエミの体に、少年は決定的な異常を見て取る。皮膚と衣服を突き破って生え伸びた無数の木の根のようなものが、彼女の全身を急速に包み込みつつあった。まだ密度は低い。だが、その有り様は、ついさっき彼が燃やしたものと余りにも似通っていた。

少年は即座に理解した。——何かに寄生されている。

「——い——」

視界が狭まる。冷たい汗が背筋を伝い、手足の感覚が遠くなる。叫び出したくなる衝動を辛(かろ)うじて堪えながら、人間ではない何かに変わりつつあるノエミを前に、少年は切れ切れの声で告げる。

「——いま、助ける。いま助けるから。すぐに——すぐに、方法を考える、から」

「……エン、リコ……」

「絶対に思い付くからッ！　ぼくは魔法使いだよ、このくらい杖(つえ)の一振りだッ！」

自分の中の弱音を打ち消すように叫んで、少年は再び白杖(はくじょう)を構えた。おぼつかない足取りで近付いてくるノエミを見据えて思考を巡らせる。——ともかく、まずは身動きを封じなければ始まらない。

「ごめん、眠らせる！　**眠りに落ちよ**（アルトムソムナム）！」

謝罪を前置きし、頭を狙って魔法を放つ。痛みも傷も最小限に留（とど）めるための麻酔呪文。回避の素振りすらなくそれが直撃し——しかし、次の瞬間には少女の足が地を蹴っていた。意表を突かれながらも、少年が飛び掛かりを危うく横に躱（かわ）す。

「——効かない!?　な、なら——**芯まで痺れよ**（インペディエンドム）！」

すぐさま麻痺（まひ）呪文に切り替えた。今度の魔法はまっすぐ胸の中心に直撃し、少女の体がわずかに揺れる。が——倒れない。変わらぬ足取りで自分に向かってくる相手の様子に、少年の中で焦（あせ）りが膨れ上がる。

「……なんで……なんで効かないんだよ。なんで、なんで……！」

そこからも、少年は思い付く限りの無力化手段を片っ端から試した。気絶させる方針がことごとく失敗に終わると、もはや穏便な手立てばかりに頼ってはいられず、白杖（はくじょう）を杖剣（じょうけん）に持ち替えて強硬策に打って出た。電撃呪文や凍結呪文で手足を攻撃し、動きが鈍ったところで近付いて体表面の根っこを切り払った。急所を外して体内に刃を刺し込み、そのまま呪文を唱えた。免疫作用の強化を狙って治癒呪文を試した。相手に苦痛を強いる手段を含めて、無我夢中でありとあらゆることをした。

「……して……」

その全てが実を結ばずに終わり、もはや次の試みが思いつかずに立ち尽くす少年の前で、ノエミが消え入るような声を上げる。彼がその口元へ目を向けると、少女は同じ言葉を繰り返す。

「……燃やして、エンリコ……」

それを耳にした瞬間、少年は、冷たい手で心臓を鷲掴みにされたようだった。

「……なに、言って……」

「……お願い……もう、ダメなの……」

掠れた声で懇願が続く。その言葉を紡ぐ口さえ、彼女は動かす権利を奪われかけている。

「……体だけじゃ、ない……わたし……考えることも、もう、おかしくなってる……キミに、何かを植え付けたくて、仕方がなくて……その衝動が、さっきからずっと、強く……わたしの気持ち、どんどん端っこに、追いやられてる……」

異形の根による侵食は、すでにノエミの心にまで及ぼうとしていた。こうして言葉を交わせる時間すら残り少ない。それを自分自身で予感した上で、彼女は切実に願う。

「……燃やして……お父さんと同じに……出来る、よね……魔法使いなら……」

少年がぶんぶんと首を横に振って激しい拒絶を示す。その頼みだけは聞けないと示すように。

「……お願い……エンリコ、お願い……」

そう口にした瞬間、凍結呪文で凍り付いていた少女の右腕が有り得ない方向に曲がった。両足も同様に、みしみしと嫌な音を立てながら動き始める。体内に張り巡らされた根が強引に体を動かしているのだ。悲痛な面持ちで杖剣を構える少年に、ノエミは絞り出すように伝える。

「……なりたく、ないの、わたし……。……笑えない、モノには……」

「――――ッ！」

それを聞いた瞬間、絶望と共に少年は実感した。――ノエミの心は、人格は、今まさに消えようとしているのだと。その結末から彼女を救う手立てを、どうしようもなく自分は持ち合わせないのだと。

出来ることは、看取るだけ。彼女の最期の願いを聞き届けてやることだけ。

彼女がまだ、人であるうちに。

「……ありがとう……」

長い苦悩の末に。他のあらゆる選択肢を失った少年が、震える手で向けた杖剣の切っ先を――ノエミは、感謝でもって受け入れた。

「……ひとつだけ、約束……」

「……なに……？」

相手の顔を直視できず、うつむいた姿勢のまま少年が尋ねる。その足元にぽたぽたと落ちる涙の粒を見つめながら、ノエミは最後の力で口の両端を上げる。

「……顔、上げて……」

求められるまま、涙でぐしゃぐしゃの顔を持ち上げ――少年はそこに、紛れもないノエミの笑顔を見て取った。彼がいつも求めて町を訪れた、見るたびに彼の心を温かいもので満たした、

その、

「……笑って生きてね、エンリコ……わたしの分まで……」

彼はうなずいた。泣き虫の少年は、その瞬間に死んだ。

「——焼いて浄めよ(イグニス)」

葬送の炎が奔(はし)り、少女の体を・息に包み込んだ。そうして全てが燃えた。彼女の体を蝕(むしば)むのも、苦痛も、笑顔も。少年と共に過ごした温かい日々も。

十秒と経(た)たずに全身が崩れ落ちた。だがその後も、ノエミの亡骸(なきがら)は同じ場所で激しく燃え続けた。強い熱気が少年の顔を炙(あぶ)る。その熱と輝きに惹(ひ)かれて、彼はそちらへ歩み寄った。

「……あ……」

目が離せなかった。どうしようもなく美しかった。ノエミの命が燃える様は。

少年は思う。——こんなにも綺麗(きれい)に燃えるのは、きっと彼女が心の美しい人だったから。こんなにも胸に染(し)み入(い)るように熱いのは、きっと彼女があんなにも温かい人だったから。

そうして気付いてしまう。——ああ、なんて、なんて皮肉だろう。

こ、ん、な、に、素、晴、ら、し、く、燃、え、る、も、の、が、こ、ん、な、に、も、身、近、に、あ、っ、た、な、ん、て。

「……ハ……ハ、ハ……」

これならきっと、何でも動く。どんな大きなものでも、命を燃やす力なら動かせる。

誓おう。その時が来たら、自分は躊躇わない。二度と泣いて拒んだりしない。

だって——いちばん大切なものはもう、この手で燃やした後なのだから。

どんな薪も笑顔で火にくべよう。彼女の分まで笑って生きると、そう約束したのだから。

「……キャハハ……キャハハハハハ……。

——キャハハハハハハハハハハハハハハハハ！」

思うのだ。この胸の内で、あの日の炎はずっと燃え続けているのだと。

「——キャハハハハハハァッ！」

老爺の杖剣が閃き、間合いの内にいた三人の同志が首から血を噴いて倒れ伏した。その瞬間すら狙って追撃の呪文が殺到するが、エンリコは腕一本を失った体で全てを躱しきる。あまつさえ回避中の応射でまたひとりを仕留めてのけた。とっさに攻めあぐねる同志たち。肩と脇腹の二か所に深手を負いながら、老爺の動きは衰えるどころか土壇場の冴えを増している。

「今なら討てると思いますか!?　ゴーレムと片腕を失ったワタシなら斃せると!?　キャハハハハッ！　甘いですね甘いですよ甘ァァアい！　それはこのエンリコ＝フォルギエーリをキャンディーよりも舐め過ぎているッ！」

叩き付けるように言ってのけるエンリコ。戦いの間にフレームの歪んだ丸眼鏡が床に落ち、剥き出しの両目が爛々と輝く。決して燃え尽きぬ炎をそこに宿して。

「大丈夫だよノエミ！　こんなのぜんぜん平気さ！　だって君が教えてくれた！　キャンディーは笑顔！　笑顔は無敵！　だからぼくは、誰にも負けない——！」

いささかも衰えぬ老爺の気迫。その圧を前に、是非もなくオリバーも認める。——この男は強い。ゴーレムを失い、片腕を失い、魔力と血を大量に失い、魔道建築者としてのアドバンテージを悉く失ってもなお強い。才能よりも技術よりも、窮地に及んで揺るがぬその在り方が何より凄まじい。極限まで煮詰まった今の局面に及んですら、この相手は自分が負けるなどとは露ほども考えていない。

これがエンリコ＝フォルギエーリ。一代にて魔道工学の歴史を百年進めたと謳われる大魔法使い。感銘にも似た畏怖がオリバーの腹の底から湧き上がる。小柄な体に天を衝いて聳える壁を幻視する。

「——否」

だが——それでも。

距離が縮まる。間合いが迫る。ゴーレムに乗っている間は断固として寄せ付けなかった剣の間合いで、今のエンリコは同志たちと真っ向から鎬を削り合っている。オリバーもその場所へ。空中から呪文で攻めると見せかけて箒から飛び降り、着地と同時に地を蹴って直進する。

「キャハハハァ！　来ますか、紛い物の剣で！」

その接近を見て取ったエンリコが、満を持しての中段で待ち構える。迎え撃って斬り伏せる、それ以外の意図は何ひとつない。己が積み上げてきたものに絶対の自信を持つが故に。

激突を前に、オリバーの杖剣がわずかに切っ先を持ち上げる。最後の踏み込みと同時に互いの間合いが一足一杖に突入する。どちらかが斬られる未来がすぐ先にある。

——老爺の誤算は、そこにただひとつ。

借り物でも、預かり物でも。偽物でも紛い物でも。たとえ本物には似ても似つかずとも。

今この距離において、「絶対」を持つのは少年のほうである。

「——ッ——」

あらゆる未来が目の前に並ぶ。ひとつの結末を選び取る。時間軸の激流が少年を押し流す。

数え切れない敗着の可能性を退けて、彼が摑んだ一本の糸。

贖い切れない犠牲を積み重ねて、彼が歩んだ血塗れの道。

その行き着く先で。目指し続けた場所で。誰ひとり欠けていても辿り着けなかった現在で。

——第四魔剣・『奈落を渡る糸』

万にひとつの太刀筋が。全ての壁を打ち破り、老爺(ろうや)の心臓を貫いた。

「——キャ、ハ」

笑い声が途切れる。エンリコの腕から力が抜け、指の間を杖剣(じょうけん)が滑り落ちる。

床に落ちて高い音を響かせたそれが、ひどくささやかに、長い死闘の決着を告げる。

戦いが終わり。翼竜たちも逃げ去ったまま戻らず、いっときの静寂が降りる第五層の谷間。

「……構造の脆弱(ぜいじゃく)性を、突かれましたねェ……」

オリバーの見下ろす先で。地面に仰向けで横たわったエンリコが、ぽつりとそう呟(つぶや)いた。

「機械仕掛けの神(デウス・エクス・マキナ)の設計に当たって……確かに、呪詛(じゅそ)による侵食への対策はおざなりでした。あれはあくまで異界の神と戦うための兵器で、ヒトの魔法使いとの戦闘に用いる予定はありませんでしたから。……せめて魔力充填率がじゅうぶんであれば、操作の奪取も防げたのでしょうが……」

「…………」

「……とはいえ、それを言い訳にはできません。燃料に呪詛(じゅそ)を用いることのリスクは最初から分かり切っていたのですから。そこを突かれたのはワタシの油断であって、弱点を見抜いて的確に利用したMr．(ミスター)ロベールたちの戦術こそ見事と言う他にない。いやはや……本当に、大した生徒たちです」

死んでいった生徒たちへの賞賛を口にするエンリコ。そこにオリバーが言葉を挟む。

「……他に、言うことは？」

温度のない声で確認する。残った片手で懐から棒付きキャンディーを取り出して、エンリコはそれを相手に差し出す。

「……甘ぁいキャンディーは、いかがですか？　勝利のお祝いに……」

差し出されたキャンディーを一瞬で叩き落とし、オリバーは瀕死の仇敵へ杖剣を向けた。

**「圧され潰れろ」**

そうして拷問が始まった。老爺を苛む埒外の激痛、かつて少年の母を襲ったものと同じ苦しみ。だが——それを受けてなお、老爺の口からはけたたましい狂笑が弾ける。

「キャ——キャハハハハ！　キャハハハハハハハ！」

「……笑うな。……笑うな、笑うな、笑うなッ！」

止まぬ笑いに怒りを爆発させ、オリバーは被っていた仮面を打ち捨てる。初めてその正体を目にしたエンリコが目を細める。

「……Mr.　ホーン。そうですか、君でしたか」

なおも激痛呪文を重ねようとするオリバー。その体をグウィンが羽交い絞めにして止めた。

「呪文を使うな！　やるなら俺が代わる……！」

「放せ、従兄さんッ！」

即座に制止を振り払おうとするオリバー。グウィンの声が一転して懇願の色を帯びる。

「頼む、ノル。……もう限界だ。お前も、シャノンも……！」

「……っ⁉」

それを聞いた瞬間、ハッとしてオリバーが背後を振り向く。白杖を右手に構えたまま、涙で顔をぐしゃぐしゃにしたシャノンがそこに立っていた。そう——少年が壊れかけの体で魔法行使を続ける限り、彼女もまた否応なく、治癒の継続によって従弟を苦しめ続けるしかない。

為す術なく立ち尽くすオリバー。その顔を下から見つめて、エンリコがぽつりと尋ねる。

「……血縁ですか？　クロエ君とは……」

「……母、だ」

こぶしを握りしめ、絞り出すようにオリバーが告げる。答えを聞いた老爺が寂しげに笑う。

「そうでしたか。……やはり、似ていませんねェ。悲しいほどに」

「……ッ……！」

とっさに何も言い返せず、少年は奥歯を噛みしめた。相手のそれは挑発ですらなく、率直に印象を述べているだけだと分かったから。自分自身がいちばん知っていることだったから。

彼の右手を押さえつつ、グウィンが一歩前に出た。そうして満身創痍の従弟に代わってエンリコへ杖剣を向ける。数秒の沈黙を経て、オリバーは辛うじてその思い遣りを受け容れた。

「この質問がそのままあなたの余命だ。……なぜ、母にあんな仕打ちをした？」

そうして、最後に尋ねると決めていたことを口にする。エンリコの口元に苦笑が浮かぶ。

「今さら訊きますか、それを。……アナタの立場なら、まさか知らないわけではないでしょう？　この世界に対して、彼女が何をしようとしたか」

　ひとまずは予想通りの答えが返った。少年はぎり、と奥歯を噛みしめる。

「そんなにも目障りだったか。母が、祖種との約束を果たそうとしたことが。……あなたたちが認める『ヒト』だけでなく、それ以外の亜人種や異端たちまでも救おうとしたことが」

「いいえ？　彼女らしい話だと思いましたよ。そうしないクロエ君のほうが思い浮かびません。ただ、ワタシたちとは意見が逆でした。すり合わせが不可能なほどに。そして彼女は偉大でした――世界を変えてしまいかねないほどに。……殺したのは、ただそれだけの理由です」

　淀みなく語るエンリコ。その内容に、しかしオリバーは激しく首を横に振ってみせる。

「……百歩……いや、一千歩譲って！」

「……ふむ？」

「思想の対立が致命的な段階に達したために、先手を打って母を裏切り殺した！　――そこまでなら、事の経緯として理解できる部分はなくもない！　断じて納得はできずとも、辛うじて理解までは……！」

　今日までに少年は繰り返し考えた。どんな因果が母をあんな目に遭わせたのか、少しでも筋が通る理由を求めて情報を漁り尽くした。そうしなければ憎悪で心が焦げ付くばかりだったから。だが――どれほど事の詳細を調べて、仇敵たちの立場や思想を知悉しても、ひとつの事実が厳然と残り続ける。

「だが――それなら、なぜ彼女を痛めつけた⁉　どうしてただ殺すに留めず、七人がかりで母に拷問の限りを尽くして魂までも奪った！　そんな仕打ちに一体どんな道理があるッ！」

オリバーは吼える。ただ殺されたのではない、母は責め殺されたのだ。もっとも信頼していた友人に背後から胸を貫かれ、何の抵抗も出来なくなった状態でありとあらゆる苦痛を与えられた。彼はその全てを知っている。魂魄融合によって流れ込んだクロエ＝ハルフォードの記憶と経験は決して完全ではない。しかしその中に、彼女の末期の苦しみは確とある。

少年の激情の奥に、エンリコはその本質を透かし見る。もはや避けられぬ死を前にしても揺るがない、冷静な観察者の目でもって。

「なるほど、それがアナタの憎悪の核ですか。……母親を殺されたことではなく、彼女の人格を踏み躙られたことが」

「答えろッ！　……それがなければ、俺は今より少しはマシな有様だった！　こんなにも醜い形で母の剣を汚すことはなかった！」

否応なくオリバーは思い出す。かつて母は言っていた――理不尽を前に怒るのはいい。でも、憎むのは程々に留めなさい、と。それはいずれ自分自身を蝕む毒になるから。誰かを赦すのは、何よりも自分の心を救うためなのだから、と。

「出来たかもしれないんだ。――ひょっとしたら最後には、あなたたちを赦すことだって……！」

堪え切れなかった涙が少年の頬を伝う。——母の無念を想い、その尊厳を踏み躙った魔人たちを憎むほどに、自分の生き方は母に望まれた形からかけ離れていく。母の魂から写し取った剣風を憎悪で汚すその冒瀆、その罪深さを、とうの昔に自分自身が誰よりも知っている。

それでも、遂げると決めた。本当なら彼女が紡ぐはずだった未来のために、進み続けると決めたのだ。

「……自分が嫌いなのですねェ。アナタは……」

エンリコもまた見て取る。母への敬愛、仇敵への憎悪、己への絶望、責務の重圧——それらの間で壮絶な軋みを上げる少年の心を。数え切れないほどの葛藤と矛盾を背負った、今なお砕け散っていないことが奇蹟とすら思える有り様を。

なんと皮肉な強さだろう、と老爺は思う。この少年が魂魄融合の苦痛に耐えられる理由のひとつが、彼自身の果てしない自己憎悪にあると分かるから。自分が否定されることを、繰り返し打ち砕かれることを、少年は当然の罰として自ら望んですらいる。

「答えてあげたいのは山々ですが、残念ながら不可能です。別に勿体ぶるのではなく——ワタシにはその持ち合わせがありません」

そう口にする老爺の顔を、オリバーの両目が射殺さんばかりに睨みつける。それでも口調を乱すことはなく、エンリコは淡々と語り続ける。

「クロエ君へのあの仕打ちは、ワタシたちにとって一種の踏み絵でした。彼女という明星を地に落とし、冒瀆し、踏み躙る。その罪業を以て結束の証としたのです。

魔法使いでも罪を感じることはあります。偉大な魂を火にくべる時などは特に。その人物が成したであろう偉業、紡いだであろう輝ける未来が、喪われた可能性として肩に圧し掛かるからです」

「…………」

「その喪失を埋め合わせるだけの成果を上げること。つまりはそれが、魔法使いに課せられる責任と言えるでしょう。……そんなものが決して存在し得ないとしても」

かすかなため息が老爺の口から零れた。相手の返答を吟味した上で、オリバーは重ねて問いかける。

「……手段や趣向としての拷問ではなく、体験の共有そのものが目的だったというのか？」

「あくまでワタシの認識としては、です。他の面々に訊けばまったく別の答えが返るでしょう。さすがのワタシでも窺い知れませんよ、あの時の彼らの内心までは」

肩をすくめて言いながら、エンリコはじっと少年を見つめ返す。

「しかし——アナタが求める答えは、そんな曖昧なものではないのでしょうね」

「…………」

「なら、その問いを向ける相手はワタシではありません。——エスメラルダ君に尋ねなさい。クロエ君を拷問にかけて魂を奪う、最初にそれを持ちかけたのは彼女です。その理由を知るのもまた、この世で彼女のみでしょう」

答えの所在をそう示しつつ、その内容に、老爺は自分で苦笑する。

「キャハハハハ……もっとも、さぞや骨でしょうね。今の彼女から本心を聞き出すのは……」

これ以上訊いても返るものはない。それを察した少年が右手の杖剣を相手に突き付ける。どのみち呼吸の弱り方からして、もはや相手の余命は秒読みに入っていた。

「終わりにしますか。……では、最後に助言をひとつ」

「好きに喋らせると思うのか」

「聞いておきなさい。アナタ自身のために」

ふいに強い口調でそう告げる。その眼差しに看過できない何かを感じて、オリバーは少しだけ止めを先送りにする。

「とうに分かっていると思いますが。キンバリーの魔女へ挑むということは、今や魔法界全体への反逆を意味します。いえ――それはもはや、この世界の仕組みそのものへの挑戦に等しい」

「…………」

「クロエ君なら、あるいは成せたかもしれない。それは否定しません。だからこそワタシたちは彼女を恐れました。

しかし――よもやアナタに、同じことが出来ると？」

オリバーは押し黙る。その沈黙へ向けて、老爺は静かに喩えを口にする。

「ありふれた陶の器と、最上の名器から溶かした黄金の半分。それらがここにあるとします。アナタは金槌を振るって陶器を砕き、その欠片を拾い集めて金で接ぎ合わせる。砕いて、接いで、砕いて、接いで……クロエ君との魂魄融合とは、畢竟その繰り返しなのでしょう」

「…………」

「そんな自傷をいくら繰り返したところで、アナタは決して金の器にはなれません。出来の悪い合成獣と同じです。クロエ君の面影を追うほどに、その輝きに焦がれて手を伸ばすほどに、アナタはそれから遠ざかる自分自身に絶望していく」

どんな否定もオリバーは口にしない。苛立ちすらもはやない。知れ切ったことを告げられる乾いた無感動だけがそこにある。

「最善の選択は、根本的に生き方を変えることです。何もかも忘れて辺境に暮らすもよし、巷の人権派に加わって慎ましく活動するもよし。どこかで普通人たちの面倒を見て過ごすのもいいでしょう。アナタの素養なら、本来はそれくらいが相応なのだから。

……もう、じゅうぶんではありませんかねェ。あのダリウス君に加えて、このワタシまでも討ったのです。アナタはよく頑張りました。クロエ君もきっと褒めてくれるでしょう」

その勧めに対する拒絶もまた、ただ無言で事足りた。引き返す道など最初から見えもしない。

多くの命を火にくべた今となっては尚更に。

「……けれど。もし、それも選べないのなら……」

言葉はなおも続く。瀕死の体にわずかに残った命の力を、老爺はその忠告に注ぐ。

「……その苦難の道の先に……せめて、出会いを望みなさい。クロエ君の代わりとしてではない、アナタだけの……」

そこで声が途切れて、こほ、とエンリコが血を吐いた。少年が見下ろす前で、何度もそれを繰り返す。

「……キャハハ、残念。……話が出来るのも、ここまでのようで……」

そう悟りながら――半ば無意識に、震える右手を懐に伸ばした。老爺は指先でその中を探り、求める感触がそこにないことに、ひどく寂しげな声を漏らす。

「……あぁ……キャンディーが、なくなっちゃった……」

「……もらいに行こうか、おばさんのところに。……ねぇ、今度は何味がいい……？」

瞳から光が消えていく中、幼い子供の口調に戻ってエンリコは呟く。杖剣の切っ先を下ろし、オリバーは黙ってそれを聞く。止めを刺すことさえ、もはや忘れて。

「……ぼくはね……チェリーがいちばん好きだよ……君の頬っぺと、おんなじ色の……」

はにかむ様にそう口にする。遠い日の朝焼けを想いながら。

大切な誰かへ向けた、その言葉を最後に――老爺の息遣いは、完全に途切れた。

グウィンが床に膝を突き、横たわる体の数か所に手を当てる。それで最後の確認を済ませると――従弟を振り向き、彼は静かに首を横に振ってみせた。

「…………終わりだ、ノル」

立ち尽くしたまま、オリバーはそれを受け止める。勝利の喜びも、叫ぶ快哉も――自分の中のどこにも、何ひとつ見つけられないまま。

――動員戦力三十二名。戦場、迷宮四層及び五層。

戦術目標達成。エンリコ＝フォルギエーリ殺害。

作戦中の戦死者、同志十一名。

彼が望んで行った、ふたつ目の復讐の――それが結末だった。

# あとがき

こんにちは、宇野朴人です。……かくして、ふたつ目の復讐の幕が下りました。

少年がどういう人間であるか、その悲願が何であるか、彼の復讐がどのようなものであるか。

この一幕を通して、あなたにも少なからず伝わったことでしょう。

借り物で預かり物で、紛い物で偽物で。必死に目指すほどに、本物の輝きは遠ざかり。

自分の魂の形すら忘れかけて久しく。罪と罰と救いと破滅にはもはや境目などなく。

そんな彼の人生は、この先、果たしてどうなっていくのでしょうか。

ふたり目の教師を失い、キンバリーは大きく揺れるでしょう。

彼は欺かねばなりません。憎むべき仇たちを。恐るべき上級生たちを。

何よりも、間近でいつも彼を見ている、愛すべき友人たちを。

死闘の終わりは暗闘の始まりです。彼の戦いは、まだ折り返しにすら達していないのだから。

Next
Notice
vol.06
第二の復讐を
果たしたオリバーの
次なる目標は。
そして、
箒競技に打ち込む
ナナオにも試練が――
第Ⅵ巻、
2020年夏ごろ
刊行予定！

七つの魔剣が支配する
Seven Swords Dominate
宇野朴人
illustration ミユキルリア

『未来日記』の
えすのサカエによるコミカライズ！
「月刊少年エース」にて連載中!!!

# Character Design

オリバー＝ホーン

Oliver=Horn

Oliver =Horn

ナナオ＝ヒビヤ

Nanao=Hibiya

Nanao Hibiya

カティ＝アールト

Katie=Aalto

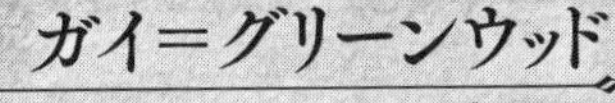

ガイ＝グリーンウッド

Gai=Greenwood

ピート=レストン

Pete=Reston

Pete
=Reston

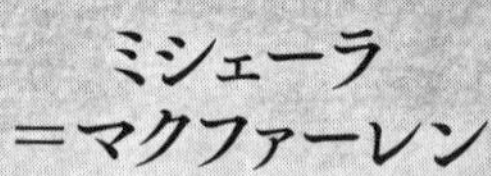

ミシェーラ
=マクファーレン

Michela=McFarlane

Michela
McFarlane

ヴェラ＝ミリガン

Vera=Milligan

Vera
=Milligan

オフィーリア
＝サルヴァドーリ

Ophelia=Salvadori

Ophelia
=Salvadori

Seven Swords Dominate

アルヴィン
＝ゴッドフレイ

Alvin=Godfrey

カルロス＝ウィットロウ

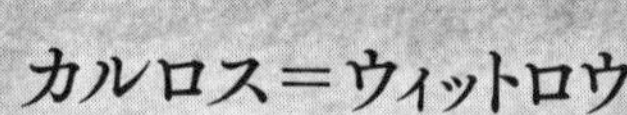

Carlos＝Whitrow

トゥリオ＝ロッシ
Tullio=Rossi

Tullio
=Rossi

バネッサ
＝オールディス
Vanessa＝Alldis

Vanessa
=Alldis

ダイアナ＝アシュベリー

Diana=Ashbury

テレサ＝カルステ

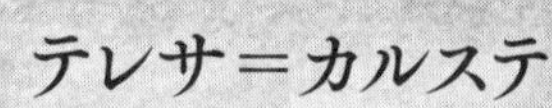

Teresa＝Karste

エンリコ
＝フォルギェーリ

Enrico=Forugyeri

Enric
=Forugy

シャノン
＝シャーウッド

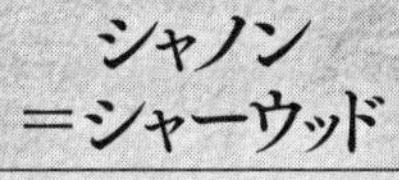

Shannon=Sherwood

Shannon
=Sherwood

グウィン
＝シャーウッド

Gwyn=Sherwood

カーリー＝バックル

Curley＝Buckle

## ◉宇野朴人著作リスト

「神と奴隷の誕生構文（シンタックス）Ⅰ〜Ⅲ」（電撃文庫）
「ねじ巻き精霊戦記　天鏡のアルデラミンⅠ〜XIV」（同）
「七つの魔剣が支配するⅠ〜Ⅴ」（同）
「スメラギガタリ壱・弐」（メディアワークス文庫）

## 本書に対するご意見、ご感想をお寄せください。

ファンレターあて先
〒 102-8177　東京都千代田区富士見 2-13-3
電撃文庫編集部
「宇野朴人先生」係
「ミユキルリア先生」係



本書は書き下ろしです。

電撃文庫

七つの魔剣が支配するV

宇野朴人

2020年2月7日　初版発行
2021年6月20日　5版発行

発行者　青柳昌行
発行　株式会社KADOKAWA
〒102-8177　東京都千代田区富士見2-13-3
0570-002-301（ナビダイヤル）
装丁者　荻窪裕司（META＋MANIERA）
印刷　旭印刷株式会社
製本　旭印刷株式会社

●お問い合わせ
https://www.kadokawa.co.jp/（「お問い合わせ」へお進みください）
※内容によっては、お答えできない場合があります。
※サポートは日本国内のみとさせていただきます。
※ Japanese text only

※定価はカバーに表示してあります。

ISBN978-4-04-913072-0　C0193　Printed in Japan

電撃文庫　https://dengekibunko.jp/

## 電撃文庫創刊に際して

文庫は、我が国にとどまらず、世界の書籍の流れのなかで〝小さな巨人〟としての地位を築いてきた。古今東西の名著を、廉価で手に入りやすい形で提供してきたからこそ、人は文庫を自分の師として、また青春の想い出として、語りついできたのである。

その源を、文化的にはドイツのレクラム文庫に求めるにせよ、規模の上でイギリスのペンギンブックスに求めるにせよ、いま文庫は知識人の層の多様化に従って、ますますその意義を大きくしていると言ってよい。

文庫出版の意味するものは、激動の現代のみならず将来にわたって、大きくなることはあっても、小さくなることはないだろう。

「電撃文庫」は、そのように多様化した対象に応え、歴史に耐えうる作品を収録するのはもちろん、新しい世紀を迎えるにあたって、既成の枠をこえる新鮮で強烈なアイ・オープナーたりたい。

その特異さ故に、この存在は、かつて文庫がはじめて出版世界に登場したときと、同じ戸惑いを読書人に与えるかもしれない。

しかし、〈Changing Times,Changing Publishing〉時代は変わって、出版も変わる。時を重ねるなかで、精神の糧として、心の一隅を占めるものとして、次なる文化の担い手の若者たちに確かな評価を得られると信じて、ここに「電撃文庫」を出版する。

**1993年6月10日**
**角川歴彦**

# 電撃文庫DIGEST　2月の新刊

発売日2020年2月7日

★第26回電撃小説大賞《大賞》受賞作!

## 声優ラジオのウラオモテ
**#01 夕陽とやすみは隠しきれない?**

【著】二月 公　【イラスト】さばみぞれ

第26回電撃小説大賞2年ぶりの《大賞》受賞! ギャル&陰キャの放課後は、超清純派のアイドル声優!? 電撃文庫が満を持してお届けする、青春声優エンタテインメント、NOW ON AIR!!

## 創約 とある魔術の禁書目録(インデックス)

【著】鎌池和馬　【イラスト】はいむらきよたか

科学と魔術が混在する世界。ここは科学サイド最高峰の学園都市、時はクリスマス。相変わらず補習に勤しむ上条当麻の前に、イヴの空気に呑み込まれた御坂美琴が現れて――!?

## 青春ブタ野郎は迷えるシンガーの夢を見ない

【著】鴨志田 一　【イラスト】溝口ケージ

忘れられない高校生活も終わり、咲太たちは大学生に。新しくも穏やかな日々を過ごしていたはずが、卯月の様子がなんだかおかしい……?　彼らの思春期はまだ終わらない。ちょっと不思議な青春物語、待望の第10弾。

## 七つの魔剣が支配するV

【著】宇野朴人　【イラスト】ミユキルリア

勉強と鍛錬を重ね己を高め、頼れる先達としての　面も見せ始めるナナオたち。一方で、次の仇討ちの標的をエンリコに定めたオリバーは、同志たちと戦いの段取りを詰めていく。必殺を期す彼らが戦場に選んだ場所とは――。

## 幼なじみが絶対に負けないラブコメ3

【著】二丸修一　【イラスト】しぐれうい

沖縄でPV撮影ってマジ!?　女子たちの水着姿を見るチャンス到来か……!　ヤバい、ハンパじゃないラブコメの波動を感じるぜ……!　って、何か白草の雰囲気が尋常じゃないんだが……。本当に水着回だよな!?

## 賢勇者シコルスキ・ジーライフの大いなる探求 痛(ツー)
**~愛弟子サヨナと今回はこのくらいで勘弁しといたるわ~**

【著】有象利路　【イラスト】かれい

「私にも妻と子がいるんで勘弁してください」「その言い訳2度目やぞ。前回が妻分で、今回が子の分。もう次はないわけや。コレ以上は、ワイは原稿修正しませんぜ!」こんな打ち合わせの末に生まれた第2巻!

## モンスター娘ハンター2
**~すべてのモン娘はぼくの嫁!~**

【著】折口良乃　【イラスト】W18

世界平和のため、自分の欲求のため、モン娘大好き王子ユクの旅は続く――今回は竜神娘にクモ女、果ては超巨大なゴーレム娘まで!?　モンスター娘への溢れる愛がどこまでも広がる、モン娘ハーレムファンタジー!

## シノゴノ言わずに私に甘えていればいーの!②

【著】旭 蓑雄　【イラスト】なたーしゃ

相変わらず勤労への執着が止まらない社畜リーマン拓務は、どうにかして甘やかそうとする堕落の悪魔・シノさんと攻防を繰り広げていた。そんなある日、アパートに引っ越してきたお隣さんとの浮気を疑われることに!?

新作

## 魔法も奇跡もない、この退屈な世界で

【著】渡風 夕　【イラスト】rioka

改造人間と、生来の超常者が跋扈する23世紀の日本。孤高の犯罪者「殺人王」が、ある目的の為に政府と共闘する際に派遣されて来たのは、冷凍睡眠から目ざめたばかりの、"殺人を許せない"21世紀人ヒナコだった。

二月 公
イラスト／さばみぞれ
声優ラジオのウラオモテ
#01 夕陽とやすみは隠しきれない？
オモテは元気&清楚なアイドル声優／
ウラはギャル&根暗地味子な女子高生!?
プロ根性で世界をダマせ！
バレたらアウトの声優ラジオ
Now On Air!!
第26回
電撃小説大賞
大賞
受賞
電撃文庫